Hans Ernst
Melodie der Liebe

Hans Ernst

Melodie der Liebe

Roman

rosenheimer

3. Auflage
© 2001 Rosenheimer Verlagshaus GmbH & Co. KG, Rosenheim

Titelbild: Michael Wolf, München
Redaktion: Petra Schnell, Stephanskirchen am Simssee
Satz: Buch-Werkstatt GmbH, Bad Aibling
Druck und Bindung: Wiener Verlag, Himberg
Printed in Austria

ISBN 3-475-53094-5

I

Ein Vorfrühlingstag. Die Luft ist erfüllt vom Geruch der frischgepflügten Äcker, die sich hoch hinaufziehen, bis zu dem schattendunklen Buchenwald, durch den man stundenlang wandern kann auf geheimnisvollen, uralten Wegen.
Es gibt kein Geräusch an diesem milden Frühlingsnachmittag. Nur manchmal hört man von den Weingärten herab den schrillen Klang einer Harke, wenn sie auf einen Stein trifft. Ab und zu ist vom Rhein herauf auch das Klingen einer Schiffsglocke vernehmbar oder die langgezogene Sirene eines Schleppers.
Hoch oben in einem Weinberg arbeitet Florian Eck mit seiner Mutter. Sie arbeiten ein gutes Stück voneinander entfernt, der Junge am Steilhang, die Mutter neben dem schmalen Weg.
Florian Eck ist gerade sechzehn Jahre alt geworden; ein schmächtiger, schmaler Junge, dessen Gedanken immer erfüllt sind vom Leben draußen in der Welt. Bis jetzt ist er noch nicht viel weiter gekommen als ein Stück den Rhein abwärts, nach Bacharach, oder über den Rhein hinüber, nach Bingerbrück und Bingen. Manchmal überfällt ihn die Sehnsucht nach der Ferne so unvermittelt, daß er auf und davon laufen möchte. Aber da ist die Mutter, die ihn braucht und der das Herz brechen würde, ginge er fort.
Die hohe, von schwarzen Locken umkräuselte Stirn

des jungen Winzers ist in nachdenkliche Falten gelegt. In leisem Selbstgespräch bewegt er die Lippen, dabei sind seine Augen sehnsüchtig in die Ferne gerichtet. Auf einmal beginnt er eine Melodie vor sich hin zu summen – eine neue Melodie, die er selbst nicht kennt.

Frau Eck horcht ein wenig zu und arbeitet dann wieder weiter. Klein und gebückt steht die Frau im Weinberg und harkt unermüdlich, und der Frühlingswind spielt mit ihren grauen Haaren, die sich unter dem Kopftuch hervorstehlen. Sie ist erst etwas über vierzig. Aber das Leben und das Schicksal sind hart und grausam zu ihr gewesen und haben in das schmale Gesicht Falten gezeichnet, die sie um zehn Jahre älter erscheinen lassen.

Auf einmal ist Florian in ihrer Nähe. Unweit von ihr sitzt er auf einem Holzblock, hat die Arme um die angezogenen Knie geschlungen und schaut ihr ins Gesicht.

»Wenn du müde bist, Mutter«, sagt er, »dann laß die Arbeit sein. Das kann auch ich machen, sobald ich morgen da oben fertig bin.«

»Wenn du da oben fertig bist, geht es drüben im andern Stück weiter, Flori.«

Der Junge seufzt.

»Weinbergharken, ackern, Weinbergharken, Kartoffelsetzen, Heuarbeiten, in den Wingert gehen ...« Immer dasselbe, Jahr für Jahr. Er wird es nächstes Jahr wieder tun, in derselben Reihenfolge, und in zehn und in zwanzig Jahren auch. So wird sein Leben ablaufen, immer im gleichen Einerlei, und seine Träume werden nie Wirklichkeit werden und seine Sehnsucht wird nie Erfüllung finden. In dieser Arbeit wird sein Leben ablaufen. Am späten Abend geht man heim, und da schmecken die einfachen Dinge am besten. Schwarzbrot, frische Butter und ein Stück Käse, ein Glas Milch dazu, ein königliches Essen, wenn man von der Frühlingsluft so richtig ausgeweht und redlich müde ist von der Arbeit, die die dreißig Morgen Weinberg von den beiden abfordern.

»Nächste Woche ist schon Ostern«, sagt Florian nach einer Weile. »Da kommt Bäckers Maria und Reinhards Erich in Ferien heim.«

»Meinst du, daß sie dich noch kennen?«

»Warum nicht, Mutter? Ich hab' mich doch nicht so verändert seit dem vorigen Sommer.«

»Nein, du nicht. Aber die andern werden sich verändert haben. Äußerlich und innerlich. Wirst ja sehen, ob sie dich noch kennen wollen.«

Der Junge starrt über den Berg hinweg, schließt in angestrengtem Nachdenken die Augen und sagt dann: »Die werden mich sicherlich noch kennen wollen. Sie haben mich doch immer abgeholt und sehen wollen.«

»Sie waren aber inzwischen in der Großstadt, kennen die Welt und das Leben von der anderen Seite.«

»Und da meinst du, daß man deshalb die alten Freunde vergessen könnte?« Florian steht erregt auf, seine Augen funkeln, und seine Hände ballen sich zu Fäusten. »Mutter, die haben keinen Grund, auf mich herunterzusehen.«

Mit diesen Worten wendet er sich ab und steigt wieder den Berg hinan.

Die Mutter legt die Hände auf dem Harkenstiel aufeinander, legt das Kinn darauf und blickt ihrem Jungen nach, der langsam, Schritt für Schritt, hinaufsteigt und nun nicht mehr singt wie vorhin. Sie kennt ihn und weiß, daß er nun über das Gespräch nachdenkt und doch zu keinem Schluß kommt, weil er nicht begreifen will, daß die Kinderzeit vorbei ist, von da ab also vieles anders kommt, ganz gleich, ob man es will oder nicht.

Und während ihr Blick den Sohn mit warmer Zärtlichkeit verfolgt, denkt sie auch an ihren Mann, der bei einem unglückseligen Autounfall ums Leben kam und nichts zurückließ als die kleine Bergonzi-Geige und einen Sohn, den er nie zu sehen bekam.

Ja, eine kleine, braune Geige. Ein sehr wertvolles Ding, auf der der Sohn nun spielt, jeden Abend und im Sommer auch vor den Gästen, die sich in der kleinen Straußwirtschaft ab und zu einfinden.

Die Sonne sinkt. Glocken läuten von jenseits des Hügels. Dunkle, ernste Töne, die etwas Trauriges haben. Mutter und Sohn machen Feierabend und gehen heim.

Das Anwesen der Witwe Eck liegt außerhalb des Städtchens. Der ebenerdige Stock, der einen kleinen Stall und eine Futterkammer umfaßt, ist aus Felsstücken gebaut und lehnt sich mit der Rückwand gegen einen Weinberg. Der Oberstock ist weiß getüncht und umfaßt neben Flur und Küche eine Wohnstube und zwei Kammern. Im Flur, der sich nach hinten etwas erweitert, sind einige Tische und Bänke angebracht; eine sogenannte Straußwirtschaft. Auf einer Steintreppe mit einem hölzernen Geländer, gelangt man in das Innere des Hauses. Inmitten des Gartens, der sich bis zur Straße hinaus erstreckt, steht ein mächtiger Lindenbaum, in dem um diese Abendstunde die ersten Stare um die Wette singen.

Während die Mutter in der Küche das Feuer schürt, füttert Florian die Kühe und richtet die Streu zurecht. Da klopft es am kleinen Fenster, und als Florian nachschaut, ist es Bergmanns Anna, eine Kindergespielin von ihm. Seit sie bei einer Schneiderin in der Lehre ist, kommt er eigentlich weniger mit ihr zusammen. Um so verwunderter ist er, daß sie nun plötzlich an das kleine Stallfenster geklopft und nach ihm gerufen hat.

»Was gibt es denn so Wichtiges?« fragt er und sieht ihr ins Gesicht, das in der Dunkelheit ganz matt leuchtet.

»Ich habe etwas zu einer Kundin bringen müssen, und nun bin ich in die Nacht hineingekommen. Der Pechvogel hat gerufen, und nun fürchte ich mich, Flori. Sei doch so lieb und begleite mich. Nur bis zu den ersten Häusern, wo die Straßenlampe brennt. Willst du, Flori?«

»Natürlich will ich«, sagt er überlegen lächelnd. »Wenn du dich fürchtest, will ich dich gern begleiten. Komm!« Er faßt sie beim Handgelenk und geht mit ihr durch den Garten auf die Straße hinaus.

»Und das mit dem Pechvogel«, sagt er nach einer Weile, »das ist Humbug. Das gibt es nicht.«

»Doch! Hörst du? Jetzt ruft er wieder. Und wenn er ruft, dann ist ein Unheil nahe. Es stirbt vielleicht jemand.«

Wirklich, ja, es kommt ein Ruf über den Wingert vom Wald herab. Ein langsamer, kläglicher Ruf, ein so verstörtes Klagen, bald laut und dann wieder geheimnisvoll und leiser.

»Eine Eule ist es«, sagt Florian und lacht das ängstliche Mädchen, das sich so fest an seinen Rockärmel klammert, herzhaft aus. Dann beginnt er leise vor sich hin zu singen, wie am Nachmittag hinterm Pflug, ohne Worte. Ein schwermütiges Lied, passend zur Dunkelheit, und das Mädchen geht leise neben ihm her, läßt seinen Rockärmel immer noch nicht los und hört zu.
Da kommen sie in den Lichtkreis der ersten Straßenlampe, und Florian fragt, ob sie sich nun allein nach Hause getraue.
Sie trennen sich, und Anna fragt ihn noch, ob er sich auch freue, wenn Ria und Erich nächste Woche in Ferien kämen.
»Aber natürlich freu' ich mich«, antwortet Florian. »Dann sind wir endlich mal wieder alle vier zusammen. Vielleicht zum letztenmal. Erich geht nämlich zum nächsten Semester nach München und will zwei Jahre fortbleiben. Also, gute Nacht, Anna! Wenn du dich wieder fürchtest vor einer Eule, dann komm nur.«
Vor sich hin pfeifend geht er den Weg zurück, ein wenig schneller, als mit der ängstlichen Anna, weil er denkt, daß die Mutter schon mit dem Essen auf ihn wartet.
So ist es auch. Der Tisch ist schon gedeckt, und bei seinem Eintreten schlägt die Mutter das Kreuz, betet laut vor, und Florian braucht nur das Amen zu sagen. Dann sitzen sie unter dem freundlichen milden Schein der Lampe und löffeln wortlos die Nudelsuppe.
»Iß nur fest«, sagt die Mutter und schiebt Florian die Schüssel hin. Dann steht sie auf, um im Ofen nachzulegen.
Florian legt den Löffel weg, lehnt sich zurück und

schließt einen Moment die Augen. Er horcht auf den Frühlingswind, der draußen leise rauscht.
Die Mutter hat inzwischen den Tisch abgeräumt und das Nähkästchen aus dem Wandschrank genommen.
»Bub, das ist schauderhaft, was du zusammenreißt«, sagt sie und breitet eine alte Lodenjoppe auf den Knien aus. »Schau nur einmal her. Wo bist du denn da wieder hängengeblieben, Flori?«
Florian muß seine Gedanken erst herholen aus weiten Fernen.
»Das ist doch nicht so schlimm, Mutter. Das kann man wieder zusammenflicken. Anders ist es, wenn ein Herz einen Riß hat. Da ist mit Nadel und Faden nichts zu machen.«
Frau Eck hebt das Gesicht. »Was redest du wieder für Zeug, Flori?«
»Ach, laß nur gut sein, Mutter. Das sind nun mal meine Gedanken. Ich weiß selbst nicht, wo die herkommen.« Er geht hinter dem Tisch herum, bleibt hinter der Mutter stehen und schlingt dann plötzlich seine Arme um ihren Hals.
Frau Eck läßt den Anfall stürmischer Zärtlichkeit lächelnd über sich ergehen. Dann sagt sie: »Was fehlt dir denn wieder, Flori?«
Es zuckt ein wenig um die Mundwinkel des Jungen. Dann strafft er sich und wendet sich ab.
»Nichts, Mutter! Was soll mir denn fehlen? Wenn du bei mir bist, ist alles gut, muß alles gut sein.«
Seufzend beugt sich Frau Eck wieder über ihre Arbeit. Sie weiß, daß ihn etwas bedrückt. Aber sie weiß auch, daß sie nicht in ihn dringen darf, weil er sonst noch verschlossener wird.
Ganz still ist es in der Stube geworden. Auf einmal

wird ein singender Ton laut. Florian sitzt hinten beim Ofen im Dämmerwinkel und stimmt seine Geige.
Sie hat ihr Schicksal, diese Geige. Weiß Gott, was die schon alles gesehen hat. Kindertränen und jubelnde Feste. Schnaps und Bier ist darübergeflossen. Sie hat sich alles geduldig fallen lassen, die kleine, braune Geige, und empfindet sicher auch die leise Zärtlichkeit, mit der sie dieser Jüngling behandelt.
Die Hände Florian Ecks gleiten liebkosend über das dunkelpolierte Holz; schmal und langgliedrig sind diese Hände, und unter der braunen Haut wölben sich die blauen Adern.
Die Mutter blickt über die Achsel zurück nach ihrem Sohn. Der hat die Geige unter dem Kinn und beginnt zu spielen.
Erst ist es ein zartes, verschleiertes Suchen. Dann bekommen die Töne Kraft und Klang. Die schlanke Knabengestalt kommt in ein leichtes, rhythmisches Wiegen, seine Augen leuchten.
Die Mutter läßt die Hand mit der Nadel sinken, verschränkt die Hände im Schoß und lauscht.
Der letzte Ton verklingt im Raum. Es ist wieder ganz still, bis die Mutter sagt: »Das war schön, Florian. Wie heißt das Lied?«
»Das war kein Lied, Mutter. Das war die Frühlingssonate von Beethoven.« Er kommt aus seinem Winkel heraus und stellt sich vor die Mutter hin. In seinen Augen ist noch immer der frohe, erregte Glanz, seine Wangen glühen. »Du hast recht, Mutter. Es war doch ein Lied. Alles, was wir fühlen und empfinden, sind Lieder. Auch das Leben ist ein Lied. Die Melodie dieses Lebens ist zwar immer verschieden, dem einen klingt sie lieb und freundlich, dem andern hart und traurig.«

Frau Eck schüttelt verständnislos den Kopf. »Was du da wieder sagst ...«
Die Augen des Jungen verlieren den frohen Schimmer, und ein dunkler Schatten fällt über sein Gesicht.
»Ich weiß, Mutter, du verstehst mich nicht.«
Frau Eck ist zumute, als verspüre sie einen Dolchstoß.
»Florian«, sagt sie streng. »Wie sollte eine Mutter ihr Kind nicht verstehen? Aber du bringst manchmal Dinge daher, die ich mit dem besten Willen nicht verstehen kann. Sie sind auch nicht für Leute, wie wir es sind. Gewöhne dir ab, Florian, mit Gedanken und Worten zu spielen.«
»Mutter! Man kann doch das, was einem im Herzen und in der Seele brennt, nicht immer in sich ersticken. Man geht ja zugrunde dabei.«
Plötzlich legt Florian Geige und Bogen auf den Tisch, kniet vor der Mutter nieder und umklammert ihre Knie. Hastig und erregt, als hätte er Angst, sie möchte ihn in seinem Redeschwall unterbrechen, spricht er zu ihr: »Mutter, ich fühle es ganz tief drinnen, ich muß Musik studieren, mich ganz der Musik verschreiben. Mein Spiel hat noch keinen Sinn, ich will mehr, es fehlt noch etwas. Ich will es richtig lernen!«
Seine Sätze sind abgehackt, aber seine Augen sind voller Zielstrebigkeit.
Frau Eck beugt sich zu ihm nieder und umschließt mit beiden Händen sein Gesicht.
»Bub, du weißt doch, wie arm wir sind.«
»Es wird gehen, Mutter. Du mußt nur den Willen haben. Ich hab' doch jeden Pfennig für das Konservatorium gespart. Du sollst mir nichts dazugeben, Mutter! Willst du denn gar nicht, daß etwas aus mir wird?«

»Du weißt doch, Flori, daß ich nur dein Bestes will. Schau einmal: dein Vater war auch Musiker, aber ich hab' nie von ihm gehört, daß er hätte mehr sein wollen. Warum willst denn du so hoch hinaus?«

»Weil ich keine Lust hab', mein Leben lang einen Kaffeehausgeiger zu machen, der nur mechanisch die Noten herunterspielt.«

»Sprichst du von deinem Vater?«

»Nein, Mutter! Ich hab' doch Vater gar nicht gekannt. Ich spreche nur von mir. Ich kann dir das nicht so sagen, Mutter, aber ich fühle es, daß ich in der Musik etwas erreichen kann. Bitte, Mutter, laß mich doch aufs Konservatorium. Glaub doch an mich, Mutter.«

Frau Eck muß ihren Blick von den bettelnden, zwingenden Augen ihres Sohnes fortwenden. Sie fühlt, daß sie »ja« sagen müßte. Aber in ihrem Herzen sträubt sich etwas dagegen, und eine panische Angst steigt in ihr hoch. Sie will ihr Kind nicht verlieren. Und verloren geht er ihr, wenn sie ihm hilft, seine geheimen Pläne zu verwirklichen.

»Nein«, sagt sie nach einer Weile gepreßt. »Ich kann dich nicht fortlassen. Jetzt noch nicht. Du bist noch zu jung.«

Mit einem Ruck schnellt er hoch. Seine Augen füllen sich mit trotzigen Tränen, die Lippen sind hart aufeinandergepreßt.

»Mutter! Fühlst du denn nicht, wie weh du mir tust?«

»Aber Kind, sei doch vernünftig!«

»Ich werde es sein. Ich liebe dich und werde tun, was du willst. Aber jetzt laß mich gehn, ich will allein sein. Gute Nacht, Mutter!«

Mit raschen Schritten eilt er aus dem Zimmer. Frau Eck macht eine hilflose Geste.
Da öffnet sich die Tür noch einmal. Florian steht auf der Schwelle, eine tiefe Falte zwischen den Augen.
»Es tut mir leid, Mutter, daß ich so hart war, aber ich muß dich Dinge fragen, die du mir bisher immer vorenthalten hast.«
Frau Eck hält beide Hände an die Ohren. »Hör auf, Flori. Ich will nichts mehr hören.«
»Doch, Mutter! Ich will endlich Klarheit haben. Du sollst mir sagen, Mutter, ob mein Vater – – ein – Zigeuner war ...«
Zuerst geht ein leises Zucken über das Gesicht der Frau, dann richtet sie ihre Augen auf den Sohn.
»Warum mußt du das wissen?«
»Weil ich es sehr oft zu hören bekomme, immer ein wenig boshaft und spöttisch.«
»Es hat niemand ein Recht, über deinen Vater zu spotten.«
»Sie tun es aber doch. Immer auf eine höhnische, versteckte Art, die mir das Blut ins Gesicht treibt. Und drunten, auf dem Grabstein, steht es ja auch: Bela – Bela Eck! Bela heißt hierzulande kein Mann. Solche Namen gibt es mehr bei den Zigeunern in Ungarn.«
»Das sagt immer noch nicht, daß dein Vater deswegen ein Zigeuner gewesen sein muß.«
»Du weichst meiner Frage aus, Mutter. Ich muß es wissen, weil ich mich selbst dann leichter begreifen kann. Diese Unruhe, die mich zuweilen überfällt, die muß ich doch irgendwo herhaben.«
»Dein Vater war nicht unruhig. Er war immer sehr ruhig und still. Ruhig trat er in meinen Weg, und ganz

still hat er um mich geworben. Komm, Flori, du sollst nun alles wissen.«
Frau Eck steht auf und geht in den Dämmerwinkel.
»Setz dich zu mir, Flori!«
Als Florian sich zu ihren Füßen auf einen kleinen Schemel gesetzt hat, beginnt die Mutter zu erzählen:
»Es ist nicht ganz richtig, wie ich vorhin sagte, daß er still um mich geworben hat. Er selbst hat kaum etwas gesprochen. Aber die kleine, braune Geige hat für ihn geworben. Es war um die Zeit der Weinlese! Ich kam vom Wingert, mit der Legel auf dem Rücken und Erdklumpen an den Schuhen. Da sah ich ihn zum erstenmal. Ich habe wohl gehört, daß in den Sommermonaten eine ungarische Zigeunerkapelle im Städtchen gespielt hat. Aber ich habe sie nie gesehen, bis dieser fremde Mann auf dem schmalen Wingertweg vor mir stand. Er stand auch am andern Tag und die nächstfolgenden Tage dort, sprach nie ein Wort, das mich hätte ahnen lassen, was er mit seinem täglichen Erscheinen bezwecken wollte. Es kam dann so, daß ich traurig war, wenn er einmal nicht da war.
Und dann – eines Nachts, begann es vor meinem Fenster zu singen und zu klingen. Es waren seltsame, traurige Weisen, die er spielte. So seltsam, wie du sie manchmal spielst. Ich stand wohl auch dann eines Nachts bei ihm unterm Lindenbaum, sagte ihm, daß er fortgehen solle, weil es keinen Wert habe. Aber da war es schon zu spät. Zu tief hatte er sich schon in mein Herz gespielt. Wir konnten nicht mehr voneinander lassen.
Damals lebte mein Vater noch, und es gab einen fürchterlichen Auftritt, als ich ihm sagte, daß ich den fremden Geiger heiraten wolle. Ich entschloß mich

dann, mit dem fremden Geiger fortzuziehen. Aber dann kam es anders. Mein Vater wurde krank, und es kam ganz von selbst, daß Bela Eck unseren Acker pflügte und in den Wingert ging. Mein Vater sah wohl ein, daß dieser Fremde nicht nur geigen konnte, sondern daß seine Hände jede Arbeit anzupacken wußten.
Zwei Monate später haben wir geheiratet, in aller Stille, weil mein Vater krank war. Acht Tage später starb er schon. Vorher aber hat er Bela zu sich gerufen, hat ihn lange bei den Händen gehalten und hat gesagt: »Dich hab' ich verkannt. Bist ein tüchtiger Kerl und kannst mein Mädl wohl glücklich machen. Ja – glücklich sind wir gewesen, wie es nur zwei Menschen sein können, die einander alles sind. Auf einer Reise nach Wien ist sein Auto von der Straße abgekommen, den Rest kennst du ja ... Am zehnten August haben wir ihn beerdigt, und am zwölften kamst du auf die Welt.«
In schmerzlicher Erinnerung deckt Frau Eck einen Moment die Hand vor die Augen. Dann sagt sie: »So, Flori. Nun weißt du alles!«
»Ja, Mutter. Ich danke dir.«
Ganz still, mit hängenden Schultern, geht er hinaus, und er kommt sich vor, als sei er in dieser Stunde um Jahre gealtert, als sei die Zeit auf einmal über ihn hinausgewachsen. Dann steht er in seinem Zimmer vor dem offenen Fenster.
»Der Wind hat auch eine Melodie«, denkt Florian und beugt sich ein wenig aus dem Fenster.
Und Florian hört auf die Stimme des Windes, bekommt allmählich wieder Mut und verliert sich wieder in das stille Träumen, wohin kein Mensch ihm

folgen kann. Er denkt dabei wohl auch an den Mann, den seine Mutter geliebt hat, und der nun drunten auf dem Friedhof ruht und nichts zurückgelassen hat als eine Frau und ein Kind und eine kleine, braune Geige. Auch seine Mutter stellt er sich vor, wie sie damals wohl gewesen sein mag: jung und wunderschön.
Ganz versunken ist Florian in seine Gedanken. Er hört nicht, daß die Türe aufgeht, und fährt erschrocken zusammen, als sich eine Hand leicht auf seine Schulter legt.
Die Mutter ist es. Ganz still steht sie vor ihm, und das weiße Mondlicht umleuchtet sie. Dann zieht sie seinen Kopf an ihre Brust und spricht ihm ins Ohr: »Ich hab' mir's überlegt, Bub. Du kannst fortgehen diesen Winter!«
»Mutter!«
Ein lauter Jubelschrei entfährt ihm. »Mutter! Weißt du denn, wie glücklich du mich machst?«
Frau Eck lächelt still und wehmütig. Dann küßt sie ihn und geht still und leise, so wie sie gekommen ist, aus dem Zimmer.

II

Nun ist der Frühling mit Macht ins Land gekommen. Die Bäume blühen. Ostermontag ist es. Von Bingen läuten die Glocken zur Nachmittagsandacht über den Rhein. Ein Weilchen später hört man auch die Rüdesheimer Glocken über den Berg herüberklingen.
»So seid doch einmal still und horcht«, ruft Florian Eck den anderen nach, die lachend ein Stück vor ihm auf dem Fußweg dahinstürmen, der von Assmannshausen zum Niederwald-Denkmal führt.
Nur Anna Bergmann bleibt stehen und wartet auf Florian, der langsam, mit versonnenem Blick, daherkommt. Erich Reinhard und Maria Werner marschieren unbekümmert weiter.
Florian ist stehengeblieben, und Anna steht nun neben ihm, zierlich und schmal.
»So sag doch etwas, Flori«, sagt sie nach einer Weile. Er gibt keine Antwort. Erst als das leise Rauschen in den Wipfeln verstummt ist, wendet er ihr sein Gesicht zu.
»Das mußt du dir merken, Anna. Wenn ich über etwas nachdenke, dann darfst du mich nicht stören.«
»Ich tu' es nicht mehr, Flori. Über was hast du denn nachgedacht?«
»Ach, über so vieles. Hast du nicht achtgegeben, wie seltsam das vorhin alles war. Dieses harmonische Ineinanderklingen der Glocken von hüben und drüben.

Die einen kraftvoll, die anderen ganz leise, sehnsuchtsvoll und verträumt. Wenn ich meine Geige hier hätte, möchte ich es versuchen, ob ich das nachspielen könnte.«
»Du brächtest das schon fertig, Flori.«
»Meinst du?«
»Ich glaub' es sicher, Flori.«
Er faßt sie bei der Hand. Man weiß aber nicht, will er ihr dadurch danken für dieses Wort oder tut er es aus einer alten Gewohnheit heraus. Jedenfalls behält er ihre kleine Hand in der seinen, als sie langsam weitergehen. Erst nach einer langen Weile fragt er: »Warum glaubst du das, Anna?«
»Ach, weil du doch immer alles fertigbringst. Du kannst aus deiner Geige so vieles herausholen. Ich glaube, daß noch einmal ein großer Künstler aus dir wird.«
»Ja? Glaubst du das? Und Maria? Meinst du, daß Maria auch daran glaubt?«
»Ria meinst du?«
»Maria Werner, Bäckers Maria, meine ich, ja.«
»Ich weiß es nicht, ob sie auch daran glaubt«, antwortet Anna nach einigem Überlegen. »Ria hat sich seit dem letzten Jahr ein wenig verändert. Hast du es noch nicht gemerkt?«
Seine Lippen pressen sich ein wenig zusammen.
»Sie versteht sich gut mit Erich, ja? Warum laufen die beiden eigentlich fort von uns?«
»Laß sie nur«, sagt Anna mit einem leisen Lächeln.
»Ich bin lieber mit dir allein.«
Florian drückt ihre Hand.
Ganz still ist es im Wald. Der Lärm aus der Tiefe dringt zur Höhe nicht mehr herauf. Er verfängt sich

schon im Gezweig der ersten Bäume am Fuße des Berges.

Sie wandeln wie in einer kühlen Halle, die schattig ist und ein grünes Dach trägt. Nur manchmal huschen durch die Lücken des Gezweiges ein paar Sonnenstrahlen.

»Wo wollen wir eigentlich hin?« fragt Anna.

Florian bleibt einen Augenblick stehen und blickt das Mädchen an.

»Zum Mäuseturm wollten wir doch. Aber eigentlich sind wir dumm, wenn wir den andern nachlaufen. Wenn sie nicht warten wollen, sollen sie sich allein begnügen. Komm.«

Er zieht sie bei der Hand hinter sich her, zu einer kleinen Lichtung, die unweit zwischen den Bäumen durchschimmert. Dort strecken sie sich ins Gras.

»Warte«, sagt Florian, »du kannst meine Jacke haben. Hier ist der Boden noch feucht.« Er zieht seine Jacke aus, legt sie zusammen und schiebt sie als Polster unter ihren Kopf.

Er selbst setzt sich neben sie, verschränkt die Arme um die angezogenen Knie und träumt ins Land hinein. Er sieht den Rhein aus der Tiefe schimmern, ein breites, silbernes Band.

Maria kommt ihm in den Sinn. Ja, es ist irgend etwas Eigenartiges um Maria. Auf eine ihm unerklärliche Art zieht es ihn zu dem Mädchen hin. Daß sie mit Erich Reinhard fortgelaufen ist, erfüllt ihn mit Wut und Zorn. Aber er will es ihr sagen. Er überlegt, was er ihr sagen will.

»Bin ich dir jetzt nimmer gut genug? Dann geh aber auch zu Erich, wenn du Begleitung zum Klavierspielen haben willst.«

Jawohl! Dies und jenes wird er sagen. Ein wenig spitz und lakonisch will er es ihr hinwerfen, daß sie sich recht ärgern muß.

Er weiß eigentlich nicht, warum er sie ärgern will, er weiß überhaupt so vieles nicht. Aber wenn zum Beispiel Anna mit Erich fortgelaufen wäre, das würde ihn nicht mit solchem Zorn erfüllen, wenigstens nicht zu sehr.

Ach ja, die kleine Anna. Plötzlich erinnert er sich ihrer und wendet den Kopf nach ihr. Sie liegt ganz still neben ihm und schläft. Er betrachtet sie etwas eingehender, mit der Neugier eines jungen Mannes. Blond ist ihr Haar. Sie trägt einen kinnlangen Pagenkopf. Es hat die Farbe eines reifenden Kornfeldes und bildet einen seltsamen Kontrast zu den schwarzen, für ihr Alter etwas starken Augenbrauen. Ihr Gesicht ist schmal und ein wenig bleich. Nur der kleine Mund leuchtet darin – ganz dunkelrot, wie Rosenblätter. Schneeweiß blitzen die Zähne hinter den halbgeöffneten Lippen, und ihre Brust hebt und senkt sich unter den ruhigen Atemzügen.

Sie ist eigentlich hübsch, denkt er, angenehm erregt von ihrem Anblick. Ja, hübsch ist sie, die kleine, sanfte Anna, die einmal Schneiderin werden will. Aber Maria ist schöner. Maria ist wunderschön. Er beugt sein Gesicht über die Schlafende und drückt seine Lippen auf ihre Grübchen am Hals.

Darüber erwacht sie.

Florian fühlt, wie ihm alles Blut ins Gesicht springt. Er sagt etwas und weiß nicht, was er spricht. Aber es muß schon recht was Dummes gewesen sein, weil Anna so lacht. Das gibt ihm seine Fassung wieder.

»Warum lachst du?« fragt er fast grob.

»Weil du doch jetzt ganz etwas anderes sagen müßtest.«
»Deswegen brauchst du nicht zu lachen, du brauchst dich nicht lustig zu machen über mich.«
Erschrocken legt sie ihre Hand auf seinen Arm.
»Ach nein, Flori. Ich lach' ja nur, weil ich so froh bin, weil du mich liebst.«
»Ich? Wieso? Wie kommst du auf diese Idee?«
»Ja, weil du mich doch geküßt hast.«
»Deswegen muß man nicht immer gleich jemand lieben. Aber natürlich hab' ich dich ein wenig lieb, sonst hätte ich's wohl nicht getan«, setzt er etwas wärmer hinzu. »Aber verstehst du denn schon etwas von Liebe?«
Nein, sie versteht wirklich noch nichts davon, weil sie ihn gleich fragt, ob er sie heiraten möchte. Sie sieht ihn dabei nicht an, sondern schaut in die Luft.
Florian hat das Gefühl, daß sie ihn bei dieser wichtigen Frage doch mindestens anschauen müsse. Aber da richtet sie sich schon auf, rückt eng an seine Seite und fragt zum zweitenmal: »Sag, Flori. Heiraten wir zwei einmal?«
»Aber natürlich, Mar – Anna, wollte ich sagen. Wenn du einmal die Jahre dazu hast.«
»Jetzt bin ich fünfzehn Jahre alt. Fünfzehn und fünf wären zwanzig«, meint sie.
»Ich wäre dann erst einundzwanzig«, rechnet Florian und meint, daß das für einen Mann noch zu früh sei.
»Im übrigen«, sagt er, »müssen wir mindestens solange warten, bis etwas aus mir geworden ist. Und da kann noch viel Wasser den Rhein hinunterfließen.«
»Ich warte gern so lange«, antwortet Anna und wickelt einen Grashalm um ihren Finger.
Ich bin eigentlich ganz glücklich, denkt er. Anna ist

ein lieber, guter Kerl, und ich glaube, daß wir uns einmal gut vertragen. In diesem Augenblick aber sagt sie etwas, das ihn wie ein Schlag trifft.
»Ich hab' immer geglaubt«, sagt sie, »du hättest Ria lieb.«
Etwas zu rauh auflachend, starrt er ihr ins Gesicht.
»Wie kommst du darauf?«
»Weil sie schöner ist als ich.«
»Du gefällst mir besser«, kommt es ihm über die Lippen.
Anna sucht seine Augen, um den warmen Schein darin aufleuchten zu sehen.
»Ja«, sagt sie dann, »es wird einmal sehr schön werden mit uns zwei. Wenn du einmal ein großer Künstler bist, dann reise ich immer mit dir von Stadt zu Stadt, von Land zu Land. Ich will immer um dich sein, damit du nicht einsam bist.«
Jetzt faßt er nach ihren Händen und spricht zu ihr von seinen Plänen und Zielen. Auch daß er im nächsten Winter aufs Konservatorium geht, erzählt er ihr.
»Wirklich«, ruft sie erfreut. »Hat deine Mutter nun doch ein Einsehen gehabt? Flori, wie mich das freut. Und ich – ich habe auch schon gespart für diesen Zweck. Elf Mark und siebzig Pfennig habe ich beisammen. Die kannst du haben, Flori.«
»Ach, Annamädel«, sagt er gerührt. »Du bist ein guter Kerl.« Dabei nimmt er ihren Kopf in die Hände, sieht ihr ins Gesicht, biegt es ein wenig hinunter und küßt sie. Diesmal auf den Mund.
Da hört man Stimmen oben im Wald. Erschrocken lösen sich die beiden voneinander und blicken rückwärts. Zwischen den Stämmen sieht man Marias hellblaues Kleid schimmern.

»Wir wollen den beiden nicht merken lassen, wie es um uns steht«, befiehlt Florian kurz.
»Vielleicht sehen sie uns gar nicht«, meint Anna in scheuer Hoffnung.
Aber Maria Werner hat sie schon entdeckt und kommt auf die kleine Lichtung zugestürmt. Erich Reinhard folgt ihr auf dem Fuß. Sie strecken sich neben den beiden andern ins Gras.
»Ach«, seufzt Maria. »War das eine Hetzjagd. Ich wäre auch lieber hiergeblieben.«
Es gibt niemand eine Antwort. Nur Florian schaut über Anna hinweg zu ihr hin.
Maria ist wirklich schön. Sie ist so alt wie Anna, ist aber von einer ganz anderen Art. In ihren weichen, grazilen Bewegungen liegt eine tiefe Melancholie, und ihre dunklen Augen blicken zuweilen sehnsüchtig in die Ferne. Ihr Mund ist weich und schwellend. Manchmal zuckt es um die Mundwinkel wie in verhaltenem Schmerz. Ihr dunkelblondes Haar ist im Nacken zu einem schweren Zopf geflochten, der von einer grellroten Seidenschleife gehalten wird.
Sie spricht langsam, und ihre Stimme hat eher einen dunklen Klang. Lacht sie aber, so meint man eine ferne, helle Glocke schwingen zu hören. Wenn sie so sinnend in die Ferne blickt und dabei kaum merklich die Lippen bewegt, so könnte man sie am Ausdruck ihres Gesichts älter und reifer schätzen.
Florian starrt sie immer noch an.
»Warum seid ihr denn nicht nachgekommen?« fragt jetzt Erich, indem er seine Mütze abnimmt und sich den Schweiß von der Stirn wischt.
»Ich laufe niemandem nach«, versetzt Florian boshaft. »Gelt, Anna, wir laufen niemandem nach?«

Er fühlt, daß Maria ihn ansieht, und wird rot. Zorn und Wut schwinden zusehends, und er weiß, daß er kein Wort wird sagen können von all dem, was er sich zurechtgelegt hat. Er fühlt nur, daß alles gut und schön ist, weil sie nur da ist. Ja, schon allein ihre Nähe hat etwas Beglückendes für ihn.

Da sagt Erich zu Maria etwas auf Französisch, worauf sie lacht und ebenfalls in dieser Sprache antwortet. Sie sprechen überhaupt eine Weile diese fremde Sprache. Florian versteht kein Wort davon und denkt, sie sprechen nur deshalb so, weil es etwas ist, das er und Anna nicht zu wissen brauchen. Vielleicht spotten sie über ihn und Anna.

Sein Blick wird immer drohender, und auf einmal faucht er wild: »Du kannst schon deutsch reden, Maria. Mit diesem blödsinnigen Gequassel kannst du mir absolut nicht imponieren.«

Maria blickt ihn groß an, sagt aber kein Wort. Das ärgert Florian um so mehr. Er springt auf und steht mit geballten Fäusten vor ihr. »Ja, du! Du bist überhaupt ein ganz eingebildetes Ding geworden! Meinst du, weil du in der höheren Schule bist, kannst du auf unsereins herunterschauen? Bilde dir nur nichts ein!«

»Aber Flori!« ruft Anna besänftigend.

Maria sagt immer noch nichts. Nur ihre Augen hängen an seinem Gesicht. Sie schimmern feucht, und ihre Lippen zucken.

Florian fährt erregt fort: »Meinst du, ich bin so dumm und merke nichts? Dich habe ich durchschaut!«

»Warum bist du denn so taktlos, Florian?« fragt jetzt Maria. Ihre Stimme will ihr kaum gehorchen.

»Wie kannst du denn von einem Bauernlümmel Takt

verlangen, Ria?« sagt Erich Reinhard hochmütig und gefaßt. – Es wäre besser gewesen, wenn er geschwiegen hätte, denn Florian springt mit einem heiseren Wutschrei auf ihn los und schlägt ihm die Fäuste ins Gesicht. Im nächsten Augenblick sind die beiden ein ringendes Knäuel. Erich ist größer und um zwei Jahre älter als Florian. Aber gegen die wilde Kraft des Jüngeren kommt er nicht an.

Endlich läßt Florian von ihm ab und geht, ohne sich umzusehen, fort. Die Fäuste in die Hosentaschen vergraben, den Kopf eingeduckt, schreitet er dahin. Er weint. Ja, jetzt, nachdem die fürchterliche Spannung, die auf ihm gelegen hat, sich ein Ventil verschafft hat, jetzt weint er.

»Warum hab' ich es eigentlich getan?« denkt er. »Wegen dem Bauernlümmel vielleicht? Nein, nur wegen Maria. Ich habe gefühlt, daß der andere sich Rechte anmaßen will, daß er Maria verehrt.«

Ria – sagen die andern. Alle sagen Ria im Städtchen, auch ihre Mutter. Nur er kann es nicht. Er muß immer Maria sagen. Er weiß nicht, warum er den ganzen Namen sagen muß. Er muß es einfach.

Ohne auf den Weg zu achten, stolpert er wie ein Blinder dahin, in seiner Erregung immer schneller. Plötzlich merkt er, daß Anna neben ihm geht.

»Ach«, sagt er, »du bist da. Ich dachte, du seist bei den andern geblieben.« Er stößt das kurz und gereizt heraus.

»Ich laß dich doch nicht allein, Florian«, antwortet sie und trippelt weiter neben ihm her. »Sag einmal, Flori, warum bist du zu Ria so grob gewesen? Sie hat bitterlich geweint.«

»So? Hat sie geweint? Na ja, dann ist's ja gut!«

»Und Erich hast du sauber zugerichtet. Das hättest du doch nicht tun sollen.«

»Doch, doch«, fährt er auf. »Das mußte sein. Der soll sich nicht einbilden, weil er jetzt studiert, daß – daß nun ja, du hast ja gehört, was er mich geheißen hat. Aber wenn es dir leid tut, dann bitte – –« Er macht dazu eine entlassende Handbewegung. »Du kannst ruhig zu den andern halten. Ich brauche niemanden!«

»Aber Flori! Willst du mit mir auch Streit suchen?« Sie hat Mühe, die Tränen zurückzuhalten.

»Nein, Anna, ich will dir nicht weh tun. Komm, wir gehen zum Mäuseturm.«

Als sie dort ankommen und über die Wendeltreppe zur Terrasse hochsteigen, bietet sich ihren Augen ein Bild von unvergleichlicher Schönheit.

Drüben auf der anderen Seite des Rheins leuchten die Rebenhänge im Sonnenuntergang. Lichte Wolken stehen über dem Hunsrück, langsam verfließend sinken sie in den Waldrand. Und jetzt – jetzt ist der Strom da unten überstrahlt von Gold.

Die beiden jungen Menschen lehnen still an der Mauer und blicken in die Ferne. Dunkel und verschwiegen steht der Wald unter ihnen. Hell funkelnd steht der Abendstern über dem Strom. Der Sturm in Florians Herz beruhigt sich, und Anna hat ihren Anteil daran.

»Flori, wir müssen heimgehen«, sagt Anna nach einer Weile.

»Natürlich«, antwortet er, rührt sich aber nicht von der Stelle.

Erst als sie ihn nach einer Weile schüchtern am Ärmel zupft und sagt: »So komm doch, Flori, meine Mutter ängstigt sich sonst«, nimmt er sie bei der Hand und führt sie den dunklen Turm hinunter.

Ängstlich schmiegt sie sich an ihn. Und als sie durch das kleine Türchen ins Freie treten, sagt er: »Wenn ich bei dir bin, braucht deine Mutter sich nicht ängstigen. Sag ihr das. Oder nein, sag ihr lieber nicht, daß wir allein waren. Maria war bei uns, verstehst du?«

Nein, sie versteht es nicht und fragt ihn, warum sie lügen soll.

»Du brauchst nicht zu lügen, wenn du nicht willst. Ich hab' nur so gemeint. Aber schön war es doch«, sagt er dann, jäh auf ein anderes Thema überspringend. »Dieser Abend, nicht wahr? Das war doch alles so schön – die einfallende Dämmerung, das langsame Erlöschen aller Farben. Ich hab' das noch nie so beobachtet wie heute.«

Anna hört ihm beseligt zu, wie er in lebhafter, glühender Phantasie Bild um Bild der abendlichen Schönheit entwirft.

»Weißt du«, sagt er dann, »das ist alles in meiner Seele. Alles hab' ich in mich aufgenommen, und ich werd' es auch behalten.«

»Ja, ja«, sagt sie andächtig und in tiefer Bewunderung, daß er für all diese Dinge eine Deutung hat.

»Das kann man nicht erlernen, Anna. Das kann man nur fühlen und innerlich erleben. Man muß dazu viel im Freien sein, mit der Natur also recht innig verbunden sein.«

»Ja, das möchte ich wohl auch, recht viel im Freien wandern. Recht große Freude macht es mir gerade nicht, den ganzen Tag in der Nähstube zu sitzen. Aber irgend etwas muß man ja lernen. Und die paar

Jahre kann ich es schon aushalten. Bis dahin ist aus dir sicher schon was geworden, dann heiraten wir.«
»Was meinst du da?«
»Aber Flori!« lacht sie herzhaft auf. »Weißt du denn nimmer, was du gesagt hast? Es ist doch erst ein paar Stunden her.«
»Natürlich weiß ich das. Aber wir wollen nicht immer davon sprechen. Das hat noch Zeit.«
Der Weg kommt ihm recht langweilig vor, und er atmet befreit auf, als die ersten Häuser in Sicht kommen. Er bringt Anna noch bis an die Haustür. Dort gibt er ihr die Hand und sagt: »Gute Nacht, Anna! Schlaf gut!«
Sie hält seine Hand fest, und plötzlich schlingt sie ihre Arme um seinen Hals und küßt ihn. Im nächsten Moment ist sie in den Flur gehuscht, und die Tür klappt ins Schloß.
Florian steht einen Augenblick wie benommen, dann wendet er sich hastig um und geht durch die enge, spärlich erleuchtete Straße nach Hause.
Von der Kneipe dringt Lärm und Musik an sein Ohr. »Dort müßte ich jetzt sein«, denkt er. »Vielleicht könnte ich dann diese verdammte Unruhe von mir abschütteln.«
Er zermartert sich in Gedanken, bis er vor dem Haus steht. Ein Lichtschein füllt die Ritzen der Fensterläden. Die Mutter ist noch auf.
Als er dann am Tisch sitzt und seine Suppe löffelt, sagt die Mutter: »Ria und Erich sind schon lange daheim. Habt ihr Streit gehabt?«
»Ja, Mutter! Erich hat mich einen Bauernlümmel geheißen, und da hab' ich ihn verdroschen.«
»Aber Florian! Kannst du denn dein Temperament

gar nicht im Zügel halten? Erich hat das sicher nicht so gemeint.«
Florian legt den Löffel weg, starrt eine Weile vor sich hin und sagt: »Ach, weißt du, Mutter, das allein ist es ja auch nicht gewesen. Es ist wegen Maria. Da hat sie ...« Erschrocken hält er inne und weicht dem forschenden Blick der Mutter aus.
»Ich hab' dir ja schon oft gesagt, daß ihr euch fremd werden müßt. Die Kinderzeit ist nun einmal vorüber.«
»Anna hat sich aber nicht verändert, Mutter.«
»Anna ist auch nicht fort gewesen. Aber es wird auch noch kommen. Wart nur, bis sie einmal ausgelernt hat und selbständig ist.«
»Nein, Mutter, Anna wird sich nicht verändern.«
Frau Eck blickt ihren Jungen abermals forschend an.
»Wie willst du das wissen, Flori?«
Er zuckt die Schultern. »Ich hab' nur so gemeint. Im großen und ganzen wäre es ja auch egal. Es wird wohl so sein, daß es nie mehr so sein wird wie in den Jahren der Kindheit. Da hielt man zehn oder zwölf Jahre zusammen, und auf einmal hört es auf, und schließlich geht man aneinander vorbei, als ob man sich nie gekannt hätte.«
Florian begleitet seine Worte mit einem eigentümlichen Lachen. Dann steht er auf und holt seine Geige aus dem Kasten. Mitten im Spiel bricht er dann ab und stellt sich vor die Mutter hin.
»Mutter! Wie war es denn damals mit dir und Vater? Habt ihr euch sehr geliebt?«
»Wie kommst du jetzt auf so etwas, Kind?«
»Weil ich es wissen möchte – ich meine, ob da kein Alltag eingekehrt ist bei euch.«

»Nein, dazu war unsere Zeit zu kurz. Wir waren ja nur zehn Monate verheiratet, dann passierte der schreckliche Autounfall. Aber ich glaube, daß der Alltag auch dann nicht gekommen wäre.«
»Ja, so wird es wohl sein. Eine Liebe, wenn sie groß und tief ist, kann also nicht zum Alltag werden. Das wollte ich wissen.«
Er tritt wieder zurück ins Dunkel und spielt das Stück zu Ende, beginnt dann etwas anderes und hört dann plötzlich auf.
»Ich weiß nicht«, sagt er, »es will nicht recht gehen heute.« Er legt die Geige etwas unsanft in den Kasten. Sie gibt einen schrillen Ton von sich, und die Mutter wendet den Kopf zurück.
»Aber, Florian. Was ist denn heute mit dir?«
»Nichts, Mutter. Was soll denn los sein mit mir? Ein bißchen müde bin ich, weiter ist nichts.«
Er geht aus der Stube, hinauf in sein Zimmer. Dort reißt er das Fenster auf und beugt sich weit über die Brüstung und atmet in tiefen Zügen die Luft ein.
Florian fühlt eine Unruhe in sich, wie noch nie. Schließlich nimmt er ein Glas, geht in den Keller und füllt es bis zum Rand mit Assmannshauser Spätlese.
In einem Zug stürzt er den Wein hinunter und steht dann wieder still vor dem Fenster. Die Nacht ist voll von Geräuschen. Auf dem Rhein zieht still und feierlich ein hellerleuchteter Personendampfer dahin. Später hört man das Rauschen des Wassers beim Anlegen an der Brücke. Dazwischen klingt frohes, vertrauliches Lachen und Geigenspiel. Das kommt von der kleinen Kneipe her und dauert bis nach Mitternacht.

✻

Um diese Stunde steht auch Maria Werner am Fenster ihres Zimmers. Vor dem Fenster erhebt sich der Glockenturm der Kirche. Gerade schlägt die Uhr. Elf schwere Schläge sind es, die das Zimmer mit ehernem Klang erfüllen.

»Jetzt sind es sieben Stunden«, denkt sie, »daß Florian mich so gequält hat. Ob er weiß, wie tief er mich verletzt hat? Und warum er es getan hat?«

Jedes seiner Worte ruft sie sich ins Gedächtnis zurück und sucht es zu deuten. Und immer wieder kommt der Schmerz, mit der gleichen Größe und der gleichen Schwere, wie sie ihn im Dunkel des Waldes empfunden hat.

Ein einzelner Schlag klingt vom Turm und über eine Weile sind es zwei. Maria tritt vom Fenster zurück und zieht die Vorhänge zu.

»Florian ...«, sagt sie leise, und hält, kaum ist ihr der Name entschlüpft, ängstlich den Atem an. Da ist ihr, als sei das ganze Zimmer erfüllt von diesem Namen. Sie spricht den Namen nochmal vor sich hin und stellt sich vor, Florian sei bei ihr. Ja, ganz deutlich sieht sie ihn vor sich stehen, braungebrannt, mit dem bestimmten Lächeln um den Mund und dem verträumten Blick in den Augen.

»So ist er fast immer«, denkt sie. »Nur wenn er spielt, verändert er sich. Da leuchten seine Augen, da ist alles an ihm Konzentration und Leidenschaft.

III

Am anderen Vormittag geht Florian einkaufen, um Brot zu holen.
»Gehst zum Werner«, sagt die Mutter. »Dort haben wir schon lange nichts mehr geholt.«
»Ja«, sagt er, aber denkt sich dabei: »Zum Werner geh' ich nicht.«
Wie er so auf der Straße dahinwandert, fühlt er plötzlich, daß er den ganzen Morgen an nichts anderes gedacht hat, als an Maria. Und dieses An-sie-Denken ist nun auf einmal ganz anders als in früheren Tagen. Es beginnt da in seiner Seele etwas zu klingen und zu schwingen. Und dann hat er doch wieder Angst vor einer Begegnung mit ihr, besonders nach dem gestrigen Vorfall. »Ich bin ein Esel«, denkt er. »Hab' mich da gestern so hinreißen lassen, aus bloßer Eifersucht, und weiß doch gar nicht, ob Erich ihr etwas will. Ich müßte sie fragen, müßte ihr sagen, daß ich sie lieb habe.«
Plötzlich wird er aus seinen Gedanken herausgerissen. Oben, an einem Fenster eines Fachwerkhauses, steht Anna und winkt ihm glücklich lächelnd zu.
Willenlos hebt auch er die Hand, versucht ein Lächeln, das ihm aber nur mit den Lippen gelingt, und sucht dabei mit den Augen einen Ausweg, daß er so schnell wie möglich ihrem Blickfeld entschwinden könnte. Rechts über der Straße ist die Bäckerei Wer-

ner. Und hat er vor wenigen Minuten noch geglaubt, sein Brot beim anderen Bäcker holen zu müssen, so ändert er in diesem Augenblick seinen Sinn und geht die Steinstufen zum Laden hinauf.

Die Ladenglocke schrillt durch das Haus. Florian steht mit klopfendem Herzen. »Hoffentlich kommt Maria nicht«, denkt er, und im nächsten Augenblick: »Hoffentlich kommt sie.«

Da öffnet sich die Tür des Wohnzimmers. Maria tritt ahnungslos heraus, hebt die Augen und begegnet seinem Blick. Keiner bringt ein Wort heraus, und plötzlich wendet sie sich mit einem Ruck um und stürzt davon.

Florian hört sie nach der Mutter rufen: »Mutter! Du mußt in den Laden!«

»Ich kann augenblicklich nicht weg. Geh nur du«, ruft Frau Werner über die Treppe herab.

Florian lächelt befriedigt und ein wenig schadenfroh. »Jetzt muß sie mich doch ansprechen«, denkt er.

Maria kommt wieder, blickt an ihm vorbei und fragt mit schwankender Stimme: »Was möchtest du?«

»Einen Brotwecken und drei Pfund Mehl.«

Sie schiebt ihm den Brotwecken hin und reißt eine Papiertüte von der Stellage ab. Sie tut alles mit abgewandtem Gesicht, um ihn nicht ansehen zu müssen. Florian weidet sich an ihrer Verlegenheit und fühlt sich in dem Bewußtsein des Überlegenen. Die Fäuste auf die Ladentheke gestemmt, sieht er ihr zu, wie sie mit der Blechschaufel das Mehl in die Tüte füllt. Er merkt, wie sie schwankt, ob sie das beträchtliche Übermaß herausnehmen soll oder nicht. Plötzlich wirft sie die Schaufel in die Mehltruhe zurück und wickelt die Tüte zu.

»Ein Brotwecken und drei Pfund Mehl macht ...« – Maria legt einen Moment die Hand vor die Augen.
»Macht eine Mark und fünfundsiebzig Pfennig«, sagt Florian und lächelt recht spitzbübisch. Er nestelt ein Fünfmarkstück aus seiner Geldbörse, hält es ihr hin und faßt in dem Augenblick, als sie es nehmen will, nach ihrer Hand.
Maria zuckt ein wenig zusammen. Aber dann begegnen sich ihre Augen.
Ihm ist plötzlich, als stände jemand hinter ihm und flüstere ihm zu: »Jetzt sprich ihren Namen recht leise und zärtlich aus, so zärtlich, wie du nur kannst.«
»Liebe Maria«, sagt er und erschrickt vor dem heiseren Klang und der Farblosigkeit seiner Stimme. »Bist du mir bös, Maria?«
Sie schüttelt den Kopf und schließt flüchtig die Augen.
Da hört man den Schritt der Bäckersfrau auf der Treppe. Maria löst erschreckt die Finger aus den seinen, zieht die Schublade auf und kramt in der Kassette mit dem Kleingeld.
»Eine Mark fünfundsiebzig – achtzig – neunzig – zwei und drei sind fünf Mark.« Sie zählt die Münzen der Reihe nach auf den Ladentisch und sagt dann: »Zähl's nach, ob es stimmt.«
Frau Werner betritt den Laden.
»Ach, der Florian. Sieht man dich denn auch einmal wieder?«
Florian schiebt die Münzen in die Geldbörse, steckt sie ein, nimmt den Brotwecken unter den einen Arm und unter den andern die Tüte mit dem Mehl.
»Wart, ich mach dir die Tür auf«, sagt Frau Werner und trippelt eilfertig um die Ladentheke herum.

»Hast du Florian nicht eingeladen, daß ihr wieder mal zusammen spielt?« fragt sie ihre Tochter.
»Doch, doch«, stammelt Maria verwirrt. »Natürlich hab' ich das. Du kommst doch heute abend, Florian?«
»Selbstverständlich komme ich«, antwortet Florian und tritt mit gerötetem Gesicht auf die Straße. Ein scheuer Blick huscht hinüber zu dem Fenster, an dem vorhin Anna gestanden ist. Jetzt ist es leer.
»Grüß mir die Mutter schön«, ruft ihm die Bäckersfrau noch nach, und Florian steht allein mit einem Brotwecken, drei Pfund Mehl und einer Menge verwirrter Gedanken.
Da bleiben seine Gedanken plötzlich wie vor einer großen unüberwindlichen Mauer stehen. »Wäre doch dieses Gestern nicht gewesen«, grübelt er vor sich hin. »Was ich aus Trotz getan habe, um meine Eifersucht zu betäuben, hat Anna für bare Münze genommen. Nun glaubt sie wohl, daß ich sie liebe und einmal heiraten werde. Ist ja alles Kinderei, und später werden wir alle beide einmal herzlich lachen darüber.«

Maria ist sofort, nachdem Florian den Laden verlassen hat, in ihr Zimmer gestürmt. »Er liebt mich«, flüstert sie leise vor sich hin. »Und ich liebe ihn auch«, hallt es aus ihr zurück. »Ja, ich liebe ihn«, gesteht sie sich freimütig und ohne die geringste Angst, daß sie sich täuschen könne. »Seit gestern liebe ich ihn. Und heute abend will ich ihn fragen, daß ich Gewißheit habe. Aber nein. Das ist ja unnütz. Seine

Augen haben es bereits gestanden. Seine Augen lügen nicht.«

Es klingelt wieder im Laden, und die Mutter ruft nach ihr, daß sie in der Küche nach dem Feuer sehen solle.

Maria ist plötzlich wie verwandelt. Sie sieht die Welt mit einem Male in einem anderen Licht. Jede Minute und jede Stunde ist ihr wie ein langer Tag voll heller Fröhlichkeit. Nach dem Mittagessen steht sie vor dem Laden und blickt nach der Richtung, wo Florian wohnt. Sie kann das Haus nicht sehen. Nur die Krone des Lindenbaums ist sichtbar. Da kommt der Herr Vermessungsrat Reinhard mit seinem Sohn Erich das Gäßchen herauf. Maria ist es sofort klar, wo die beiden hin wollen. Und das will sie um jeden Preis verhindern.

»Tag, Ria«, sagt Erich recht kleinlaut. Er schämt sich offenbar mit seinem verbeulten und verkratzten Gesicht.

»Ja, kleines Fräulein«, sagt der Herr Vermessungsrat recht salbungsvoll und leise, »da habt ihr also gestern zugesehen bei der Rauferei und könnt es bezeugen, wie es war.«

»Um Gottes willen!« stammelt Maria erschrocken. »Sie werden doch kein so großes Aufheben machen wegen der kleinen Rauferei?«

»So? Kleine Rauferei? Sieh dir meinen Jungen einmal an, wie er ausschaut. Wenn ihm auch in einem Teil ganz recht geschieht – ich habe ihm schon oft gesagt, er soll sich mit diesem Zigeunerjungen nicht abgeben – so kann ich es doch nicht ohne weiteres gut sein lassen.«

»Herr Rat, glauben Sie mir, Florian hat es längst

schon bereut. Ja, gewiß, er ist heute hier gewesen und hat es mir gesagt. Und er wird auch gewiß alles zurücknehmen.«

Der Herr Rat lacht sarkastisch auf. »Zurücknehmen, ja. Die Prügel wird er zurücknehmen.« Er schwingt dabei seinen Spazierstock auf drohende und gefährliche Art. Dann nickt er seinem Sprößling zu und sagt barsch: »Komm, mein Junge. Wir wollen dem jungen Herrn da oben alles redlich zurückgeben.«

Maria steht einen Augenblick ratlos und voller Angst. Dann stürmt sie durch den Hausgang über den Hof und dann durch die Gärten. Sie springt, daß die Röcke flattern, und hat nach kurzer Zeit Florians Haus erreicht.

Frau Eck erschrickt, als sie hört, um was es sich handelt. Florian aber lächelt ganz gelassen und streckt sich dann wie einer, den die Arbeit ruft. »Daß du mich aufmerksam gemacht hast, Maria, dafür danke ich dir. Aber nun geh wieder. Und du auch, Mutter. Habt nur keine Angst um mich. Ich werde schon fertig mit den beiden.«

Aber es ist schon zu spät. Die beiden kommen schon durch den Garten. So geht Maria einfach in die Kammer hinaus und wartet, bis die beiden die Stube betreten. Dann führt sie Frau Eck durch den Stall, und von dort aus stürmt sie durch die Gärten wieder nach Hause.

Der Herr Vermessungsrat poltert, ohne anzuklopfen, in das Zimmer. »Da ist er ja, der Flegel!« schreit er und geht auf Florian zu.

Florian weicht keinen Schritt zurück, nimmt allen Mut zusammen und mißt Erich mit einem verächtlichen Blick. Dann sagt er: »Sonst ist es Brauch, daß man anklopft, wenn man in ein fremdes Haus kommt. Ich glaube, man nennt Leute, die das nicht tun, Flegel.«

»Bürschchen! Wie redest du denn mit mir?«

»In meinem Haus rede ich, wie es mir beliebt. Der Herr Rat meint vielleicht, in einem Armeleutehaus kann er die Regeln des Anstands nicht beachten. Aber zur Sache! Was wollen Sie von mir?«

»Ich will Sie darauf aufmerksam machen, daß Ihre Rüpelhaftigkeit von gestern Ihnen nicht ohne weiteres geschenkt sein soll.«

Ja, der Herr Vermessungsrat spricht den »Zigeunerjungen« auf einmal mit »Sie« an.

»Bitte«, sagt Florian. »Wenn Sie es nicht gut sein lassen wollen, sie können mich ja jederzeit anzeigen. Übrigens« – er sagt dies zu Erich – »ich würde mich schämen, wenn ich du wäre. Mir wäre es nicht eingefallen, meiner Mutter davon nur ein Sterbenswort zu sagen. Du bist zwei Jahre älter als ich und brauchst deinen Vater als moralische Stütze. Hast du gemeint, ich krieche dann zu Kreuz und leiste Abbitte? Das glaubst auch nur du.«

Erich sagt kein Wort und blickt betreten auf seinen Vater, der den Unterkiefer hin und her bewegt, als hätte er eine Nuß zu kauen. In seinem tiefsten Innern mußte er Florian Eck recht geben, ja, ihn wegen seiner Courage bewundern, und er hätte seinem Sprößling am liebsten gesagt: »Da, sieh dir diesen an. Das ist ein armer Kerl. Nimm dir ein Beispiel an ihm.« Aber er darf sich doch um alles in der Welt keine Blöße geben. Deshalb sagt er: »Anzeigen, was hat das für einen Zweck? Bezahlen könnt ihr ja doch nichts. Das vernünftigste wäre wohl, ich würde meinen Stock

auf deinem Rücken tanzen lassen, damit du dich in Zukunft im Zaum hältst.«
Florian lacht ihm wütend ins Gesicht, innerlich zittert er.
»Sie glauben wohl, ich würde mich hinstellen und mich von Ihnen schlagen lassen. Ich mache Sie auf die Konsequenzen aufmerksam, Herr Rat. Die Blamage, von einem Sechzehnjährigen zum Haus hinausgeworfen zu werden, die werden Sie sich doch wohl ersparen wollen.«
»Kerl! Du wirst frech!«
»Bitte, Herr Rat, wir wollen uns nicht mehr lange streiten. Erstens habe ich keine Zeit mehr, weil ich in den Wingert muß, und zweitens ist mir die Sache zu lächerlich. Erich hätte eben vorher bedenken müssen, daß ich mich nicht beschimpfen lasse. Wenn Sie meinen, die Sache nicht gut sein lassen zu können, dann zeigen Sie mich eben an!«
Mit diesen Worten geht Florian ruhig und gelassen an den beiden vorbei zur Tür hinaus, nimmt im Schuppen eine Haue, und geht, ein lustiges Liedchen pfeifend, den Hang hinauf. Als er nach einigen Schritten zurückblickt, verlassen die beiden eben das Haus, und er hört den Herrn Vermessungsrat sagen: »In Zukunft wähle dir eine andere Gesellschaft. Du mußt wissen, was du unserer Familie schuldig bist. Ich habe dir immer schon gesagt, du sollst dich mit diesem Zigeuner nicht abgeben.«
Florian steht mit aschfahlem Gesicht.
Zigeuner ...
Seine Fäuste umklammern den Stiel der Harke, daß die Knöchel weiß hervortreten. Am liebsten wäre er den Hang hinuntergesprungen und hätte verlangt,

daß er dieses Wort zurücknähme. Aber da tritt die Mutter unter die Tür, und Florian wendet sich wortlos ab, stößt mit einem grimmigen Fußtritt das Gatter auf und geht den Weinberg hinauf.

※

Als Maria wieder zu Hause ankommt, stellt sie sich auf die Ladentreppe und wartet ängstlich, bis Erich mit seinem Vater zurückkommt. Sie hat Angst um Florian, denn sie kennt ihn und weiß, daß er, wenn er gereizt wird, alle Selbstbeherrschung verliert.
Da wird sie gerufen. Anna ist es, die drüben auf der anderen Seite unter dem Haustor steht und herzhaft in einen Apfel beißt.
»Komm rüber«, sagt Maria. Ihr Herz ist so voll, und sie will der Freundin von ihrem Glück erzählen.
»Wie bist du denn heimgekommen, gestern?« beginnt sie.
»Gut, Ria. Und schön ist es gewesen. Wir waren noch nach dem Mäuseturm. Übrigens, was ich dich bitten wollte, sei nicht bös mit Florian. Er hat es sicher nicht so gemeint.«
Eine kleine Falte schiebt sich zwischen Marias Augenbrauen.
»Hat er es dir gesagt? Und warum bittest du für ihn?«
»Ach, Ria, hast du es denn nicht gemerkt? Wir haben uns doch lieb, ich und Florian.« Und sie beißt wieder von ihrem Apfel ab und blickt der Freundin glückstrahlend ins Gesicht. Und da erschrickt sie.
Maria steht da, ihre Wangen werden aschfahl. Nur der Mund leuchtet in diesem bleichen Gesicht und steht halb offen.

»Aber Ria! Freust du dich denn nicht?« fragt Anna erschrocken.
»Doch, gewiß, natürlich freue ich mich«, antwortet Maria und ihr Herz krampft sich zusammen. Sie hätte aufschreien mögen vor Qual und Schmerz. Fortlaufen hätte sie mögen. Aber sie hätte es nicht können, denn Anna hat ihren Arm um ihren Hals geschlungen und wispert ihr all das Glück von gestern ins Ohr.
Maria steht ganz regungslos und blickt mit starren Augen geradeaus. Um ihre Lippen zuckt es. Aber es ist ein eiserner Wille in ihr, sich nichts anmerken zu lassen, wie jedes Wort, das Anna ihr von Florian erzählt, sie tief berührt.
»Das mußt du doch selber zugeben, Ria, daß Florian ein guter Junge ist, den man liebhaben muß.«
»Man muß ihn liebhaben«, spricht Maria monoton nach. Ihre Stimme klingt wie zersprungenes Glas. Und dabei lächelt sie schmerzvoll in Annas freudestrahlendes Gesicht.
»Weißt du«, spricht Anna weiter, »ich habe es ja nur dir erzählt, weil ich weiß, daß du es nicht weitererzählst. Florian meint nämlich, daß es vorerst noch ein Geheimnis bleiben soll.«
»Da kannst du gewiß sein, daß ich nichts weitersage. Ja, ich danke dir recht herzlich dafür!«
»Du brauchst auch zu Flori nichts davon erwähnen.«
»Ihm gegenüber am allerwenigsten.«
Maria wendet sich hastig ab, weil zum Glück jemand in den Laden geht. Länger hätte sie auch die Tränen nicht mehr zurückhalten können.

*

Sie haben zu Abend gegessen. Der Altgeselle lehnt sich behaglich in die Ecke des Sofas und zündet sich sein Pfeifchen an. Die beiden jüngeren Gesellen haben jeder eine Freundin und verlassen gleich nach dem Essen die Wohnküche und gehen aus dem Haus. Das Dienstmädchen räumt das Geschirr ab, und Frau Werner setzt die Brille auf und beugt sich über das Geschäftsbuch. Seit ihr Mann vor vier Jahren gestorben ist, führt sie mit Hilfe des Altgesellen das Geschäft weiter.
Maria blättert indessen gelangweilt in einer Zeitschrift. Dann steht sie auf, geht hinüber ins Wohnzimmer, schlägt auf dem Klavier ein paar Tasten an und legt dann die Hände in den Schoß. Klopfenden Herzens sitzt sie da und wartet.
Jetzt schlägt der Hund an. Rasche, entschiedene Schritte gehen draußen am Fenster vorüber. Gleich darauf klopft es an die Küchentür.
Maria gibt sich einen Ruck, blättert im Notenalbum. Draußen hört sie die Mutter sagen: »Geh nur ins Wohnzimmer, Florian. Ria wartet schon.«
Als Florian ins Wohnzimmer tritt, bleibt er einen Augenblick wie verzaubert auf der Schwelle stehen. Das Licht einer Lampe wirft durch einen roten Perlenschirm milde Reflexe. Und wie Maria so still und regungslos dasitzt, jetzt langsam den Kopf nach ihm wendet und ihm, geheimnisvoll lächelnd, einen Gruß zunickt, da kommt ihm dies alles bei dieser eigenartigen Lichtwirkung wie etwas Märchenhaftes vor.
Langsam geht er jetzt vor in den Lichtkreis, legt seine Geige auf das Klavier und gibt Maria die Hand.
»Guten Abend, Maria. Ich habe mich etwas verspätet. Entschuldige. Aber – das war so schön, vorhin.«

»Was war so schön?« fragt sie und zwingt ihre Stimme zu dem gewohnten Klang.
»Wie ich vorhin so eintrat, aus dem Dunkel, in dieses Licht. Das hat mich so eigentümlich berührt. In diesem opalisierenden Licht kamst du mir im ersten Moment so unwirklich vor – ich weiß nicht wie ...«
Maria weicht seinem Blick aus und schlägt ein Musikstück auf. »Wir wollen spielen«, sagt sie.
Florian ist ein wenig verwundert. Etwas in ihrem Gebaren und in ihrer Stimme läßt ihn aufhorchen.
»Hast du schlechte Laune, Maria?«
»Ich? Nein! Wie kommst du darauf?«
»Mir kam es so vor. Aber was ich noch sagen wollte. Von Erich, nicht wahr? Das war doch gemein von ihm, daß er da heute seinen Vater mitgenommen hat. Aber fertig geworden bin ich mit ihnen.«
»Bist du nun wieder gut mit Erich?«
»Nein, Maria. Da gibt es kein Gutwerden mehr. Sein Vater hat mich einen dahergelaufenen Musikanten genannt. Das kann ich nie vergessen.« Er stimmt die Geige. »Was hast du denn aufgeschlagen?«
»G-Dur-Romanze von Beethoven.«
»Das hat voriges Jahr nie recht klappen wollen. Geht es jetzt?«
»Ja, jetzt geht es.«
»Dann los!« Florian nimmt die Geige unters Kinn. »Halt, Maria! Eines möcht ich noch gerne wissen. Hältst du – ich meine – ob du mich auch für einen Zigeuner hältst?«
Sie blickt flüchtig in sein Gesicht. »Nein, Florian. Das ist mir noch nie in den Sinn gekommen.«
»Dafür danke ich dir. Und nun wollen wir spielen.«
Es geht tadellos. Maria hat einen weichen, anpassen-

den Anschlag. Doch plötzlich setzt Florian die Geige ab.

»Halt, Maria! Das ist nicht richtig! Der Übergang muß etwas temperamentvoller gespielt werden.«

Sonst hat sie von ihm immer alles angenommen. Heute sagt sie: »Unser Musikprofessor spielt es aber so.«

»Dann spielt er es eben auch falsch«, erklärt Florian bestimmt. »Notenfressen, das weißt du, ist nicht immer richtig. Gefühl ist maßgebend. Komm, ich spiele dir die Stelle einmal vor.«

Er steht hinter ihr, legt die Geige weg, und über ihre Schulter hinweg gleiten seine Hände über die Tasten. Seine Wange liegt dabei ganz leicht auf ihrem Scheitel. Da senkt Maria den Kopf, weil diese Berührung sie wie ein Stromschlag trifft.

Sie spielen noch zwei Stücke, dann steht Maria plötzlich auf und sagt: »Es geht heute wirklich nicht, Florian. Willst du nicht allein etwas spielen?«

Wortlos nimmt er den Platz vor dem Klavier ein. Maria setzt sich in den hintersten Winkel des Zimmers, stützt den Kopf in die Hände und verhält sich ganz regungslos.

Florian spielt erst die Tonleiter, dann ein paar einzelne Takte. Und jetzt heben die Töne an, schwellen an zu tosender Brandung, verebben wieder und fluten weich und traumhaft durch das Zimmer.

Florian läßt die Hände sinken.

»Florian«, sagt Maria ganz leise.

Er rührt sich nicht. Erst als sie zu ihm hingeht und ihn nochmals beim Namen nennt, hebt er den Kopf. In seinen Augen ist ein sonderbares Glänzen.

»Wie heißt dieses Stück, Florian?«

Ein mattes Lächeln zuckt um seinen Mund. »Ich weiß

es nicht, Maria. Das kann ich dir auch nicht sagen. Weißt du – hier drinnen in der Seele waren die Töne und meine Hände spielten, ohne zu wissen, was. Und nun –«, er fährt sich mit dem Handrücken über die Stirne – »nun weiß ich es nicht mehr.«
»Es wird dir schon wieder einfallen, Florian.«
»Ich weiß es nicht, Maria. Gewiß, es wird mir immer etwas einfallen – immer etwas anderes.« Er steht plötzlich auf und faßt ihre Hände. »Glaubst du, Maria, daß ich etwas fertigbrächte, ein Stück, eine Sonate vielleicht, oder so was?«
Maria blickt in seine Augen. »Ja, Florian, ich glaube es.« Dann entzieht sie ihm rasch ihre Hände und wendet sich schweigend ab.
Florian sieht auf die hohe, mit reichen Verzierungen verschnörkelte Standuhr. Es ist zehn Minuten vor zehn. »Um zehn Uhr sag' ich ihr, daß ich sie liebe«, denkt er. Und da steht auch schon wieder der unsichtbare Jemand hinter ihm und raunt ihm zu: »Du mußt es ihr unbedingt sagen. Ich wette alles mit dir, daß sie dann dir gehört.«
Florian spielt noch ein Stück. Ein italienischer Schlager ist es, und Maria kennt den Text sehr gut. »Du, nur immer du«, heißt es da und sie fragt sich, warum er gerade das spielt. Er ist sonst nicht so für Schlager. Als Florian damit fertig ist, sagt er: »Du kennst den Text doch, Maria. Du, nur immer du, heißt es. Ja – und – was ich dir sagen will – Maria ...«
Die Uhr schlägt mit klangvollen Tönen die zehnte Stunde.
Florian nimmt allen Mut zusammen, räuspert sich und steht auf.
»Willst du heimgehen?« fragt Maria auf einmal ab-

weisend. »Komm, ich helfe dir deine Geige einpacken.«
Ihm ist zumute, als schütte ihm jemand einen Kübel voll Wasser über den Kopf. Das hat Maria noch nie getan. Sonst hat sie ihn immer nicht fortlassen wollen, und heute packt sie sogar seine Geige ein. Und sie tut es mit einer nervösen Hast, als könne sie es gar nicht erwarten, daß er geht.
»Sie wird mich doch vor die Tür begleiten«, denkt er angstvoll. »Und da will ich es ihr sagen. Da geht es auch leichter unter dem dunklen Torbogen …«
Ja, Maria begleitet ihn vor das Tor. Sie fühlt den starken Druck seiner Hand und macht sich rasch los, noch ehe er dazu kommt, etwas zu sagen.
»Du hast dich aber auch dumm angestellt«, flüstert die fremde Stimme ihm wieder zu. »Jetzt sieh zu, bis du wieder eine so günstige Gelegenheit hast.«
Florian stampft zornig mit dem Fuß auf und tritt dann verärgert den Heimweg an.

Es gibt auch wirklich keine Gelegenheit mehr. Florian hat sogar das Gefühl, daß Maria sich vor ihm verbirgt. Und schließlich sind es dann Stolz und Trotz bei ihm, daß er auch keine Gelegenheit mehr sucht, sie zu treffen. Nur einmal noch, kurz vor ihrer Abreise nach Würzburg in die Schule, begegnet er ihr. Es sind aber recht belanglose Worte, die sie da wechseln. Ganz wie von selbst findet er wieder mehr zu Anna zurück und verbringt mit ihr die Sonntage. Da stellt ihn aber ihr Vater einmal zur Rede. Er ist Beamter und hält etwas auf Annas guten Ruf. »Ich habe nichts

dagegen, Florian, wenn du sonntags zu uns kommst«, sagt er. »Aber ich dulde es nicht, daß du mit Anna sonntags im Wald herumstreifst. Man redet schon darüber, und Anna ist noch zu jung.«
So kommt es, daß Florian sonntags regelmäßig bei Bergmanns zum Nachmittagskaffee erscheint und manchmal auch bis zum späten Abend dort bleibt.
Herr Bergmann sieht zwar streng darauf, daß die beiden jungen Leute nie allein bleiben. Die Mutter ist aber etwas nachsichtiger. Sie sieht, wie viele Mütter, in Anna schon die Gattin des berühmten Geigers.

Als Florian im November nach Mannheim aufs Konservatorium abreist, sagt Frau Bergmann zu ihm: »Vergiß unsere Anna nicht.«
Er verspricht es und kann es Frau Bergmann gar nicht genug danken, daß sie Anna allein mitgehen läßt zur Bahn.
Es ist ein recht unfreundlicher, nebliger Tag. Die beiden jungen Menschen stehen in der Bahnunterführung und nehmen Abschied. Anna weint, und Florian hat einen Arm um ihre Schulter gelegt und tröstet sie, so gut er kann. Hinter ihnen an der Wand lehnt seine Geige und eine alte Tasche, die seine Kleider enthält.
»Und schreib' mir recht oft«, bettelt Anna.
»Ich schreib' dir jede Woche einen Brief.«
»Und schau keine andere an.«
»Nein, ich schau' keine andere an. Ich bleib' dir treu.«
Und er hat in diesem Augenblick wirklich den festen Willen, ihr treu zu bleiben. Was verspricht man denn nicht alles in solchen Stunden. Zum Schluß heulen sie alle beide zusammen. Aber dann kommen Leute, die auch zum Zug wollen, und Florian rafft schnell seine

Geige und die alte Tasche zusammen, wischt sich mit dem Rockärmel über die Augen und sagt zu Anna: »Wisch dir dein Gesicht ab. Die Leute brauchen es nicht merken, daß du geheult hast.«
Auf dem Bahnsteig erweist sie sich wirklich recht tapfer und sie winkt und lächelt so lange, bis der Zug hinter Bäumen verschwindet.

IV

Florian will soeben die Treppe überqueren, da wird er zurückgerufen.
Es ist Professor Andersen, der hinter ihm das Konservatorium verlassen hat und nun auf der Steintreppe auf ihn wartet.
»Haben Sie ein wenig Zeit, Eck?«
»Eigentlich nicht, Herr Professor. Ich gebe nämlich Musikstunden, und zwei meiner Schüler werden schon auf mich warten.«
»Na, dann ist es nichts. Ich hätte Sie gern einmal zu mir eingeladen. Aber vielleicht können Sie am Sonntag nachmittag zu mir kommen. Punkt drei Uhr zum Tee. Wo wohnen Sie eigentlich, Eck?«
»In der Frankfurter Straße, bei einer Frau Rothenfußer.«
»Dann können wir ein Stück zusammen gehen. Sie geben also Musikstunden, sagten Sie vorhin?«
»Ja, ich muß, Herr Professor.«
»Ich verstehe. Des Studiums wegen.«
»Ja, meine Mutter kann mir nichts geben.«
»Na, warten Sie mal, vielleicht kann ich Ihnen da irgendwie helfen. Ich habe kürzlich mit Herrn Generalmusikdirektor schon darüber gesprochen. Sie haben übrigens eine Geige, die einen enormen Wert hat.«
»Mir ist sie unersetzlich, Herr Professor.«
»Erbstück wahrscheinlich, ja? Bergonzi-Geigen gibt

es nicht mehr viele. Wissen Sie nichts über den Ursprung Ihres Instruments?«
»Die Geige ist von meinem Vater, Herr Professor.«
Andersen zündet sich eine Zigarre an, macht ein paar Züge und fragt dann: »Wo sind Sie geboren, Eck?«
»Am Rhein, Herr Professor. Aber mein Vater war aus Ungarn.«
»Ach, deshalb ...«
»Wie meinen Herr Professor?«
»Wir haben schon öfter in Kollegenkreisen über Ihr Spiel gesprochen. Nicht nur allein über den Ton Ihrer Geige, sondern auch über die Art, wie Sie spielen, haben wir gesprochen. Sie sind den andern weit voraus, Eck. Aber nichts einbilden und keine Schrullen in den Kopf setzen. Ja, ja, Eck. In Ihnen steckt was, und wenn Sie so weitermachen, braucht es Ihnen um Ihre Zukunft nicht bange zu sein. Wie alt sind Sie jetzt?«
»Achtzehn, Herr Professor. Aber darf ich mir eine Frage erlauben?«
Andersen blickt seinen Begleiter von der Seite an.
»Bitte, fragen Sie nur.«
»Ich meine, hat man in Ihren Kollegenkreisen vielleicht vermutet, daß ich ein – Zigeuner sein könnte?«
»Nein, davon war noch nie die Rede. Aber die Art, wie Sie manchmal spielen – wie Sie den Bogen führen und der Geige Töne entlocken, könnte solche Schlüsse zulassen. Gesprochen aber wurde darüber noch nicht. Aber was ich noch fragen wollte: Üben Sie zu Hause viel?«
»Ja, mit Leon Karsten. Er wohnt auch bei Frau Rothenfußer in Untermiete.«
»Karsten? Leon Karsten? Ist das vielleicht der Pianist, der ...«

»Ganz recht«, fällt ihm Florian ins Wort. »Karsten ist der bekannte Pianist, der einmal einen Namen hatte. Aus welchen Motiven er so weit heruntergekommen ist, weiß ich nicht. Er spielt jetzt in einem Kaffeehaus.«

Sie waren inzwischen vor Professor Andersens Haus angelangt.

Andersen gibt Florian die Hand. »Also, es bleibt dabei. Am Sonntag nachmittag um drei Uhr. Und Pünktlichkeit, wenn ich bitten darf. Und die Geige mitbringen. Das hätte ich nun beinahe vergessen. Also, auf Wiedersehen, Eck.«

»Auf Wiedersehen, Herr Professor.«

Florian eilt mit raschen Schritten weiter. Er achtet gar nicht darauf, daß ein Mädchen an ihm vorbeigeht und ihn grüßt. Und später wieder eine andere. Er ist voll von wirbelnden Gedanken. Daß Professor Andersen ihn eingeladen hat, bedeutet eine große Auszeichnung für ihn, die noch keiner seiner Kollegen für sich buchen kann.

Bei seinem Haus angekommen, springt er, zwei, drei Stufen auf einmal nehmend, die vier Treppen hinauf in seine Wohnung und tritt bei Leon Karsten ein.

Karsten ist ein Mann in den Sechzigern. Sein Haar ist lang und schlohweiß. Seinem hageren Gesicht nach, mit der scharf vorspringenden Hakennase und dem schmalen, streng verschlossenen Mund, könnte man eigentlich einen Schauspieler in ihm vermuten. Nur wenn er spricht, verliert man diesen Eindruck. Er hat eine leise Stimme, die auf ein Halsleiden zurückzuführen ist, das er nun schon fast fünfzehn Jahre hat.

Karsten war einmal eine Größe gewesen, und sein Name stand vor Jahren fettgedruckt in den Zeitungen. Wenn man ihn heute so sitzen sieht, vor dem alten Bechsteinflügel, ein wenig zusammengekrümmt und mit traurigen Augen, so hätte man kaum in ihm den Mann vermutet, der einmal durch aller Herren Länder gereist ist und Konzerte gegeben hat, dem einmal die Frauen zu Füßen lagen und dessen Brust eine Reihe blitzender Sterne und Orden geschmückt hat. Einen davon hat er noch. Die anderen sind im Pfandhaus gelandet. Und nun fristet er sein Leben, indem er Abend für Abend in einem kleinen Café auf dem Klavier spielt.

Als Florian heute so froh und mit leuchtenden Augen in sein Zimmer gestürmt kommt, blickt er ihn mit seinen tiefliegenden, forschenden Augen lang an.

»Nanu, Junge. Was ist denn in dich gefahren?«

»Denk dir nur, Leon. Andersen hat mich für den Sonntag zu sich eingeladen.«

Der alte Meister blickt den Jungen abermals lange an und sagt dann mit einem sonderbaren Lächeln: »Ja, ja, so fängt es an.«

»Was fängt so an?«

»Das werde ich dir ein andermal erzählen. Andersen – der Name hat Klang und Bedeutung in der Stadt. Verkehrt nur auserlesene Gesellschaft dort, und seine beiden Töchter spielen auch. Ich glaube, die eine Klavier und die andere Cello.«

»Ach, deshalb soll ich meine Geige mitbringen.«

»Ja, und ihr werdet spielen, und du wirst dich in eine von den beiden verlieben, oder zum mindesten eine von den beiden in dich, und – nun ja – wie das eben so geht. Ich habe dir ja schon vorhin gesagt, so fängt es an. Jedenfalls aber kann es dir sehr nützlich sein, wenn du in das Haus eingeführt wirst.«

Florian ist ein wenig nachdenklich geworden. Er hat sich vorgestellt, wie Leon sich freuen würde, und nun ...

»Mir scheint, du freust dich gar nicht, Leon?« fragte er.

»Was Freude und sich freuen heißt, das habe ich verlernt, Florian. Aber wir sprechen ein andermal darüber. Deine Schüler warten bereits seit einer halben Stunde.«

Und dann übt Florian mit den Schülern wie gewöhnlich bis um sieben Uhr. Karsten geht um diese Zeit immer fort ins Café, und Florian sitzt dann meist bis um zehn Uhr bei Frau Rothenfußer in der Küche. Meistens liest er oder schreibt Briefe. Heute schreibt er an Anna. Er erzählt ihr von der Einladung des Professors und erwähnt auch die beiden Töchter.

Weiter schreibt er, daß er sich freue, wenn er sie im nächsten Sommer wiedersehe und daß nun die Zeit immer näher rücke, wo sie heiraten könnten, weil er, so hoffe er, durch die Vermittlung des Professors Andersen sicher leicht zu einem auskömmlichen Posten käme.

»Da wird sie sich sehr freuen«, denkt er, während er den Brief verschließt und die Adresse auf das Kuvert schreibt. Ganz langsam malt er die Buchstaben hin, wie ein ganz zärtlich bedachter Bräutigam. Und plötzlich öffnet er den Brief nochmals und schreibt noch hin: »Du – ich habe dich sehr lieb!«

»War das echt und kam das ganz aus meinem innersten Gefühl?« fragt er sich dann, als er schon im Bett liegt. »Warum habe ich das noch hingeschrieben? Aus Mitleid und Barmherzigkeit vielleicht? Liebe ich sie denn überhaupt? Und warum schreibe ich es ihr

nicht, wenn ich meine, daß dies nicht die richtige Liebe sei? Weil ich zu feig bin? Oder ist es doch so, daß ich eine geheime Angst habe, sie zu verlieren? Brauche ich ihre Zuverlässigkeit und ihre Liebe? Ihre Treue? Ach ja! Das ist es. Ihre liebe Treue ist es, die ihn immer wieder an sie denken läßt.
Von solchen Gedanken gequält, liegt er wach im Bett und starrt gegen die Decke. Eine Mücke summt über ihn hin. Das Zimmer ist nicht dunkel, weil von der Bogenlampe, die an der Straßenkreuzung angebracht ist, ein milder Schein durch das hohe Fenster fällt. So kann Florian alle Einzelheiten im Zimmer unterscheiden: den Schrank, die Kommode, den Tisch, die Stühle und selbst über sich die kleinen goldenen Muster in der Decke. Wie ein Himmel mit vielen Sternen kommt es ihm vor.
Unruhig wälzt er sich auf die andere Seite. Plötzlich taucht Maria vor seinem geistigen Auge auf. Angestrengt denkt er nach, was das eigentlich ist, daß er sie nie aus dem Sinn verlieren kann. »Drei Jahre sind es nun schon, daß ich sie liebe«, denkt er. »Sicher ist es noch länger. Sinnlos ist es. Drei Jahre lang jetzt schon diese Sinnlosigkeit. Denn alle Dinge, wenn sie keinen Sinn haben, sind blöd und bedeutungslos. Aber nun muß endlich Schluß sein«, nimmt er sich vor. »Irgend etwas wird ja immer davon in mir bleiben; eine kleine Narbe, ein Riß im jungen Herzen. Aber schließlich heilt alles und schmerzt nur noch selten. Vielleicht ist auch alles nur Einbildung bei mir.«
Florian denkt an die Mädels, die in letzter Zeit seinen Weg gekreuzt haben. War da Maria in solchen Stunden ausgeschaltet aus seinem Sinn? Manchmal ja, aber manchmal kann er nur küssen, wenn er recht

stark an Maria denkt. Das ist ihm selbst schon bei Anna vorgekommen, und das ist gemein und ekelhaft. Ab und zu glaubt er, Maria zu hassen, weil sie schuld ist an dem Leben, das ihm nie Erfüllung bringt. Aber meist schon nach Stunden bricht sein Haß in ein klägliches Nichts zusammen, und er sehnt sich nur noch schmerzlicher nach ihr.
Es klopft leise an die Tür. – »Herein!«
Leon Karsten ist es. »Bist du noch wach, Flori? Es ist schon nach Mitternacht.«
»Komm nur rein. Ich kann ja doch nicht schlafen. Mach kein Licht, es erzählt sich besser so.«
Karsten setzt sich auf den Bettrand, faltet die Hände im Schoß und verhält sich eine Weile ganz still.
»Was hast du denn?« fragt Florian, als er merkt, daß seinen alten Freund etwas drückt.
»Heute war es wieder schlimm«, antwortet Leon und knirscht mit den Zähnen.
»Was war schlimm?«
»Ach, alles! Mich ekelt alles so an – das Kaffeehaus – dieses Publikum dort. Es ist zum Verrücktwerden. Kommt da so ein junger Lausbub ans Klavier und verlangt einen verrückten Schlager, den ich in meinem Leben noch nie gehört habe. Ich wußte gar nicht, was er wollte, und spielte etwas anderes. Aber der Kerl war betrunken und schlug mir ins Gesicht. Wenn ich nicht spielen könnte, was gewünscht wird, soll ich mich zum Teufel scheren, hat er gesagt, und die anderen haben ihm beigestimmt. Und morgen soll ich wieder hin.«
»Nein, da gehst du nicht mehr hin«, erklärt Florian bestimmt.
Der Alte gibt keine Antwort. Erst nach einer Weile fängt er mit seiner leisen Stimme zu erzählen an.

»Kannst du dir denken, Flori, wie mich das schmerzt? Nicht der Schlag dieses betrunkenen Buben allein, sondern überhaupt das ganze Milieu dort. Und woanders ist es nicht viel besser. Es ist überall gleich, wenn man verdammt ist, sein Leben lang in solchen Spelunken zu spielen. Und einmal, da war ich so hoch oben. Da war Lichterglanz um mich und schöne, reiche Frauen ...«

Der Alte verstummt, und sein Kopf sinkt tief und immer tiefer auf die Brust herab. Sein weißes Haar leuchtet matt in der Dämmerung, und sein Atem geht hörbar durch den Raum.

Mit einem Satz sitzt Florian aufrecht im Bett.

»Willst du mir nicht erzählen, Leon, wie das kam, daß du so weit heruntergekommen bist?«

»Flori, da gibt es viel zu erzählen, und doch ist es so kurz. Einmal war ich jung wie du und kannte keinen anderen Gedanken, als nach oben zu kommen und ein Großer zu werden im Reich der Töne. Ich war schon bald dreißig Jahre, als ich Eingang fand in die besseren Gesellschaftskreise. Es war auf einem Hausball der Gräfin Roden-Waldau. Dort spielte ich und lernte eine Frau kennen – eine schöne, dunkle Frau, die mein Schicksal wurde. Sie bedeutete meinen Aufstieg und meinen Niedergang. Sie begleitete mich durch alle Länder, und wir waren glücklich. Auf einmal war sie fort mit einem jungen Komponisten, dessen Werk ich bei der Uraufführung in Kopenhagen begleitet hatte. Eine Zeitlang konnte ich mich noch an der Spitze behaupten. Den Treubruch meiner Frau konnte ich aber nicht überwinden. Ich begann zu trinken, war nicht mehr Herr über meine Nerven. Und dann passierte mir das Unglück in

Dresden, daß ich bei einem Beethovenkonzert mitten im Satz steckenblieb. Dasselbe wiederholte sich in Leipzig. Dann setzte ich aus und ging in ein Sanatorium, und als ich glaubte, ich sei wieder gesund, da wollte mich keine Konzertdirektion mehr nehmen. Ich war schon völlig in Vergessenheit geraten und hatte keine Kraft mehr für einen Neuanfang. Es war wohl auch meine eigene Schwachheit viel schuld daran. Ging ich an den Flügel, dann überkam mich jedesmal eine grauenvolle Angst vor dem Steckenbleiben. Und so bin ich denn das geworden, was ich heute bin, ein Kaffeehausspieler, dem jeder Betrunkene ins Gesicht schlagen darf.«

»Wenn ich dabeigewesen wäre, ich hätte den Schlag zurückgegeben«, sagt Florian, die Fäuste ballend. »Aber die Frau? Hast du nie wieder etwas von ihr gehört?«

»Nein, nie wieder! Und es ist auch gut so. Ich will gar nichts mehr hören von ihr. Sie ist für mich gestorben.«

Es wird dann eine Weile ganz still zwischen den beiden, bis Florian leise sagt: »Und deswegen hast du zu mir heute gesagt: »Ja, ja, so fängt es an. Jetzt verstehe ich dich erst. Du hast gemeint, daß es mir auch so ergehen könnte, wenn ich einmal in die bessere Gesellschaft komme. Nur keine Angst, Alter. Da hab' ich zuviel Bauernblut in mir. Und um deine Zukunft, da sorg dich nur nicht. Die vier Wochen gehen auch noch vorüber, und dann fährst du mit mir heim zu meiner Mutter. Wo zwei sich sattessen, wird ein drittes auch noch satt. Geh schlafen jetzt, Leon, und verlaß dich nur auf mich. Wir werden das Kind schon schaukeln.«

»Nimm es nur nicht so leicht, Flori. In deinen Jahren hab' ich auch so gedacht.«
»Nur keine Angst um mich. Ich weiß, was ich will.«
Leon Karsten erhebt sich und geht bis zur Tür. Dort dreht er sich um. »Noch eins muß ich dir sagen, Flori. Laß dich nicht zuviel mit den Mädels ein. Sie können einmal dein Unglück sein.«
Florian gibt keine Antwort. Er kichert nur leise in sein Kissen hinein. Dann fällt die Tür ins Schloß, und es wird still.

Der Sonntag kommt und Florian steht fertig, mit der Geige unterm Arm, vor Leon Karsten.
»Meinst du, daß ich mich so sehen lassen kann?«
Karsten mustert ihn vom Fuß bis zum Kopf und nickt beifällig.
»Tadellos, nur der Mantel glänzt ein bißchen am Kragen. Aber das macht nichts, den legst du ja in der Garderobe ab. Und Blumen brauchst du noch.«
»Blumen? Zu was denn Blumen? Ich geh doch nicht zum Brautwerben.«
»Es gehört aber zum guten Ton, daß man beim Antrittsbesuch der Frau des Hauses ein paar Blumen mitbringt.«
»Aber hör mal, Leon. Ich kenn doch diese Frau gar nicht, hab' sie nie gesehen, und soll ihr Blumen mitbringen?«
»Ich hab' dir doch gesagt, daß das zum guten Ton gehört. Also, kauf einen kleinen Strauß.«
Florian sagt »ja«, kauft aber keine Blumen. Weil er keinen Sinn für so etwas hat, gibt er auch kein Geld aus.
Punkt drei Uhr steht er vor der Tür, an der auf einem

breiten Messingschild der Name »Andersen« steht. Einen Augenblick zögert er. Ein Gefühl leiser Angst beschleicht ihn schon. Er ist sich des Augenblicks wohl bewußt und weiß, daß er vor einer Wende seines Lebens steht. Aber dieses Gefühl dauert nur ein paar Minuten, dann drückt er entschlossen auf den Klingelknopf. Ein Mädchen in weißem Schürzchen und Häubchen öffnet, lächelt ihn an und sagt: »Bitte, treten Sie nur ein. Sie werden schon erwartet.«
Er tritt in den Flur, und da gibt er sich schon die erste Blöße. Das Mädchen hält nämlich die Hand hin, um Hut und Mantel in Empfang zu nehmen. Er aber ist der Meinung, sie möchte ihm die Hand geben, und er nimmt ihre Hand und schüttelt sie herzhaft. Das Mädel lacht darüber, und er denkt sich: »Das ist aber ein freundliches Ding. Und hübsch ist sie auch!«
Da sagt sie: »Wollen Sie nicht ablegen?« Und dann geht sie ihm voran und weist ihm die Tür, durch die er eintreten soll.

Die Frau Professor, eine sehr große, schöne Frau, mit jungen Augen und ganz grauem Kopf, empfängt ihn auf einer Ottomane liegend. Die beiden Töchter, die eine dunkel, die andere mit kupferroten Locken, sitzen in bequemen Korbmöbeln links und rechts von der Mutter und mustern ihn sehr eingehend.
»Also, Sie sind der junge Künstler, von dem mein Mann so viel erzählt?« fragt die Frau Professor leise und nimmt ihn genauer in Augenschein.
»Bis zum Künstler ist wohl noch ein weiter Weg«, meint Florian verlegen.
»Na, na, nur nicht so bescheiden sein. Bitte, nehmen Sie Platz. Mein Mann wird gleich kommen.«

Florian setzt sich in einen der breiten, ledernen Klubsessel und plumpst auch gleich richtig hinein. Die beiden Mädchen kichern verstohlen, worauf ihnen die Mutter einen kurzen, strafenden Blick zuwirft.
»Ihr Vater ist also schon tot?« erkundigt sich die Frau dann teilnehmend.
»Mein Vater starb bei einem Verkehrsunfall, ja. Ich habe ihn gar nicht gekannt.«
»Soll aber ein großer Musiker gewesen sein? Und Ihre Mutter lebt nun ganz zurückgezogen in ihrem Landhaus?«
Florian wird rot und denkt sich: »Da stimmt etwas nicht. Die Frau muß falsch unterrichtet sein.«
»Meine Mutter lebt allerdings auf dem Lande«, sagt er.
»Ich denke mir das wunderschön, so in der freien Natur leben zu können – einen kleinen Garten um das Haus ...«
»Dreißig Morgen sind dabei«, unterbricht Florian sie.
»Dreißig Morgen Land und zwei – –«
Da öffnet sich die Tür, und der Professor geht mit ausgestreckter Hand auf Florian zu. »Respekt, junger Mann, vor ihrer Pünktlichkeit.«
Und so kann Florian der Frau Professor nicht mehr erzählen, daß auch noch zwei Kühe und eine Menge Federvieh zum Anwesen seiner Mutter gehören.
Während des Kaffeetrinkens bringt die Frau Professor zwar das Gespräch noch mal darauf, indem sie fragt: »Dreißig Morgen sind also bei dem Landhaus dabei. Das muß also dann ein großer Park sein, mit Springbrunnen vielleicht und einem Teich. Ach, wundervoll muß das sein ...«
Florian will ihr erklären, daß da kein Teich sei und

auch keine Brunnen springen, sondern daß es Wiese und Weinberg und Acker sind, auf dem sich seine Mutter im Schweiße ihres Angesichts das Brot verdient. Aber der Herr Professor räuspert sich und sagt: »Darf ich Sie einen Moment unterbrechen, Herr Eck? Das Menuett in G-Dur von Beethoven spielten Sie gestern etwas zu rasch im ersten Teil. War das nicht falsch?«

»Nach meiner Überzeugung nicht, Herr Professor. Doktor Larsen hat auch Ihre Ansicht vertreten. Ich habe es aber nicht zu rasch gespielt, sondern nur ein wenig geschwungen und heiter, so wie es Beethoven sicher auch gemeint hat. Es ist nämlich falsch, wenn man meint, von Beethoven wäre nur Schweres und Sentimentales zu erwarten. Nein, man kann auch das Lachen lernen bei ihm und das Frohsein.«

Die Frau Professor runzelt zwar die Stirn ein wenig bei der freien Meinung dieses jungen Menschen. Aber als er dann mit den beiden Töchtern zu spielen beginnt, ergeht es auch ihr, wie es schon vor ihr manchem andern ergangen ist, nämlich, daß sie von seinem Spiel gefangen und vielleicht auch ein wenig in den Bann seiner Persönlichkeit gezogen ist. Nicht viel anders ergeht es den beiden Mädels. Besonders die Jüngere, die das Cello spielt und die die kupferroten Locken hat, lächelt ihn immer wieder an. Und wenn sie lächelt, hat sie zwei niedliche Grübchen in den Wangen. Sie erzählt ihm so nebenbei, daß sie jeden Tag nach Heidelberg fahre, weil sie Chemie studiere. Abends käme sie immer heim mit dem Sechsuhrzug. Um vier Uhr wäre aber die Schule schon aus.

»Ja«, sagt Florian, »die Bahnverbindung ist nicht besonders günstig.«

Er wird überhaupt im Laufe des Nachmittags immer sicherer, und als er heimgeht, sagt ihm die Frau Professor, daß er sich den nächsten Sonntag freihalten solle. Da kämen auch noch andere Herrschaften, mit denen er dann bekannt würde.
Als ihm das Mädchen im weißen Häubchen in den Mantel hilft, erinnert er sich daran, daß ihm Leon in seinen Belehrungen auch gesagt hat: »Wenn du heimgehst, mußt du dem Mädchen ein Trinkgeld geben.«
Er langt in den Mantel und gibt ihr gönnerhaft ein Fünferl.
Als er es, daheim angekommen, Leon erzählt, sagt der: »Du bist ein großer Esel, Florian. Mit fünf Pfennig hast du dich schön lächerlich gemacht. Eine Mark hättest du mindestens geben müssen. Aber erzähl weiter. Wie war es sonst?«
Und Florian erzählt alles haargenau. Sehr schön sei es gewesen.
»Aber eins ist mir aufgefallen, Leon, und ich muß jetzt noch darüber nachdenken. Ich hatte nämlich das Gefühl, daß die Frau und die Töchter mich von zu Haus aus sehr vermögend halten. Sie hat da was erzählt von einem großen Landhaus, in dem meine Mutter wohnt und von einem großen Musiker, der mein Vater gewesen ist. Das muß ich bei nächster Gelegenheit richtigstellen.«
»Das wirst du eben nicht. Der Professor hat wohl seine Gründe gehabt, seiner Frau dies zu erzählen. Verstehst du, das hat er tun müssen, weil er dich sonst nicht hätte einladen können.«
»Ja, aber ich brauch' mich doch meiner Herkunft nicht zu schämen.«
»Nein, das brauchst du durchaus nicht, und der

Professor hat daran auch keinen Anstoß genommen, sonst hätte er dich nicht eingeladen. Frauen, das heißt, solche Frauen, denken diesbezüglich eben anders. Da soll man womöglich einen adeligen Stammbaum nachweisen können. Drum laß es dabei, wie es jetzt ist. Es bringt dir keinen Nachteil. Im Gegenteil. Und außerdem bist du dies dem Professor schuldig.«

V

Die Mutter ist wenig erfreut, als ihr Sohn einen ihr völlig fremden Menschen mitbringt. Als ihr aber Florian alles erzählt, hat sie nichts mehr dagegen und ist zu Leon Karsten lieb und freundlich.
Sie arbeiten zu dritt im Weinberg und auf dem Acker, und einmal meint Florian zu Leon: »Siehst du, Leon, nach dem habe ich mich eigentlich immer gesehnt. Wiese und Acker sind Dinge, von denen ich wohl nie loskomme. Hier ist alles erdverbunden – pur. In der Stadt dagegen ist alles Künstelei, das Ganze ohne besonderen Zweck und Sinn.«
»Du brauchst aber die Stadt, um nach oben zu kommen.«
»Das ist nun mal leider so. Aber weißt du, Leon, wenn ich einmal oben bin und Geld genug verdiene, dann bau' ich mir ein Landhaus, mit Park und Springbrunnen und Teich, so wie es Andersen seiner Frau erzählt hat. Vielleicht lad' ich dann die Frau Professor einmal ein zum Forellenfischen.«
Die beiden lachen hell auf über den Scherz, und nur die Mutter schüttelt den Kopf und denkt: »Gedanken hat der Bub, schrecklich.«
Florian arbeitet jedoch nicht nur im Wingert und auf dem Acker. Nein, drei Stunden täglich übt er, und dabei hält er auch immer Ausschau, ob er für Leon kein Lokal oder Café findet, in dem er den Sommer über

spielen könnte. Es wimmelt nämlich in den Orten am Rhein schon von Sommergästen.
Eines Abends kommt er freudestrahlend heim.
»Denkt euch, Mutter, Leon, was mir heute gelungen ist? Am nächsten Samstag geben wir ein Konzert, Leon und ich. Ein öffentliches Konzert. Weißt du, was das heißt?«
»Einen Reinfall«, entgegnet Leon ruhig. »Im Sommer gehen die Leute nämlich nicht gern in ein Konzert.«

*

Und so ist es auch. Der Saal ist nur halb gefüllt, und zwar meist mit Fremden. Nur ein paar Einheimische sieht man. Leon Karsten, der von Zeit zu Zeit durch eine Vorhanglücke hinausschaut, muntert Florian auf.
»Laß dich nur nicht verwirren, Florian. Es ist nun mal so, daß der Pfennig in dem Land, wo er geschlagen wird, nicht viel gilt.«
Florian zwingt sich zu einem Lächeln. »Ich werde mich durch die Leere nicht abschrecken lassen.«
Dann betritt er die Bühne, ein wenig ängstlich. Der Vorhang geht auf.
Als Florian einen scheuen Blick in den Zuschauerraum wirft, sieht er in der ersten Reihe seine Mutter und Anna mit ihren Eltern sitzen. Als er dann ein wenig nach rechts blickt, treffen sich seine Augen mit denen Marias. Wie ein Blitzschlag durchfährt es seinen Körper. Die ganzen Jahre über hat er immer an sie gedacht und sich die Stunde tausendmal herbeigewünscht, daß er wieder einmal vor ihr stehen und in ihre Augen sehen könnte. Nun ist der Augenblick da. Ganz fest

schaut er sie an, aber sie weicht seinem Blick aus. Unruhe befällt ihn. Es ist, als zaubere dieses dunkle Augenpaar eine rätselvolle Kraft in seine Seele.
Das Vorspiel rauscht vom Flügel auf, dann fällt der erste Geigenton in den stillgewordenen Raum.
Nach dem Konzert kommt Anna in die Garderobe, fällt ihm um den Hals und küßt ihn.
»Wunderschön ist es gewesen, Flori!«
»So? Und wie hat es den anderen gefallen?« Er meint damit Maria.
»Hast du denn den Applaus nicht gehört, Flori?«
»Liebe Anna, wenn die Menschen klatschen, so tun sie das nicht immer aus Begeisterung für irgendeine Sache, sondern sie tun es, weil es der Nebenmann auch so macht.«
»Das glaube ich kaum, Flori. Alle haben sie von dir gesprochen und haben dich gelobt.«
»So, alle?« fragt er und legt die Geige in den Kasten. Die ganze Zeit über sind seine Augen nach dem Bühneneingang gerichtet gewesen. Es war ihm immer, als müßte sich die Tür auftun und Maria eintreten. Aber nichts von dem geschah.
Als er dann später Anna heimbegleitet, fragt er sich verwundert, weshalb er sich denn eigentlich Maria herbeigewünscht hat. Was geht ihn denn Maria überhaupt noch an? Sie hat es ihm die Jahre her deutlich zu verstehen gegeben, daß sie von ihm nichts will. Da ist Anna doch ganz anders. »Anna ist wirklich ein treuer Kerl. Ich bin nicht immer gut zu ihr gewesen«, gesteht er sich ein und betrachtet sie mitleidig, wie sie still, aber glücklich, schmal, mit ihrem feinen blonden Haar und ihren dunklen Augenbrauen, neben ihm geht.

»Warum siehst du mich denn so an, Flori?« fragt sie plötzlich.
»Weil ich dich lieb habe. Ja, ja, kleine Anna, ich habe dich wirklich lieb.«
»Wie sehr? Kannst du mir das nicht sagen?«
Florian wird sehr unsicher. »Nein, Anna, das kann ich so nicht sagen. Weißt du – dieses Gefühl läßt sich nicht so leicht in Worte kleiden.«
Sie drückt seinen Arm. »Ich verstehe dich auch so, Florian!«
Da sind sie auch schon vor ihrem Haus angelangt. Er nimmt sie in die Arme und küßt sie.
Drüben, unterm Torbogen, steht Maria, eng an die Mauer gepreßt, und schaut mit nervösem Lächeln zu den beiden hinüber. Sie blickt ihm nach, als er mit festem Schritt dicht an ihr vorübergeht, horcht auf seinen Schritt, bis er sich verliert, und taucht dann ins Dunkel zurück wie ein müdes, verwundetes Tier.

Florian ist damit beschäftigt, eine neue Bank unter den Lindenbaum zu zimmern. Das Beil in der Hand, steht er da und betrachtet die Arbeit. Plötzlich ein leichter Schritt auf der Straße. Florian wendet das Gesicht und erschrickt. Es ist Maria Werner. Er legt das Beil zur Seite, greift nach einem kleinen Lindenzweig und geht auf die Straße hinaus.
»Guten Morgen, Maria. Wohin denn heute schon?«
»Ein wenig in den Wald.« Sie ist stehengeblieben und betrachtet den Rosenstrauch am Gartenzaun.
»Setz dich ein wenig zu mir auf die Bank, Maria. Hast du keine Lust?«

Sie scheint zu überlegen, blickt ihn dann flüchtig an und sagt: »Wenn du Zeit hast, kannst du mich auch ein wenig begleiten.«
Sie gehen nebeneinander den Weg hinauf zum Wald. Dort bleibt Maria plötzlich stehen und reicht ihm die Hand. »Ich muß dir noch gratulieren, Florian, zu deinem gestrigen Konzert. Ich hätte es gestern abend schon gern getan, aber ich habe Anna in die Garderobe gehen sehen und – da wollte ich nicht stören.«
»Maria! Ist das wirklich wahr? Wolltest du kommen? Warum hast du es nicht getan? Du hättest nicht gestört – nein – wirklich nicht, Maria ...«
Sie entzieht ihm die Hand. »Mein Glückwunsch muß dich auch jetzt noch freuen, Florian.«
»Gewiß, Maria. Aber weißt du, es war eigentlich noch nicht das Richtige. Es fehlt immer noch etwas an meinem Spiel. Aber ich werde es herausbekommen. Ich möchte nur einmal in einer Großstadt spielen, vor tausend und mehr Menschen. Das würde viel für mich bedeuten. Begreifst du, Maria, wieviel das für mich bedeuten würde?«
»Entweder deinen Aufstieg oder deinen Niedergang – das hängt ganz von der Laune der Kritiker ab.«
»Nein, Maria«, widerspricht er heftig. »Das hängt einzig und allein von meinem eigenen Können ab. Und du wirst sehen, ich ringe mich durch, und wenn es Jahre dauert, bis mich das Schicksal an einen Platz stellt, von dem aus mir der Anschluß nach oben dann ein leichtes ist.«
»Und was willst du inzwischen tun?« erkundigt sich Maria.
»Daß ich die Hände nicht müßig in den Schoß lege, das weißt du. So gut kennst du mich doch?«

»Ja, ich kenne dich gut«, antwortet sie und geht ihm voran, weil der Weg jetzt so schmal ist, daß sie nur hintereinander gehen können.

»Maria ...«, sagt er leise vor sich hin.

Da bleibt sie stehen und wendet sich ihm zu. Und er sieht, was ihm im ersten Augenblick entgangen war, daß sie tiefe Schatten unter den Augen hat. Schatten, wie sie eine schlaflose Nacht oder ein geheimes Leid erzeugen. »Hast du nicht gerufen?« fragt sie.

»Doch, Maria. Ich wollte nur sagen, daß es eigentlich sehr merkwürdig ist, daß wir nur so wenig voneinander wissen. Früher war das nicht so.« Er fährt sich mit gespreizten Fingern durch das Haar und sagt wehmütig: »Es war schön früher – viel schöner als jetzt.«

Maria errötet vor seinem Blick. Sie zieht die Brauen ein wenig zusammen und sagt schnell: »Komm! Wir gehen wieder! Und sprich nicht mehr von früher. Die Kinderzeit ist um. Wir sind erwachsen und haben begonnen, unser Leben so einzurichten, wie es uns am besten gefällt.«

»Aber so ganz aus dem Sinn sollten wir uns doch nicht verlieren, Maria. Unsere Kinderfreundschaft war doch so schön, und voll von lieben Erinnerungen, die ich nicht ohne weiteres ausgelöscht haben möchte! Willst du mir nicht einmal schreiben, Maria?«

»Nein!«

»Warum nicht?«

»Was hat es denn für einen Zweck? Und was würde Anna dazu sagen?«

»Nichts! Ich würde mir auch gar nichts sagen lassen!« Heftig stößt er dies hervor. Es ärgert ihn, daß sie ihn immer an Anna erinnert. In ihrer Gegenwart ist Annas Bild so blaß und verschwommen, daß er mit keinem Gedanken an sie denkt.

»Dort ist eine Bank«, sagt Maria unvermittelt und geht auf sie zu.

Er sitzt neben ihr, dreht den Lindenzweig spielend in den Fingern, beugt sich dann plötzlich vor und schaut ihr ins Gesicht.

»Willst du etwas sagen, Florian?«

»Ich liebe dich«, will er herausschreien. Aber er bringt die Worte nicht heraus.

»Warum hast du denn deinen Zopf nicht mehr?« fragt er statt dessen.

»Man trägt keine so langen Haare mehr.«

»Ich hätte es, wenn ich über dich zu bestimmen hätte, nicht zugelassen. Bubikopf?« Er lacht spöttisch. »Er paßt nicht zu dir.«

»Warum sollte er zu mir nicht genauso passen wie zu den vielen anderen? Er ist jetzt einmal Mode.«

»Das ist es ja«, schreit es aus ihm heraus. »Du bist nicht wie die vielen andern. Für mich wenigstens nicht. Zu dir paßt auch keine Mode.«

Maria senkt einen Augenblick den Kopf, blickt dann geradeaus in die Ferne.

»Was ich tu', lass' ich mir von niemandem vorschreiben. Auch nicht von dir. Merk dir das, Florian.«

Da ist ein fremder Ton an ihr. Das Blut steigt ihm in den Kopf, und seine Finger verkrampfen sich und brechen den Lindenzweig.

»Das habe ich nicht gewußt, daß ich dir gar nichts mehr sagen darf«, sagt er mühsam beherrscht.

»Laß gut sein, Florian. Nicht aufbrausen.« Ihre Finger streichen über seine Hände. »Ich habe mich

gefreut auf diese Stunde, habe mir gewünscht, daß sie schön sein möchte. Und nun diese Mißstimmung.«
»Verzeih, Maria. Das wollte ich nicht. Du – hör einmal, was ich dir sage. Als Kinder waren wir doch unzertrennlich. Und nun schiebt sich eine Scheidewand zwischen uns. Wie kommt das, Maria?«
»Vielleicht, weil ich zu lange fortgewesen bin«, sagt sie. Was hätte sie auch anders sagen sollen?
»Die Fremde ist also schuld?« fragt Florian nach einer Weile. »Nur die Fremde allein?«
»Komm, Florian, sprich nicht mehr davon. Gib mir deine Hand. Wir wollen wieder gut sein.«
Ihre Hände liegen in festem Druck ineinander. So sitzen sie lange. Da sagt Maria: »Ich werde Anna von unserem Spaziergang erzählen. Sie soll nicht glauben, daß wir irgend ein Geheimnis vor ihr haben.«
»Wie du denkst«, antwortet Florian etwas kleinlaut und gibt dann seinen Gedanken gewaltsam eine andere Richtung. »Bist du mit dem Studium noch nicht fertig?« fragt er sie. »Was willst du denn eigentlich werden?«
Sie zuckt die Achseln.
»Darüber habe ich mir selbst schon oft den Kopf zerbrochen. Ich weiß überhaupt nicht, warum ich studieren muß. Aber Mutter ist in der Beziehung so ehrgeizig.«
»Deine Mutter wird vielleicht das Haus und die Bäckerei einmal verkaufen und mit dir in die Stadt ziehen. Sie hat meiner Mutter einmal so was erzählt. Aber brechen wir das Thema ab. Erzähl mir lieber, wie du dir so die Zeit vertreibst, wenn du fort bist.«
Maria erzählt, und es dauert über eine Stunde, bis sie

fertig ist. Als sie plötzlich schweigt, fährt Florian erschrocken zusammen.
Maria lacht darüber und fragt nach dem Grund seines Erschreckens.
»Wie du so plötzlich aufgehört hast, da war mir, als stürze ich aus unbestimmten Höhen. Bist du schon wieder fertig mit dem Erzählen? Sprich doch noch ein wenig.«
»Nein, Florian, es wird Zeit heimzugehen. Schau, die Sonne steht schon hoch am Himmel.«
Als sie dann Hand in Hand den Berg hinunterspringen, übermütig lachend, da fühlen sie sich beide unwillkürlich in die Jahre ihrer Kindheit zurückversetzt.
»Wann treffen wir uns wieder, Maria?« fragt Florian beim Abschied.
»Das wollen wir dem Zufall überlassen.«
Er bricht eine Rose ab und fragt: »Wie meinst du das?«
»Zähl es irgendwo ab, mit ja oder nein, ob wir uns überhaupt, solange ich hier bin, nochmal treffen. Aber nicht an den Knöpfen bitte.«
»Aber das wäre ja Unsinn, Maria. Man kann doch solch wichtige Dinge nicht auf diese Weise lösen.«
»Na, gar so wichtig ist das doch nicht. Was würde zum Beispiel Anna sagen, wenn sie wüßte, daß es dir von so großer Wichtigkeit ist, mich zu treffen?« Sie blickt ihm fest in die Augen, reicht ihm die Hand und sagt: »Es gibt Dinge, die viel, viel wichtiger sind. Also, wir wollen es lediglich dem Zufall überlassen. Behüt dich Gott, Florian!«
Er bringt kaum ein Wort hervor, steht da und starrt ihr nach. Die Rose in seinen Fingern zittert. Er hat sie ihr eigentlich geben wollen. Nun zupft er an den Blät-

tern und zählt ab, ob er sie noch mal treffen solle oder nicht. Das Orakel ist gegen ihn. Das letzte Blatt zählt mit nein. Wütend schleudert er den Stengel fort und geht ins Haus.
Die Ironie des Schicksals will es, daß Anna ihn ausgerechnet an diesem Abend fragt, ob er was dagegen hätte, wenn sie sich einen Bubikopf schneiden lasse.
»Ich? Um Gottes willen, was sollte denn ich dagegen haben. Es ist doch die große Mode jetzt.« Er lacht dabei auf sonderbare Art.
Diesen Abend trinkt er ein paar über den Durst. Als er gegen Mitternacht nach Hause kommt, bricht er noch mal im Garten eine Rose ab und fragt das Orakel, in der Hoffnung, daß es ihm diesmal besser gesinnt sei. Und wieder antwortet es mit nein.
Er trifft sie auch wirklich nicht mehr, und als ihm Anna eines Abends sagt, daß Maria heute abgereist sei und ihr noch einen Gruß an ihn aufgetragen habe, da sagt er ganz kühl und frostig: »Danke!« In seinem Herzen aber fühlt er einen schmerzhaften Stich.

Als er im Spätherbst wieder nach Mannheim geht, da weiß er, daß seine Liebe zu Maria größer und stärker ist denn je. Aber er weiß, er wird Anna heiraten. Das verspricht er ihr noch kurz vor seiner Abreise, ohne sich genauer darüber im klaren zu sein.

VI

In Mannheim stürzt sich Florian wütend in das Studium der Musik. Und als Leon vier Wochen später kommt, sagt er: »Donnerwetter, Junge, du hast dich aber hochgerissen. Was gehst du denn noch lange aufs Konservatorium? Die müssen ja von dir lernen, wenn man es richtig nimmt.«
»Nur Zeit lassen, Leon. Ich habe meine Pläne schon. Aber erst muß ich die Prüfung als Kapellmeister machen.«
Als er dann die Prüfung vor dem Ausschuß und allen versammelten Schülern glänzend besteht, ist er gerade zwanzig Jahre alt.
Von allen Seiten wird er herzlich beglückwünscht, und Professor Andersen stellt ihm zur Urkunde noch extra ein glänzendes Zeugnis aus. Er fragt ihn dabei, was er nun zu tun gedenke. Florian antwortet, daß er sich mit dem Plan trage, sich aus erwerbslosen Musikern eine Kapelle zusammenzustellen, mit der er vorerst einmal auf Reisen gehen möchte.
»Der Plan ist nicht schlecht, und ich bewundere Ihren Unternehmungsgeist. Ich habe Ihnen ja versprochen, Ihnen jederzeit beizustehen, und ich erinnere mich an einen Freund, der in Bad Wildungen den Verkehrsverein leitet. Vielleicht wäre da was zu machen für die Sommersaison. Versuchen will ich es auf jeden Fall.«

»Herr Professor, wie soll ich Ihnen bloß danken?« stammelt Florian.
»Nichts zu danken, junger Freund.«
Schon am nächsten Tag geht Florian daran, unter den erwerbslosen Musikern der Stadt die besten herauszusuchen. Leon Karsten ist ihm dabei behilflich.
Wochenlang wird geprobt. Und dann geschieht das, was Florian sich in seinen kühnsten Träumen nicht so schnell erhofft hätte. Die Kapelle Florian Eck wird tatsächlich für die Sommersaison nach Bad Wildungen verpflichtet.

Der Name Florian Eck hat in der Musikwelt bereits einen guten Klang, und es fehlt ihm nicht an Engagements. Er dirigiert ein Orchester, das sich überall hören lassen kann. Seit dem Sommer in Bad Wildungen haben sie noch keinen Tag pausiert. Aber der Traum seiner Knabenjahre steht immer noch in weiter Ferne. Eines Abends jedoch kommt er freudestrahlend zu Leon und schwenkt einen Brief in der Hand.
»Leon, das heißt man Dusel haben. Nächsten Monat geht es nach Wiesbaden. Aber jetzt wird erst einmal vierzehn Tage ausgespannt. Die meisten meiner Musiker sind verheiratet und freuen sich sicher, wenn sie mal wieder zu Frau und Kindern heimkommen.«
»Und wir beide?« fragt Leon. »Wir fahren auch heim?«
Florian überlegt einen Augenblick, dann sagt er: »Nein! Wir fahren gleich nach Wiesbaden! Ich will nicht heim jetzt. Aber nach der Saison geht es dann zu Mutter.«

Florian weiß selbst nicht, warum sich irgend etwas in ihm sträubt gegen das Heimfahren, trotzdem er nun schon seit Weihnachten Anna und seine Mutter nicht mehr gesehen hat. Er hat absolut keine Sehnsucht. Der Mutter geht es gut. Sie hat die Kühe verkauft und den Grund verpachtet. Florian schickt ihr jeden Monat genügend Geld, und schreibt ihr immer wieder, sie solle sich's auf ihre alten Tage schön machen und nichts abgehen lassen. Anna schreibt ihm jede Woche, und er beantwortet die Briefe immer sofort, weil in diesem Augenblick die Erinnerung an sie meist am stärksten ist und weil ihm am nächsten Tag ihr Bild schon wieder verblaßter erscheint, so daß ihm die Beantwortung ihres Briefes nur Qual und Mühe bedeutet.
Ja, er hat sich sehr verändert, seit er das letzte Mal daheim war. Sein Leben hat sich von dieser Zeit ab in andere Bahnen gelenkt. Er lebt sehr solide, läßt die Frauen alle links liegen und übt in seiner Freizeit unermüdlich. Dabei denkt er immer an Maria. Er weiß überhaupt nichts von ihr, und das erfüllt ihn manchmal mit grenzenloser Wehmut.

Im kleinen Saal im Wiesbadener Kurhaus ist Probe für das Abendkonzert, das im Kurpark bei Kerzenschein stattfinden soll. Während einer Pause bringt ein Diener des Hotels die Post vom Schließfach. Es ist fast für jeden der Musiker etwas dabei. Auch Florian bekommt einen Brief, erkennt die Handschrift Annas und läßt ihn in die Tasche gleiten. Es eilt ihm nicht, den Brief zu lesen. Es ist immer die gleiche Litanei, daß er bald heimkommen soll.

Einem unerklärlichen Zwang folgend, öffnet er aber doch nach einer Weile den Brief, beginnt zu lesen und lacht dann mit einem Male grell auf.
Die Musiker blicken erschrocken auf, sehen das schmale Gesicht ihres Meisters von einer unheimlichen Blässe überzogen, sehen den harten Glanz in seinen Augen und hören das Aufeinanderknirschen der Zähne.
»Soll ich ein Glas Wasser bringen?« fragt ihn Leon Karsten.
Florian fährt mit dem Gesicht herum. »Zu was? Mir fehlt nichts!« Seine Hand greift nach dem Taktstock. »Fertig!« ruft er heiser. Es sind die Noten aufgeschlagen zu Mozarts Violinkonzert Nr. 4 D-Dur.
»Nein – nicht dies! Jetzt nicht!« Florian streift mit einem Ruck die Noten vom Pult. Seine Augen glänzen in wildem Feuer. »Etwas Wildes will ich. Pablo de Sarasates Zigeunerweisen!«
Der letzte, feurige Akkord ist verklungen. Florian wirft den Dirigentenstock beiseite und wendet sich den Musikern zu.
»Die Probe ist für heute beendet. Um acht Uhr beginnt das Konzert. Auf Wiedersehen, meine Herren!«
Er geht auf sein Zimmer, zerrt den Brief heraus und liest zum zweitenmal, was ihm Anna geschrieben hat.

»Es wird Dich vielleicht interessieren, daß Ria nun ganz zu Hause ist, weil ihre Mutter kränklich ist. Ria hat nun auch einen Bräutigam, und man hört, daß sie sich bald verloben wird. Ach, Flori, wie schön wäre es, wenn wir zusammen Verlobung feiern könnten. Kannst du denn immer noch nicht kommen?«

Florian knüllt den Brief zusammen und schleudert ihn von sich, als hätte er sich die Hände daran verbrannt.
»Das ist zum Verrücktwerden«, schreit er plötzlich auf und preßt die Fäuste an die hämmernden Schläfen. Er kann es nicht glauben, daß Maria sich für einen anderen entscheiden könnte. Er will es hinausschreien, aber kein befreiender Ton kommt aus seiner Brust. Sein Herz schlägt laut.
»Maria! Liebe, wunderbare Maria.«
Endlich rafft er sich auf und schreibt an Anna einen Brief.

»Ich habe Dir doch schon des öfteren mitgeteilt, daß ich nicht eher heimkomme, bis ich den Durchbruch nach oben geschafft habe. Quäle mich also künftig nicht mehr damit. Wenn andere Leute sich verloben, so sehe ich noch keinen Grund, es ihnen nachzutun. Maria wird sich wohl so einen Akademiker geschnappt haben, mit sicherem Einkommen, versteht sich. Maria hat ja immer gewußt, was sie will. Respekt vor ihr. Bei mir ist es mit dem sicheren Einkommen leider noch nichts, oder Gott sei Dank. Ich weiß nicht, was am besten ist. Eines aber weiß ich, daß ich, bis ich den Anschluß nach oben erlangt habe, unbedingt frei sein muß. Eine Ehe wäre mir jetzt im Augenblick noch eine Fessel. Und dies nicht nur in Anbetracht meiner Jugend. Ich hoffe, Anna, daß Du mich verstehst. Versuch es wenigstens zu begreifen, daß ein Künstler frei sein muß.«

Und wieder versinkt er in ein tiefes, qualvolles Grübeln.

Ein Klopfen an der Tür reißt ihn aus seinen trüben Gedanken.
»Draußen bleiben«, ruft er heiser.
Die Tür öffnet sich, und Leon Karsten tritt ein.
»Hast du es denn nicht gehört?« schreit ihm Florian gereizt entgegen.
»Doch, doch! Und ich muß konstatieren, daß du alles andere als höflich bist zu deinem alten Freund.«
»Es gibt eben Situationen, wo man niemand brauchen kann. Auch keinen Freund. Dinge, verstehst du, die jeder mit sich allein ausfechten muß.«
Leon setzt sich Florian gegenüber in einen Lehnstuhl, putzt bedächtig seine Brille und betrachtet mit halb zugekniffenen Augen sein Gegenüber.
»Und wo fehlt's?« fragt er nach einer Weile wie ein Arzt, der sich um seinen Patienten bemüht.
Keine Antwort.
»Auch gut. Muß ich halt warten, bis du von selber zu mir kommst.« Er setzt die Brille wieder auf, tritt ans Fenster und riecht an den Blumen. »Schöne Blumen«, sagt er und zieht die Visitenkarte aus dem Strauß. »Eva Strasser«, liest er. »Das ist die Schlanke mit den hellen Augen, Florian. Weißt du, die gestern beim Konzert in der ersten Reihe gesessen hat, mit dem grünen Kleid. Kannst du dich nicht erinnern?«
Florian steht mit einem Ruck auf. »Was kümmert mich das. Du weißt doch, wie ich diese Aufdringlichkeiten hasse.«
»Verehrung hat mit Aufdringlichkeit nichts zu tun, mein Freund. Es ist höchste Zeit, daß du dich änderst. So wie du dich manchmal Damen gegenüber benimmst, grenzt das schon an Taktlosigkeit.«
»Ich habe dir schon oft gesagt ...«

»Und ich habe dir schon oft gesagt«, fällt ihm Leon ins Wort, »daß ein Künstler, beziehungsweise einer, der es werden will, allen Menschen gegenüber freundlich, liebenswürdig und aufmerksam sein muß. Der Platz an der Sonne ist am leichtesten zu erreichen, wenn man gute Verbindungen hat. Und die suchst du überhaupt nicht.«

»Ich pfeife auf diese Verbindungen. Die Behauptung, die du da immer aufstellst, ist blödsinnig. Aus eigener Kraft in die Höhe kommen ist mein Grundsatz, von dem ich keinen Fingerbreit abgehe. Oder zweifelst du, daß es mir aus eigener Kraft gelingt? Du sollst mir Antwort geben.«

Leon Karsten blickt dem Jungen ernst und gütig in die Augen, legt ihm beide Hände auf die Schultern und sagt: »Nein, Florian. Ich zweifle nicht an dir. Ich weiß, daß du das Zeug zu Großem in dir hast. Aber deine Zeit ist noch nicht gekommen. Sie bleibt jedoch nicht aus. So – und nun erzähl mir, was dich heute so aus der Fassung gebracht hat.«

»Ach, laß gut sein, Leon«, wehrt Florian genervt ab. »Es hat ja auch nicht viel zu sagen. Ein Riß im Herzen, eine kleine, unbedeutende Wunde, die wieder verheilen wird.«

»Aha.« Leon pfeift durch die Zähne und läßt seine Hände von Florians Schulter gleiten. »Ich hab' es mir ja gleich gedacht, daß es mit der Liebe etwas zu tun hat. Nun ja, das vergeht wieder, Florian.«

»Nein, das vergeht nicht wieder.«

»Ist sie dir untreu geworden?«

»Wen meinst du?«

»Na, die Anna, oder wie sie heißt.«

Florian lacht finster auf. »Wenn das der Fall wäre,

dann würdest du mich nicht in dieser elenden Verfassung sehen, Leon. Das ist es ja. Anna wird nicht untreu. Aber Maria hat einen anderen genommen.«
»Du mußt schon entschuldigen, Florian, wenn ich lache. Aber ich kann mir das wirklich nicht erklären, wie du dich so entsetzen kannst, wenn irgendein Mädchen einen anderen nimmt.«
»Herrgott, das ist es ja! Maria ist für mich nicht irgendein Mädchen. Maria ist meine große Sehnsucht, Maria ist der Inbegriff meines ganzen Seins. Aber das verstehst du wohl nicht. Du hast Liebe in diesem Maße vielleicht nicht kennengelernt.«
Ein mildes, verzeihendes Lächeln huscht über das Gesicht des Alten.
»Darüber wollen wir uns nicht streiten, Florian. Ich habe dir schon einmal gesagt, daß eine Frau bestimmend gewesen ist für mein Leben. Wenn ich heute einsam bin, so ist diese verkorkste Liebe schuld daran. Es hat jeder sein Schicksal, und es kommt immer auf den einzelnen an, inwieweit er die Kraft hat, oder wie er es versteht, dem Schicksal ein Schnippchen zu schlagen.«
»Komm, hör auf. Diese Theorien kenne ich schon zur Genüge.«
»Versuch es mit Arbeit. Du sollst mindestens vier Stunden üben am Tag. Es ist dies notwendig für deine Zukunft. Und nun, Kopf hoch, mein Junge! Leg dich ein wenig schlafen. Der heutige Abend fordert einen ganzen Mann.«
Leon Karsten verläßt das Zimmer. Florian starrt ihm nach, rafft sich auf und lacht ein paarmal, wie im Ärger über sich selber. Aber was er damit bezwecken will – sich von den Gedanken an Maria freizu-

machen –, gelingt ihm nicht. Zu fest ist sie mit seinem Leben verankert und verflochten. »Ich werde sie nie vergessen können«, spricht er vor sich hin. Er nimmt die Geige zur Hand. Etwas Lustiges, Befreiendes will er spielen. Aber nur schwere Akkorde greifen seine Finger.
Er weiß nicht, wie lange er spielt. Als er aber die Geige ablegt, die letzten Töne leise im Zimmer verhallt sind, dringt von unten herauf ein Geräusch. Florian geht ans Fenster. Eine Menschenmenge steht unten und jubelt ihm begeistert zu und klatscht, bis er sich wieder zum Spielen anschickt.
Er lehnt sich ans Fenster, sein Blick geht über die Wipfel der Parkbäume hin in die Ferne. Andächtig lauschen die Menschen unter dem Fenster auf die herabklingenden Geigentöne. Die Geige jubelt, singt und – weint.

Im Musikpavillon haben die Musiker schon die Noten aufgeschlagen und stimmen die Instrumente. Leon Karsten blickt suchend alle Wege entlang nach Florian. Er zieht die Uhr. Donnerwetter, schon gleich acht. Das Konzert soll pünktlich beginnen. Zwischen den Bäumen brennen schon die Lampions, und die letzten Gäste begeben sich soeben zu ihren Plätzen. Karstens Blick schweift über die erste Reihe hin, lauter auserlesenes Publikum. Florian könnte Chancen haben, wenn er nur wollte. Vielleicht ändert er sich von jetzt ab. Herrgott! Acht Uhr schlägt es schon!
Da kommt Florian aus einem Parkweg heraus,

federnden Schrittes und mit leuchtenden Augen. Im nächsten Augenblick steht er am Dirigentenpult, umfaßt seine Musiker mit festem Blick und gibt das Zeichen zum Beginn.

In der Pause unterhält Florian sich angeregt mit Leon. Plötzlich hält er im Redefluß inne und blickt wie gebannt in das Gesicht einer schönen, dunklen Frau. Die ganze Zeit über ist es ihm gewesen, als hätten ihre Augen auf ihm geruht. Sobald er aber zu ihr hinblickt, schaut sie gelassen in eine andere Richtung.

Als Florian sich nach Schluß des Konzerts in sein Zimmer begibt, bringt ihm der Ober einen herrlichen Strauß dunkelroter Rosen.

»Laura von Hagendorf«, steht auf der Visitenkarte.

»Laura von Hagendorf«, spricht Florian leise vor sich hin und atmet wie betäubt den Duft der Blumen ein. Und plötzlich – einem unerklärlichen Zwang gehorchend – geht er hinunter ins Hotel und fragt den Ober: »Wer ist diese Dame, die den Rosenstrauß abgegeben hat?«

»Ich kann Ihnen leider nicht dienen, Herr Eck. Aber dort, sehen Sie, soeben geht sie hinaus.«

Florian dreht sich auf dem Absatz um und blickt nach der Tür. Zu spät.

Er sieht nur mehr zwischen Tür und Angel einen hellgrauen Mantel schimmern und sonst nichts mehr. Kurz entschlossen folgt er ihr. Als er sie aber auf der breiten Steintreppe, die zum Park führt, stehen sieht, bleibt er wie angewurzelt stehen.

Da wendet die Frau ihm ihr Gesicht zu, blickt ihn mit großen, dunklen Augen an. Um ihren Mund huscht ein feines Lächeln.

»Ah, das ist die Frau«, denkt Florian, »die mir vorhin beim Konzert schon aufgefallen ist.« Er möchte unbedingt etwas sagen, aber sonderbarerweise fällt ihm nichts ein. Eine Verlegenheit sondergleichen übermannt ihn. Er weiß, daß er sich weit vorgewagt hat. So tut er, als kümmere er sich nicht im geringsten um sie, vergräbt die Hände in den Taschen seines Smokings, legt Ernst und Schärfe in seinen Blick und geht ohne Gruß an ihr vorüber.

Da klingt ein Lachen hinter ihm her.

Mit einem Ruck dreht er sich um und starrt auf die Fremde, die schlank und herausfordernd auf der Treppe steht. Allmählich kommt er wieder zu klarer Besinnung.

»Warum lachen Sie?« fragt er kurz.

»Weil Sie vorbeigehen und nichts sagen. Ich weiß aber, daß Sie mir etwas sagen wollen.« Sie geht auf ihn zu und bleibt dicht vor ihm stehen. »Sie wollten mir doch etwas sagen?« forscht sie nochmals.

Florian ist ganz im Banne dieser dunklen, herausfordernden Schönheit.

»Laura von Hagendorf?« fragt er noch ein wenig unsicher, aber doch schon frei von aller Verlegenheit.

Sie nickt bestätigend und reicht ihm die Hand.

»Florian Eck«, sagt er und beugt sich über die schmale, zarte Hand.

»Oh, ich kenne Sie«, antwortet sie lachend.

»Ich sehe Sie heute zum erstenmal«, gesteht Florian offen.

»Wirklich? Ach ja, ich weiß. Sie sehen sich nach Frauen nicht besonders um. Haben es auch nicht nötig, weil Ihnen die Frauen von selbst in den Schoß fallen wie reife Früchte.«

»Nicht alle – nicht jede Frau. Aber finden Sie nicht, daß dies hier ein sehr ungemütlicher Platz ist. Wollen wir nicht lieber eine Flasche Wein trinken, oder« – er blickt in den Park hinaus – »ein wenig spazierengehen?«
»Nein, so intim sind wir noch nicht.« Sie wendet sich zum Gehen, sagt aber dann unvermittelt, ihn fest ansehend: »Einen Wunsch hätte ich allerdings und – es liegt an Ihnen, ihn mir zu erfüllen.«
»Bitte, Ihr Wunsch ist mir Befehl!«
»Keine Phrasen, mein Lieber. Das gefällt mir nicht an Ihnen. Es paßt nicht zu Ihrer Art.«
»Aber was soll ich denn tun?«
»Mir etwas vorspielen. Ja, ja! Das will ich. Für mich ganz allein sollen Sie spielen. So wie heute abend. Ich warte unter Ihrem Fenster.«
»Ich muß da eine Bedingung daran knüpfen.«
»Und die wäre?«
»Daß Sie dann Zeit für mich haben.«
Die schöne Frau betrachtet ihre Fingernägel, hebt dann plötzlich mit einem Ruck den Kopf, blickt ihm fest in die Augen. »Kommen Sie, ich gehe mit Ihnen. Nein! Nicht hier durch. Dort ist der Separateingang zu den Fremdenzimmern.« Sie geht ihm voran.
»Sie kennen sich gut hier aus.«
»Ich habe hier früher einmal gewohnt.«
In seinem Zimmer angekommen, nimmt sie auf der Ottomane Platz, lehnt sich lässig zurück und blickt erwartungsvoll auf Florian, der die Geige aus dem Kasten nimmt. Laura von Hagendorf betrachtet ihn aufmerksam, steht dann auf und zieht den roten Seidenschal über die Lampe. Dann umfangen sie die Töne.

Plötzlich bricht Florian das Spiel ab, setzt sich neben sie und faßt nach ihren Händen. »Ich kann nicht weiterspielen. Ich weiß nicht, woran das liegt.«
»Nicht sentimental werden, junger Freund. Nimm dich in acht, du bist auf dem besten Wege, dich zu verlieben.«
Florian hört weniger auf ihre Worte. Er hört nur, daß sie du zu ihm sagt. Und das beseligt ihn und gibt ihm Mut.
»Würdest du das so unnatürlich finden, wenn ich dich lieben würde?«
»Du mußt dich schon richtig ausdrücken, mein Lieber. Nicht Liebe ist es, was du jetzt fühlst, sondern ein leichtes Verliebtsein, wie immer.«
»Es könnte aber auch anders sein. Sag mir bitte eins: Wer bist du? Es kommt mir alles so seltsam und rätselhaft vor. Ich habe dich noch nie gesehen und doch ...«
»Was und doch?«
» ... doch glaube ich, wir kennen uns schon eine Ewigkeit. Ich muß dich einfach lieben. Ich weiß nicht, warum.«
»Das ist schlimm«, antwortet sie und entzieht ihm ihre Hände. »Man muß nämlich immer wissen, warum man etwas tut. Ich will dir etwas sagen: Du meinst, weil ich dir ins Zimmer gefolgt bin, mußt du annehmen, ich hätte es aus Liebe getan. Fehlgeschlagen, mein Lieber. Einzig und allein deines Spiels wegen bin ich hier, denn du kannst was.«
»So? Einzig und allein deshalb bist du gekommen, um mir das zu sagen?«
Laura steht auf und knöpft ihren Mantel zu. Auch Florian erhebt sich.

»Du hast mir auf meine letzte Frage noch keine Antwort gegeben.«
»Was hättest du davon?«
»Ich muß es wissen! Die Ungewißheit quält mich.«
»Ich kann dir die Antwort, die du dir wünschst, nicht geben. Heute nicht. Vielleicht überhaupt nie!«
Seine Arme umschlingen sie plötzlich.
Sie wehrt sich nicht. Aber als er sie selbstvergessen küssen will, legt sie blitzschnell ihre Hand auf seinen Mund und schüttelt den Kopf.
Florian ist im Augenblick ernüchtert. »Warum nicht?« fragt er schroff.
»Weil ich nicht bin wie andere. Du bist jünger als ich. Und ich habe noch nie einen Mann geküßt, der jünger ist als ich.«
»Bitte«, sagt er mit einer abrupten Handbewegung und gibt sie frei.
Laura von Hagendorf lächelt über sein schroffes Benehmen und geht an ihm vorbei. »Wenn wir uns wiedersehen, ist es vielleicht anders«, sagt sie noch, dann fällt die Tür hinter ihr ins Schloß.
Florian steht mit geballten Fäusten. Er ist wütend über die Abfuhr. Er greift nach dem Rosenstrauß und schleudert ihn wütend in die Ecke. Im selben Moment öffnet sich die Tür. Laura von Hagendorf steht auf der Schwelle.
»Etwas habe ich vergessen, dir zu sagen. Aber« – sie deutet auf die mißhandelten Blumen in der Ecke – »nun ist es ja überflüssig.«
Noch ehe Florian dazu kommt, etwas zu sagen, ist sie wieder verschwunden.
Er ist bis ins Innerste aufgewühlt. Es ist ihm schon viel untergekommen, aber diese Frau ist anders. »Wirklich

seltsam«, denkt er. »Schickt mir Rosen, kommt auf mein Zimmer, befiehlt einfach, daß ich spielen soll – und wenn ich sie küssen will, geht sie einfach. Wirklich, sehr rätselhaft ist das alles. Wer sie wohl sein mag?« Er geht ans Fenster und schaut hinunter. Da fährt sie gerade mit dem Auto davon, und der Hausdiener schließt hinter ihr die schweren eisernen Tore.
Am anderen Abend wartet er fieberhaft darauf, ihr wieder zu begegnen. Aber vergebens. Laura von Hagendorf bleibt unsichtbar. Zufällig bringt er dann in Erfahrung, daß sie draußen in Schlangenbad wohne. Aber als er hinkommt, sagt man ihm, sie sei vor drei Tagen abgereist.
»Auch gut«, denkt er. »Vielleicht besser so.«
Da tritt eine große Veränderung ein, die mit einem Schlag seinem Leben eine neue Wendung gibt. Von einer Konzertdirektion aus Frankfurt erhält er ein Schreiben, worin er zu einem Violinabend eingeladen wird. Ein Professor Wohlbrück soll ihn am Flügel begleiten.
Florian schreibt sofort zurück, daß er nur annehme, wenn sein alter Freund und Berater, der Pianist Leon Karsten, ihn beim Konzert begleite.
Drei Tage später ist die Zusage da. Von diesem Tag an ist Leon Karsten wie ein Schatten hinter Florian her. Er sagt ihm immer wieder: »Mein lieber Flori, nun ist Schluß mit dem Leben, wie du es seit Monaten führst. Die zehn Tage bis zu deinem Auftreten wird in jeder freien Minute geübt.«
Florian sieht diese Notwendigkeit ohne weiteres ein. Sein Leben ist in den letzten Monaten ein wenig aus den Fugen geraten. Um Maria zu vergessen, hat er zum Alkohol gegriffen. Wenn es ihm auch nichts ge-

nützt hat, so war es ihm aber passiert, daß er plötzlich bei Stücken, die er schon jahrelang ohne Noten spielte, den Zusammenhang verlor. Wenn ihm das in Frankfurt passieren würde, dann wäre alles verloren.

※

Das Konzert ist auf den dritten August festgesetzt. Es ist ein grauer, unfreundlicher, schwüler Tag. Träge ziehen die Regenwolken über die Stadt hin.
»Komm, Flori! Wir probieren das Adagio noch einmal.«
»Nein, Leon. Laß es gut sein, ich bin müde. Hab nur keine Angst, es klappt schon. Ich war noch nie so sicher wie heute. Es sind noch drei Stunden jetzt, und die wollen wir in aller Ruhe verbringen. Es muß überhaupt alles in Ruhe vor sich gehen. Du darfst mich nicht wieder nervös machen mit deinem ewigen ›Nimm dich zusammen, Junge!‹ Der heutige Abend entscheidet über mein ganzes Leben. Deshalb müssen wir ihm beide ruhig und gelassen entgegensehen. Hast du übrigens im Konzertsaal nochmals angerufen?«
Leon klappt den Klavierdeckel zu und wischt sich mit dem Taschentuch über die Stirn. »Seit gestern schon sind sämtliche Plätze ausverkauft!«
Florian lacht. »Na also! Was wollen wir denn mehr? Weißt du, was das heißt, Leon? Nein, das weißt du natürlich nicht. Ausspannen tun wir dann einmal. Du kommst wieder mit in meine Heimat. Weißt du – ich denke mir das schön so ... Vielleicht kaufe ich mir ein Motorboot und weiß der Teufel was.«
»Ja, ja«, sagt Leon versonnen. Man merkt, daß er aufgeregt ist. Und seine Aufregung steigert sich von

Viertelstunde zu Viertelstunde. Florian ißt noch mit gutem Appetit zu Abend. Leon bringt kaum ein paar Bissen hinunter. Beim Anziehen muß ihm Florian noch behilflich sein und die Schleife binden. Endlich sind sie beide fertig und stehen vor dem großen Ankleidespiegel.

Im Frack und weißer Binde bietet Florian ein unvergleichlich schönes Bild. Braun und markant hebt sich sein schön geschnittenes Gesicht von der weißen Hemdbrust ab. Nicht die geringste Unruhe ist in ihm. Er summt leise das Thema des Adagios aus dem »Herbst« von Vivaldis Vierjahreszeiten, während Karsten aufgeregt hin und her trippelt und immer wieder auf die Uhr schaut. Endlich ist es soweit. Das Auto fährt vor und bringt die beiden zum Konzertsaal.

*

Erwartungsvolle Spannung liegt über der Menschenmenge im Saal. Soeben erlöschen die Kronleuchter. Dann teilen sich die schweren Falten des Vorhangs. An der Rampe, von grellem Lichtschein umflutet, steht Florian. Ein paar Schritte neben ihm sitzt Leon Karsten am Klavier, die Hände bereits auf die Tasten gelegt.

Florian blickt über die Menschenmenge hin und kommt sich plötzlich angesichts der festlich geschmückten Menschen so einsam und weltverlassen vor wie noch nie. Plötzlich zuckt er zusammen. In der ersten Reihe, neben dem Direktor des Konzerthauses, sitzt Laura von Hagendorf.

Ganz leicht, wie um ihn zu grüßen, hebt sie die Hand mit dem Opernglas.

Karsten räuspert sich. Das reißt Florian aus seinen Träumen. Er wird sich jäh bewußt, worauf es jetzt ankommt.

*

Das Konzert wird ein ganz großer Erfolg. Am Schluß kommt der Direktor aufgeregt in das Musikzimmer gestürzt.
»Mein Lieber, Sie müssen übermorgen wieder spielen. Alles ist begeistert. Na – Sie werden ja sehen, was die Presse morgen zu sagen hat.«
Florian hört nur halb hin. Er ist voll drängender Erwartung, daß Laura von Hagendorf eintreten möchte. Der Direktor legt mit überschwenglichen Worten einen Scheck auf den Tisch und schiebt Florian einen Schein hin zum Unterschreiben.
»Machen Sie dies alles mit Herrn Karsten ab«, sagt Florian. »Was denkst du, Leon?« wendet er sich an diesen.
»Selbstverständlich wird gespielt!« Leon Karsten ist in strahlender Laune.
»Die Herren sind selbstverständlich heute abend meine Gäste«, sagt Direktor Eichbaum.
Florian will ablehnen. Aber da fällt ihm ein, daß er dort sicher Laura von Hagendorf treffen könnte. Und so sagt er ohne weiteres zu.

In dem Hotel ist eine auserlesene Gesellschaft versammelt. Laura von Hagendorf aber ist nicht dabei. Ein paarmal setzt Florian an, um den Direktor nach ihr zu fragen. Er müßte doch Näheres wissen von ihr, denn so zufällig wird sie doch nicht im Konzert neben

ihm gesessen haben. Aber der dicke, übermäßig viel plaudernde Herr flößt ihm wenig Vertrauen ein.
»Was will ich denn eigentlich von ihr?« korrigiert er seine Gedanken. »Will ich sie nur deshalb bei mir haben, um Maria zu vergessen?« Ja, hol's der Teufel, den ganzen Abend muß er nun schon wieder an Maria denken. Und Laura wäre vielleicht die einzige Frau, die ihm darüber weghelfen könnte. Kein einziger froher Gedanke will in ihm aufkommen. Er fühlt die Blicke der Frauen am Tisch wie Nadelstiche in seinem Gesicht und kann nichts dagegen tun.
Da wird das Essen aufgetragen. Eichbaum gießt mit seiner grobknochigen Hand den Wein ein. »Auf das Wohl unseres verehrten Gastes«, sagt er mit gekünsteltem Pathos. Dann fährt er salbungsvoll fort: »Ich betrachte den heutigen, ereignisvollen Tag als Wendepunkt in Ihrem weiteren künstlerischen Schaffen. Die besten Wünsche unsererseits begleiten Sie auf dem weiteren Weg Ihrer Laufbahn. Ich gebe hiermit der Hoffnung Ausdruck, Sie von Zeit zu Zeit in unserem Kreise begrüßen zu dürfen, und wünsche Ihnen für die Zukunft alles Gute. Prosit!«
Florian steht wie vor den Kopf geschlagen. Er weiß, daß er irgend etwas erwidern müsse. Aber die Kehle ist ihm wie zugeschnürt. Leon Karsten gibt ihm verstohlen einen Rippenstoß und raunt ihm zu: »Herrgott, Mensch, so rede doch!«
Florian nimmt allen Willen zusammen. Die ersten paar Sätze kommen schleppend und zögernd. Aber dann fließt es aus ihm, wie ein sprudelnder Quell – er findet ein paar nette, liebenswürdige Worte des Dankes.

*

Am anderen Morgen sitzt Florian schon frisch und aufgeräumt am Frühstückstisch, als Leon Karsten kommt. »Bist du schon auf?« fragt er verwundert.
»Warum sollte ich denn noch nicht auf sein? Ach so, du meinst, weil ich ausgekniffen bin gestern abend. Ich habe noch einen ausgedehnten Abendspaziergang gemacht.«
Karsten hebt warnend den Finger und will reden. Florian unterbricht ihn aber sofort. »Keine Moralpredigt heute. Du wirst schon bald merken, daß es nichts hilft. Sag mir lieber mal deine persönliche Meinung, wie ich gestern gespielt habe.«
»Daß ich darüber nicht spreche, daran mußt du erkennen, daß ich zufrieden war. Jedenfalls hast du dir alle Herzen im Sturm erobert. Und was nicht unerwähnt bleiben soll – es war auch in materieller Hinsicht ein großer Erfolg.«
»Das ist für mich vorerst gar nicht wichtig, wenn ich auch nicht behaupten möchte, daß man Geld nicht brauchen kann. Aber alle Kunst hört da auf, wenn man sie nur des Geldes wegen ausübt. Verschone mich künftig damit und mach die finanzielle Seite allein. Was hat denn Eichbaum gestern mit dir noch verhandelt?«
»Er meint, ein achttägiges Gastspiel würde sich sicher rentieren.«
»Wir wollen erst mal die Meinung der Presse abwarten. Der Kerl, ich meine den Direktor, ist mir, nebenbei bemerkt, sehr unsympathisch.«
»Mir auch. Aber ein tüchtiger Geschäftsmann ist er.«
»Na ja, das sind diese Leute alle.« Plötzlich springt Florian auf und öffnet das Fenster. »Hallo! Sie! Ist das schon die neueste Ausgabe?«

Der Zeitungsverkäufer reicht ihm eine Nummer herein.
Die Kritik übertrifft Florians und Leons Erwartungen.
»Na, was hab' ich denn immer gesagt?« stammelt Karsten gerührt. »Wirst sehen, aus uns zwei wird noch was. Herrgott, Flori, jetzt beginnt für mich erst wieder das Leben. Wir werden reisen – in fremde Länder und Triumphe feiern.«
»Nur keine Illusionen, alter Knabe. Immer sachlich bleiben. Man darf sich nicht so hoch hinaufwünschen, sonst fällt man tief.«
Leon Karsten aber läßt sich von Florians nüchterner Denkungsart nicht irre machen.
Florian steht auf und sagt: »Ich will jetzt einen kleinen Bummel durch die Stadt machen. Mach dir's gemütlich inzwischen.«
In launiger Stimmung schlendert er durch die belebten Straßen. An einer Buchhandlung bleibt er stehen und betrachtet die Bücher. Ein Herr kommt aus dem Laden, begrüßt eine Dame, die soeben aus der Straßenbahn steigt und in den Laden will.
»Holen Sie sich Karten für morgen abend, Frau Littow?«
»Ja, Herr Regierungsrat. Welche Nummer haben Sie? Vielleicht kommen wir zusammen?«
»Einundsechzig bis vierundsechzig! Aber ich glaube, es ist in der Reihe nichts mehr frei. Schon wieder alles ausverkauft. Wie hat Ihnen denn gestern das Konzert gefallen? Der Junge ist doch wirklich enorm!«
»Fabelhaft, wie er die schwierigsten Stellen überbrückt. Mein Mann versteht doch gewiß etwas von Musik. Aber so begeistert wie gestern abend habe ich ihn noch nie gesehen.«
»Möchte nur wissen«, sagt der Herr darauf, »was für

eine Geige das war. Ich habe noch nie einen solchen Ton gehört.«

Florian dreht sich um und sagt: »Es war eine Bergonzi-Geige, mein Herr. Von diesem Meister gibt es nur noch ganz wenige Instrumente.« Er lüftet seinen Hut und geht weiter. Er hört wohl noch die Dame ganz erstaunt rufen: »Aber das war er doch!« Er dreht sich aber nicht mehr um und biegt um die Ecke.

Soeben will er die Fahrbahn überqueren, als ein schriller Quietschton ihn wieder auf den Fußgängersteig zurücktreten läßt. In scharfem Bogen kommt ein graublaues Sportkabriolett um die Kurve. Am Steuer sitzt, ein wenig vorgeneigt, Laura von Hagendorf.

Florian hebt die Hand, will ihr zurufen, da hat sie ihn schon erkannt, und mit einem heftigen Ruck hält der Wagen dicht vor ihm.

Sie streckt ihm die Hand entgegen. »Guten Morgen, Florian Eck! Das ist ja wunderschön, daß ich Sie hier treffe. Ich wollte Sie soeben im Hotel aufsuchen.« Sie öffnet den Schlag. »Steigen Sie ein!«

Florian nimmt neben ihr Platz und denkt: »Das nenn' ich Schicksal!« Er lacht ihr unbekümmert ins Gesicht, und als sie ihn deswegen fragt, antwortet er freudig: »Ach, wissen Sie, mich freut heute alles, der schöne Morgen, das Wiedersehen mit Ihnen und – übrigens, waren wir nicht schon einmal per Du?«

»Ja, und ich habe es sogar zuerst gesagt. Aber das ist schon geraume Zeit her, und wenn man dich gestern gehört hat, dann hat man einen gewissen Respekt bekommen.«

»Du mußt mir nicht schmeicheln, Laura. Das paßt nicht zu dir. Ich habe auf dich gestern nach dem Konzert gewartet. Warum bist du nicht gekommen?«

Sie gibt ihm keine Antwort, blickt streng vor sich hin, weil der Verkehr im Zentrum der Stadt ziemlich belebt ist. Plötzlich fährt sie scharf rechts an den Bürgersteig und hält an. Sie blickt ihn an und fragt: »Wohin wollen wir fahren?«

»Mir egal! Ein wenig um die Stadt herum.«

»Warum nicht weiter? Irgendwohin, wo keine Häuser sind, nur Wald und leuchtende Sommerwiesen. Mit dem Heimkommen eilt es nicht so. Heute brauchst du ja nicht zu spielen. Erst morgen wieder.«

»Du bist ja gut unterrichtet über mich.«

»Ich weiß mehr von dir, als du denkst.« Laura tritt auf das Gaspedal, und der Wagen schießt vorwärts. Sie sitzt wieder über das Steuer gebeugt, ihre Augen blicken streng. Florian sieht auf den Tachometer: 110 – 120 – 130 Kilometer. Er betrachtet sie von der Seite. Ihr leichtgewelltes, schwarzes Haar flattert im Wind.

»Eine wunderschöne Frau«, denkt er. Dieses Geheimnisvolle um ihre Person reizt ihn immer mehr. Und doch ist eine gewisse Scheu in ihm. Er wagt es nicht einmal, seine Hand um ihre Schultern zu legen. Plötzlich hat er das Gefühl, daß es eigentlich recht unmännlich ist, sich von einer Frau spazierenfahren zu lassen. Er spürt, daß diese Frau ihn zu beherrschen droht, und sein Trotz bäumt sich auf.

»Halt an!« schreit er plötzlich.

Der Wagen hält. Laura blickt ihn erwartungsvoll an.

»Was hast du denn eigentlich vor?« fragt er.

»Ich habe dir doch schon gesagt: irgendwohin.« Sie lacht ihn an. »Ich glaube gar, du kriegst es mit der Angst zu tun?«

»Nein, ich möchte nur wissen, was du im Schilde

führst. Nur um mir zu zeigen, daß du fahren kannst, wirst du es doch nicht tun.«
»Nein, bestimmt nicht. Ich tue es, weil ich einfach mit dir zusammensein will, irgendwo, wo es schön und einsam ist.«
Er nickt. »Ja, wo es einsam ist.« Jetzt legt er seinen Arm um ihren Hals. »Ich habe dich lieb«, sagt er, »und du sollst mich auch liebhaben.«
»So? Na, du gehst aber ran, mein Junge.«
»Gesagt hätte ich es dir auf alle Fälle, heute oder in den nächsten Tagen.«
»Aber ich liebe dich nicht. Jedenfalls heute noch nicht.«
»Wir haben alle Zeit der Welt«, sagt er mit leichtem Spott. »Ich kann auch geduldig sein. Fahr zu!«
Der Wagen setzt sich wieder in Bewegung. Aber sie fährt jetzt etwas langsamer, weil Florian meint, man hätte gar nichts, wenn man so durch die Schönheit des Landes rase.
Florian lehnt sich behaglich zurück und zündet sich eine Zigarette an. Es ist ihm eher feierlich ums Herz. Alles Unbeherrschte von vorhin ist wie weggewischt, und er verliert sich in ein fernes, leises Träumen. Plötzlich fragt er unvermittelt: »Hast du – das Konzert gestern arrangiert?«
»Ich habe Eichbaum nur auf dich aufmerksam gemacht.«
»Das war ein Wagnis. Ich hätte ebensogut versagen können.«
»Daran dachte ich nicht, denn ich wußte, was du kannst. Und selbst wenn dies der Fall gewesen wäre, Eichbaum hätte mir deswegen keine Vorwürfe gemacht, weil er schrecklich in mich verliebt ist.«

»In dich?«
»Gewiß! Überrascht dich das?«
»Nein, nicht im geringsten. Seltsam würde ich es nur finden, wenn du seine Liebe erwidern würdest.«
Darüber lacht sie melodisch auf. »Florian, du bist ein schrecklicher Mensch. Du könntest einem direkt auf die Nerven fallen, wenn ich nicht so gut verstehen könnte, daß ein Mann wie du furchtbar neugierig sein muß, mit wem er es eigentlich zu tun hat. Also, hör zu! Vor acht Jahren habe ich in München geheiratet.«
Florian starrt sie entsetzt an. »Wer? Du?«
»Ja, ich. Das heißt, ich bin verheiratet worden. Ich war damals noch sehr jung, achtzehn Jahre. Kam gerade aus dem Pensionat heraus, und da hat man mir meinen zukünftigen Mann schon vorgestellt. Sich stillschweigend in alles ergeben, das war bei mir zu Hause immer schon Brauch gewesen. Ein Auflehnen gegen den Willen meines Vaters gab es nicht. Es spielten auch sonst allerlei Umstände mit. Wirtschaftliche Schwierigkeiten im Geschäft meines Vaters, drohender Bankrott und so weiter. Und so nahm ich eben den steinreichen Hagendorf – Leopold von Hagendorf hat er geheißen.«
»Ohne Liebe nahmst du ihn?«
»Ja, ohne Liebe. Meine Ehe mit dem um dreißig Jahre älteren Mann – – – nein, erspar mir die Details. Es verdirbt uns schließlich die Stimmung. Voriges Jahr starb er. So – nun weißt du alles.«
»Du warst schon einmal verheiratet!« sagt Florian gedankenverloren.
»Ja, sieben Jahre lang. Sieben lange Jahre war es Herbst um mich. Alles grau in grau. Kein bißchen Sonnenschein war in diesen Jahren. Jetzt endlich ist es

Frühling in mir. Und ich will ihn nützen, den Frühling meines Lebens, der so lange auf sich warten ließ. Das einzig Positive, das mir aus den sieben Jahren blieb, ist das große Vermögen, das es mir erlaubt, überall hinzureisen, wo es mir beliebt.«
»Und du willst dich wieder binden?«
»Vorerst nicht. Warum auch? So bin ich viel freier und kann tun und lassen, was ich will.« Das Gespräch jäh abbrechend, deutet sie mit der Hand nach einer in der Ferne sichtbaren Stadt. »Das ist Heidelberg.«
»In Heidelberg werden wir zu Mittag essen«, nimmt Laura nach einer kurzen Pause das Gespräch wieder auf. »Oder nein, wir fahren noch ein Stück durchs Neckartal. Dort ist es stiller.« Sie sagt das alles in einer so bestimmenden Art, die von vornherein eine Widerrede seinerseits ausschließt.
Sie kommen dann an eine Burgruine. »Schwalbennest heißt sie«, sagt Laura und blickt an dem grauen, verwitterten Turm hoch.
»Wollen wir hinauf?« fragt Florian.
»Natürlich«, sagt sie und geht ihm voran durch den Burghof und dann durch eine Steinpforte in den Turm.
Florian geht dicht hinter ihr. Es ist dunkel im Turm – dunkel und feucht. Und in der Dunkelheit umfaßt er sie und küßt sie. Laura wehrt sich nicht. Aber sie erwidert den Kuß nicht. Ihre Lippen sind ganz schmal und streng geschlossen.
Da läßt er sie mit einem Ruck los und schleudert ihre Hand von sich. »Herrgott, bist du kalt!« sagt er zornig. »Hast du denn überhaupt keine Gefühle?«
Laura gibt ihm keine Antwort, sondern steigt rasch die Treppen empor.

Dann steht sie auf dem Plateau, die Hände auf das eiserne Schutzgitter gestützt, und blickt in die Weite. Ein träumender Glanz ist in ihren Augen, wie er ihn an ihr noch nie gesehen und auch nicht vermutet hätte. Leise tritt er hinter sie und folgt ihrem Blick in die Ferne. Aus der Tiefe hört man das Rauschen des Neckars.
»Bist du mir böse, Laura?« fragt er leise. »Verzeih mir, es kam so plötzlich über mich.«
Laura lacht auf. »Wenn ich doch keine Gefühle habe, kann es dir doch gleichgültig sein, wie ich darüber denke.«
»Sprich nicht so, Laura. Du tust mir weh.«
»Aha, du verlangst Rücksichtnahme. Und du? Du beleidigst mich einfach, weil es dir so beliebt. So seid ihr alle. Alle sind gleich.«
Er legt zärtlich seinen Arm um ihre Schultern und spricht ihr bittend ins Ohr: »Sei doch wieder gut, Laura. Was tat ich denn Unrechtes? Ach, Laura, ich bin doch kein Mönch ...«
»Nein, du bist ein fahrender Musikant – ein Zigeuner.«
Er zuckt zusammen wie unter einem scharfen Peitschenhieb. Sein Gesicht ist aschfahl. Dann lacht er kurz und atemlos auf.
Laura blickt ihn von der Seite an, wendet ihm dann vollends ihr Gesicht zu und erschrickt vor dem flackernden Blick seiner Augen.
»Was hast du denn, Florian?«
»Nichts! Nur unbegreiflich ist es mir, daß du dich mit so einem Zigeunerpack abgeben kannst. Schau mich doch nicht so an! Geh doch! Hörst du denn nicht? Du sollst gehen! Eine anständige Frau gibt sich doch mit keinem Zigeuner ab!«

»Aber Florian!« Sie will seine Wange streicheln. Er schleudert ihre Hand fort und wendet sich brüsk von ihr ab.

Da merkt sie erst, was sie angestellt hat, fühlt, daß sie ihn in der tiefsten Seele gekränkt haben muß. Wieder tritt sie vor ihn hin. Da sieht sie, daß Tränen in seinen Augen stehen. Tränen des Zorns müssen es sein, denn andere könnte sie sich bei einem Menschen wie ihm gar nicht vorstellen.

Laura von Hagendorfs Herz ist nicht aus Stein. Sie ist auch nicht die Frau, die ein begangenes Unrecht nicht gutmachen würde.

»Florian!« sagt sie leise. »Bitte, verzeih mir, wenn ich dir weh getan habe.« Sie faßt nach seinen Händen. »Schau, Florian, so habe ich es nicht gemeint. Ich wollte dich nicht beleidigen mit dem Wort. Ich habe mir wirklich nichts dabei gedacht. Ich wollte damit nur sagen, daß ich dein Temperament aus diesem Grunde eher begreife.«

»Ich bin aber kein Zigeuner!« schreit er wild.

Ein kurzes Staunen in ihren Augen. »Wirklich nicht, Florian?«

»Nein, ich bin am Rhein geboren.«

»Dann verstehe ich es nicht! Dein Spiel auf der Geige. So, wie du spielst, so voller Seele, bringen es nur Zigeuner fertig. Ich habe es einmal in Budapest gehört und dann nicht wieder bis zu dem Abend in Wiesbaden.« Sie streicht ihm mit der Hand über die Stirn. »Komm, verscheuch doch die schrecklichen Falten. Soll uns denn durch mein unbedachtes Wort der ganze Abend verdorben sein?«

»Ich will versuchen, es zu vergessen. Aber im Augenblick hat es mich furchtbar getroffen. Hätte mir das ein Mann gesagt, ich hätte ihm mit der Faust geantwortet. Ich hätte ihn schlagen müssen, verstehst du das?«

»Gewiß, ja. Ein Mensch wie du läßt keine Beleidigung auf sich sitzen.«

Als sie nach geraumer Weile wieder durch den finsteren Turm abwärts steigen, ist Laura es, die seine Hand in der ihren hält. Florian denkt aber nicht mehr im entferntesten daran, sie zu küssen.

Als sie wieder in Frankfurt sind, hält Laura auf demselben Platz, wo er am Vormittag eingestiegen ist, und verabschiedet sich von ihm.

»Willst du nicht mitkommen ins Hotel?« fragt Florian. »Wir essen zu Abend, und dann spiel' ich ein wenig – für dich allein spiel' ich, Laura – und es soll recht schön werden.«

Man merkt, daß sie schwankt. »Nein«, sagt sie kühl und entzieht ihm rasch die Hand.

Florian nagt an der Unterlippe und sagt dann ein wenig spöttisch: »Ich vergesse immer wieder, daß du mich nicht liebst.«

Laura richtet ihre Augen voll auf ihn. »Ich weiß: Ich werde dich einmal lieben. Ganz bestimmt werde ich dich lieben. Aber jetzt noch nicht.«

Dann läßt sie die Kupplung los, und der Wagen schießt vorwärts. Im nächsten Augenblick ist sie um die Ecke verschwunden.

Florian steht noch eine Weile. »Eine merkwürdige Frau«, murmelt er und geht dann kopfschüttelnd zu seinem Hotel.

VII

Im Frankfurter Hauptbahnhof steht ein junges Mädchen und blickt hilflos um sich. Langsam geht es dem Ausgang zu, und es wird ihm immer banger zumute. In den Straßen brennen schon die Laternen, und die Läden sind alle geschlossen.
Anna hat in Wiesbaden den Anschluß versäumt und ist nun erst mit einem späteren Zug in Frankfurt angekommen. Und nun steht sie da und weiß weder ein noch aus. Endlich faßt sie Mut und fragt einen Mann, wo der Saal sei, in dem Florian Eck sein Konzert gibt.
»Florian Eck? Kenn' ich nicht!«
»Aber Sie müssen doch gehört haben von ihm. Das ist doch der große Geiger. Vorgestern hatte er ein Konzert mit Riesenerfolg, und heute spielt er wieder.«
»Tut mir leid, Fräulein. Ich habe keine Ahnung. Fragen Sie mal dort bei der Information.«
Ach, wo bleibt der große Mut, mit dem die kleine Anna von zu Hause fortgefahren ist? Nein, sie ist eigentlich gar nicht mehr so klein. In den zwei Jahren ist sie ein gutes Stück gewachsen, und es ist auch sonst gar nichts Kindliches mehr an ihr. Ihr Schritt ist ein wenig federnder geworden, ihre Bewegungen sind ausgeglichener, die Haltung des Kopfes freier. Jetzt freilich steht sie kleinmütig und niedergeschlagen in der großen, fremden Stadt, wechselt den Koffer immer von der einen Hand zur anderen und blickt verschüchtert

auf die vielen Menschen, die eilig an ihr vorüberhasten. Der Vater hat es nicht wissen dürfen, daß sie nach Frankfurt fährt. Man hat ihm etwas erzählt von einer Freundin in Mainz, zu der sie zum Nähen hinmüßte. Die Mutter hat den Plan ausgeheckt, denn Anna kann ja nicht lügen. Man merkt ihr jedes unwahre Wort am Gesicht an.

Anna hat sich alles ganz anders vorgestellt. In Frankfurt, hat sie gedacht, würde jeder den berühmten Geiger kennen und man würde ihr gleich den Weg zu ihm weisen. Und nun ist das alles ganz anders.

Endlich fragt sie am Schalter. Der Bahnbeamte kann es ihr sagen, und sie geht nach seinen Angaben immer geradeaus, bis zu dem großen, freien Platz.

Das Portal ist hell erleuchtet, aber die Fenster des Konzertsaales sind dunkel. Ein Portier in schöner Uniform geht, die Hände hinterm Rücken verschränkt, langsam und majestätisch im Vorraum auf und ab.

»Das ist sicher der Konzertdirektor«, denkt Anna und geht tapfer auf ihn zu. »Bitte schön, mein Herr, ich krieg' eine Karte.«

»Eine Karte? Wofür?«

»Na, da hinein in das Konzert.«

»Ist alles besetzt. Und überhaupt hat das Konzert schon lange angefangen.«

»Aber ich muß doch hinein«, sagt Anna hartnäckig und sieht dem Uniformierten in das abweisende, strenge Gesicht. Sie will sich an ihm vorüberschieben. Aber er hält sie mit hartem Griff zurück.

»Hören Sie denn nicht, daß das Konzert schon längst begonnen hat? Kaufen Sie eine Karte für morgen im Vorverkauf. Aber heute ist nichts mehr zu machen.«

»Aber ich kenne doch Florian gut.«

Der Beschnürte lächelt ungläubig. »Das soll ich wohl glauben? Aber es hilft nichts. Sie kommen nicht hinein.«

»Darf ich dann wenigstens hier warten?«

»Nein, denn der Aufenthalt im Vorraum ist nicht gestattet.«

Anna geht ganz bedrückt hinaus. Draußen setzt sie sich auf ihren Koffer, ganz an die Mauer gedrückt, unter eines der großen Fenster und wartet und weint in ihrer trostlosen Lage. Wie eine Bettlerin sitzt sie da, während Florian – ihr Flori – in dem großen Saal für die vielen fremden Menschen spielt.

So vergeht eine lange Zeit. Endlich gehen die Lichter hinter den Türen und Fenstern an. Hinter den Scheiben sieht man schwarze Gestalten. Da nimmt Anna ihren Koffer und geht wieder vor zum Portal.

Ein paar Menschen kommen hastig heraus, schlüpfen im Gehen in ihre Mäntel. Dann wird der Strom der Menschen immer dichter. Junge Menschen sprechen mit heftigen Bewegungen. Alte gehen mit gelösten Gesichtern vorüber.

»Es war einfach überwältigend ...«, sagt ein alter Herr, der neben seiner Tochter geht.

In Anna quillt etwas auf. Es ist Dank, Erschütterung. Ihr ist, als müsse sie hinstürzen zu dem alten Herrn und seine Hände drücken.

Der Menschenstrom hat sich verlaufen. »Mein Gott«, sagt Anna erschrocken, »wenn er vielleicht durch einen anderen Ausgang geht.«

Der Beschnürte macht sich schon am Gittertor zu schaffen, steht aber noch wartend da – und dann kommt Florian, von Menschen umringt. Sein braunes Gesicht ragt ein wenig über die anderen hinweg.

Auch Leon Karsten erkennt sie an seinem weißen Haar. Florian spricht jetzt mit einer Dame, einer schönen, dunklen Dame, die dann in ein blaugraues Auto steigt und davonfährt.
Florian und Karsten gehen jetzt auch auf ein Auto zu. Da springt Anna über die Straße und steht vor Florian und sagt bloß: »Du ...«
Florian erschrickt. Es zuckt um seinen Mund, und sein Blick sucht über Anna hinweg nach dem blaugrauen Auto, das soeben um eine Kurve entschwindet.
»Aber Flori, freust du dich denn gar nicht, daß ich gekommen bin?« fragt Anna ängstlich.
Die Frage gibt ihm die Fassung wieder. »Aber natürlich freue ich mich«, sagt er, ihre Hand fassend. »Es ist nur die Überraschung, weißt du.«
»Ich habe deinen großen Erfolg in der Zeitung gelesen, und da mußte ich doch kommen und dich beglückwünschen. Ja, ich mußte es tun. Begreifst du das nicht?«
Er streichelt ihre Wange. »Ich danke dir, Anna, daß du gekommen bist.« Er meint es in diesem Augenblick wirklich ernst.
Seltsam! Gerade jetzt, wo er ihr gänzlich zu entgleiten drohte, kommt sie und blickt ihm mit ihren guten, stillen Augen bis in die Seele hinein.
Karsten stellt sich zwischen die beiden. »Na, was ist denn, kleines Mädel? Krieg' ich gar keine Hand? So, schön. Und jetzt mal rein in das Auto. Oder wollt ihr euch die Füße in das Pflaster wachsen lassen?«
Im Hotel angekommen, bestellt Florian gleich das Zimmer neben dem seinen für Anna. Es ist wieder eine auserlesene Gesellschaft beisammen, und Florian

sagt zu Karsten: »Ich werde heute nicht hinuntergehen. Entschuldige mich und sag, ich hätte Kopfweh oder sonst was!«
Da sagt Anna: »Du brauchst dich nicht zu schämen mit mir, Florian. Ich habe ein schönes Gesellschaftskleid bei mir. Wenn du ein wenig warten willst – ich bin gleich fertig.«
Florian wird rot bis unter die Haarwurzeln. Hat denn dieses einfache Mädel aus dem Volk seine geheimsten Gedanken erraten? Die ganze Zeit über hat er schon nachgedacht, was die Gesellschaft wohl sagen würde, wenn er mit Anna in ihrem einfachen, karierten Wollkleid erscheinen würde.
Er geht vor ihrer Tür auf und ab und raucht eine Zigarette. Die Tatsache, daß Anna nun da ist, bewegt ihn gar nicht einmal so sehr. Viel mehr muß er an Laura denken. Zu deutlich hat er heute in ihren Augen gelesen, was in ihr vorgeht. Sie hat ihm ihre Neigung offensichtlich gezeigt, und er war kalt geblieben – äußerlich wenigstens. Sie käme heute nicht, hat sie gesagt. Aber in ihren Augen lag dabei das Flehen, daß er sagen möchte: »Komm doch! Ich warte auf dich!« Er aber hat nur geantwortet: »Man sieht sich.«
Da öffnet sich die Tür und Anna tritt auf den Gang. Florian kann einen Ruf des Erstaunens nicht unterdrücken. War das die kleine, kindliche Anna, mit der er einmal vor vielen Jahren im Niederwald erste scheue Küsse tauschte? Das dunkelblaue, langfließende Seidenkleid umschließt knapp und streng die wundervollen Formen ihres Körpers und paßt ausgezeichnet zu ihrem hellblonden, modisch frisierten Haar.
Sie errötet unter seinem bewundernden Blick. Aber dann lächelt sie, und ihre Augen strahlen ihn an.

Florian steht dicht vor ihr. Seine Hände umschließen ihr Gesicht, das er ein wenig von sich abhält, um besser in ihre Augen sehen zu können.
»Mädl, wie schön du geworden bist«, spricht er leise.
»Und gewachsen bist du auch! Reichst mir schon bis zur Stirn.«
Ihre Augen füllen sich mit Tränen.
»Aber Annamädl! Geh, was hast du denn?«
»Florian«, sagt sie, und es klingt wie ein Schrei aus einem wunden Herzen, »hast du mich denn gar nicht mehr lieb?«
»Aber Anna! Wie kommst du denn zu dieser Vermutung?«
»Warum küßt du mich denn nicht? Über zwei Jahre haben wir uns schon nicht mehr gesehen ...«
Und als er sie dann küßt, spürt er eine zum Leben erwachte, leidenschaftliche junge Frau.
Dann gehen sie zusammen die breite, teppichbelegte Treppe hinunter.
»Hast du sehr oft an mich gedacht, Anna?«
»Immer – ach du – immer hab' ich an dich gedacht. Und als ich es gestern gelesen habe, da dacht' ich: jetzt muß ich zu dir. Ein Mensch aus der Heimat soll wenigstens um dich sein. Weißt du es noch, Florian, wie du mich einmal gefragt hast, ob ich an deine Zukunft glaube?«
»Ja, ich weiß es noch. Oben im Wald war es.«
Im nächsten Augenblick treten sie in das Nebenzimmer, in den Kreis von aufgeregt schwatzenden Menschen.
Ein Ruck geht durch den Körper Florian Ecks. Laura von Hagendorf sitzt am Tisch, trotzdem sie ihm versichert hat, daß sie nicht kommen würde. Sie sitzt

neben Leon Karsten und bemerkt Florian erst, als er mit Anna neben ihr Platz nimmt. Keine Miene in ihrem Gesicht verzieht sich, und sie lacht sogar, als sie sagt: »Aber Florian, willst du mir die Dame nicht vorstellen?«

Florian spürt, wie ihm alles Blut nach dem Herzen drängt. Seine Kehle ist wie zugeschnürt. Er schwankt, wie er Anna vorstellen soll, als seine Braut – oder als ...

»Frau von Hagendorf – Fräulein Bergmann«, stellt er dann vor.

»Ihre Braut?« fragt Laura brüsk, aber mit einem faszinierenden Lächeln. Nur er allein sieht den Spott in ihren Mundwinkeln.

»Ja – das heißt – gewissermaßen ...« – er stockt, verwirrt durch den dunklen, flammenden Blick ihrer Augen, und sie weidet sich sichtlich an seiner Verlegenheit. Da springt ihm Leon Karsten helfend bei, indem er sein Glas hebt und den Neuangekommenen zuprostet.

Florian kommt nur schwer in Stimmung. Um so lebhafter plaudert Laura. Und sie tut es auf eine ganz besondere Art, die Florian an ihr nicht kennt. Immer ist ein Satz, manchmal auch nur ein Wort dabei, das auf ihn gemünzt ist.

»Wissen Sie«, sagt sie, »wenn zum Beispiel eine Frau es sehr oft und immer wieder zu hören bekommt, daß man sie liebt, so stumpft das mit der Zeit ab. Man gewöhnt sich daran, wie an eine Zeitung, die man täglich liest. Man lacht darüber oder man fühlt Mitleid und Erbarmen mit dem Mann, und er glaubt, es sei Liebe.« Sie wirft dabei einen kurzen Blick auf Florian und fährt fort: »Es ist mir zum Beispiel vor gar nicht

langer Zeit passiert, daß ein Mann, ein junger Mann, zu mir von Liebe sprach. Er verstand es, so eindringlich und klar davon zu reden, daß man ihm Glauben schenken hätte können. Zufällig habe ich dann erfahren, daß der junge Mann schon eine Braut hat. Dies tut ja eigentlich weniger zur Sache. Aber man spricht nur davon, wie gemein manche Männer sind.«
»Du hast also dein Mitleid und dein Erbarmen an einen Unwürdigen verschenkt?« höhnt Florian und fügt noch hinzu: »Sei froh, daß es nicht Liebe war bei dir.«
Ihre Augenpaare flammen sekundenlang ineinander. Dann senken sich ihre Mundwinkel spöttisch herab.
»Ich habe den jungen Mann gleich durchschaut gehabt und habe ihn auch entsprechend behandelt.«
»Natürlich, eine Frau wie du – kühl und berechnend – hat ihre Gefühle sozusagen in der Hand, wie ein Kutscher seinen Gaul.«
»Ein ausgezeichneter Witz«, meckert der dicke Eichbaum. »Wirklich, ein ausgezeichneter Witz. Frauengefühl mit einem Droschkengaul zu vergleichen.«
Von dieser Zeit ab wird Laura schweigsamer. Sie lacht nur noch ganz selten, und wenn, dann kurz und nervös.
Anna sitzt die ganze Zeit über da, ganz still und andächtig fast. Ihre Augen hängen an seinen Lippen, wenn er erzählt. Jeder am Tisch merkt es, daß sie ihn liebt. Auch Laura entgeht nichts von allem. Wenn Florian sich Anna zuwendet und sie leise fragt, ob sie sich hier wohlfühle, oder wie es ihr gefalle, dann faßt sie nur unter dem Tisch nach seiner Hand und drückt sie. Immer mehr fühlt er sich zu ihr hingezogen und er beginnt, Vergleiche anzustellen zwischen den anderen

Frauen am Tisch und ihr. Welch großer Unterschied! Hier übertriebener Luxus, ein sorgfältiges Bedachtsein für jede Bewegung, gekünsteltes Lachen, Parfümgeruch, scharf nachgezogene Augenbrauen, rotgeschminkte Lippen, gepuderte Wangen – und da Anna voller Zurückhaltung, was er als äußerst angenehm empfindet. Da ist nichts verbildet und gekünstelt. Alles an ihr ist echt und kommt aus tiefster Seele.
Florian geht einmal hinaus, tritt dann vor die Tür und atmet ein wenig frische Luft. Neben dem Bürgersteig steht der blaugraue Wagen Laura von Hagendorfs geparkt. »In diesem Wagen habe ich gestern noch gesessen«, denkt er. »Gestern habe ich sie noch geliebt und heute ist alles wie ein Traum, der weit zurückliegt. Innerhalb eines Tages hat sich so viel verändert. Anna ist gekommen, die er schon beinahe vertrieben hat aus seinem Sinn, sie kommt und küßt sich so innig in sein Herz hinein wie nie zuvor. Eine Unruhe ist geblieben in seinem Herzen. Aber ein Künstler ist immer ruhe- und rastlos. Laura hat es ihm gesagt, und es hat schon seine Richtigkeit. Es hat überhaupt sehr vieles seine Richtigkeit, was Laura sagt. Er will wieder hinein. Da steht Laura von Hagendorf vor ihm auf der Treppe. Schlank, mit unbeweglichem Gesicht steht sie da.
»Willst du schon heimfahren?« fragt er, und seine Stimme klingt nicht ganz sicher. »Eigentlich wolltest du doch gar nicht kommen heute.«
Sie streift die Lederhandschuhe über und sagt, indem sie ihn nur kurz anblickt: »Eigentlich wollte ich nicht. Aber dann mußte ich einfach. Und es ist gut, daß ich kam.«
»Warum meinst du, daß es gut ist?«

»Weil – weißt du – das ist so. Ich wollte nämlich morgen wieder mit dir fortfahren. Aber nun ist es damit nichts mehr.«

»Nein, das wird nichts mehr«, sagt er kleinlaut, zündet sich eine Zigarette an und fügt dann hinzu: »Eigentlich ist es sehr komisch. Erst war es noch nicht soweit, heute wäre es was geworden, und nun geht es nicht mehr.«

Mit zwei Schritten steht sie vor ihm.

»Was willst du damit sagen?«

»Heute liebst du mich und gestern konntest du noch nicht.«

»Ja, lache nur über mich«, antwortet sie bitter.

Er bläst den Rauch seiner Zigarette an ihr vorbei und blickt vor sich hin.

»Ich habe gekämpft mit mir, weil ich dich nicht lieben wollte. Und dann war es da, es ließ sich nicht mehr verdrängen. Und ich werde nie wieder jemand lieben können.«

»Meinst du? Man täuscht sich oft in seinen eigenen Gefühlen. Nichts ist so unsicher wie das eigene Gefühl.«

»Nein, ich täusche mich nicht«, hebt Laura wieder zu sprechen an. »Ich kenne mich. Weißt du überhaupt, wie das ist, wenn eine Frau zu einem Mann, der sechs Jahre jünger ist, sagt, daß sie ihn liebt wie nichts sonst auf der Welt? Und nun sage mir, ob du lachen wirst über mich.«

»Nein, Laura.«

Sie stehen beide mit gesenktem Kopf, und ihre Hände berühren sich flüchtig, wie in scheuer Liebkosung.

»Bist du glücklich mit ihr, Florian? Gib mir ehrlich Antwort!«

»Es ist wohl nicht das tiefe Glück«, weicht er aus. »Aber ich kann ihr das nicht sagen. Begreifst du das, daß ich ihr das nicht sagen kann?«
»Ja, ich kann es verstehen. Und was mich anbelangt, so will ich still und klanglos aus deinem Leben gehen. Ich will denken, ich habe deine Geige nie gehört. Denn sie war schuld, damals in Wiesbaden. Du hast dich in mein Herz gespielt. Und nun – leb wohl, Florian. Denke manchmal – in stillem Einverständnis – an mich!«
Bei den letzten Worten schwankt ihre Stimme merklich. Aber sie blickt ihm klar und fest in die Augen. Ihre kleine Hand streichelt über seine Wange, dann geht sie langsam zu ihrem Wagen.
Florian ist tief aufgewühlt in seinem Inneren. Er starrt dem Wagen nach und geht dann zurück zu den anderen ins Hotel.
Anna bemerkt Florians Stimmungswechsel nicht. Sie unterhält sich angeregt mit Leon und Direktor Eichbaum. Die anfängliche Schüchternheit scheint gänzlich von ihr abgefallen.
»Ach Flori, da bist du ja wieder, die beiden Herren haben mich gerade über deine Zukunftspläne aufgeklärt, viel Zeit wird nicht bleiben für uns. Ich freue mich aber so über deinen Erfolg. Ich kann es kaum erwarten, ein Konzert von dir zu erleben.«
Sie zieht Florian auf den leeren Stuhl neben sich. Ihre Wangen sind gerötet, und ihre Augen strahlen vielversprechend. Florian kehrt allmählich aus seiner Geistesabwesenheit in das Geschehen zurück. Bald beteiligt er sich auch wieder am Gespräch. Leon solle Anna unbedingt für das nächste Konzert einen Platz in der ersten Reihe besorgen. Öfter liegt ihre kleine

Hand in der seinen, und er drückt sie ab und zu. Er bemerkt auch, daß sich die übrigen Herren der Runde charmant um Anna bemühen.
Ohne es sich eingestehen zu wollen, ist Florian irgendwie tief berührt und froh über Annas Besuch aus der Heimat, ihre Nähe beruhigt ihn und tut ihm gut.
Es wird spät an diesem Abend, bis sich die Gesellschaft endlich trennt. Nach ein paar Gläschen Sekt ist die Stimmung aufgekratzt und beschwingt.
Und so ist es für beide wie eine natürliche Fügung des Schicksals, daß sie diese Nacht zusammen verbringen. Ein bißchen erstaunt ist Florian schon über seine selbstbewußt gewordene Jugendliebe. Willenlos läßt er sich von ihrem liebreizenden Zauber umfangen. Nichts erinnert in dieser Nacht an das schüchterne Mädchen Anna, das er im Wald scheu geküßt hat.
»Weißt du, jetzt wird alles gut, Flori«, murmelt Anna, bevor sie, eng an ihn gekuschelt, einschläft.
Florian hingegen bringt kaum ein Auge zu. In seinem Herzen tobt ein Kampf, er ist voller Zweifel, was seine private Zukunft betrifft.
Er steht auf dem Gipfel seines künstlerischen Schaffens und ist doch nicht zufrieden mit sich. Die brennende Sehnsucht in seinem Herzen ist es, die ihn zu immer neuen musikalischen Höhen treibt und doch keinen inneren Frieden finden läßt.
Erst als die Vögel zu singen anheben, übermannt auch Florian ein unruhiger Schlaf.

※

»Bist du krank?« fragt Anna besorgt, als Florian am nächsten Morgen gegen zehn Uhr mit dunklen Ringen unter den Augen und melancholischem Gesichtsausdruck zum Frühstück herunterkommt. »Nein, mir fehlt nichts. Es ist wohl auf die Anstrengung der letzten Zeit zurückzuführen. Aber wenn die acht Tage hier um sind, dann wird einmal gehörig gerastet. Daß du mir keinen neuen Kontrakt mehr unterschreibst, Leon! Ich will mal eine Zeitlang Ruhe haben. Was schreibt denn die Zeitung heute?«
Anna hält sie ihm freudestrahlend unter die Augen. In dicken Schlagzeilen springt es ihm entgegen:
»Ein neuer Paganini! Wer gestern abend den Geiger Florian Eck gehört hat, wird sich des Eindrucks kaum erwehren können, daß wir es hier mit einem Künstler von ganz großem Format zu tun haben. Es ist der Direktion des Konzerthauses gelungen, den Künstler für ein achttägiges Gastspiel zu gewinnen ...«
Es folgt dann eine Besprechung der Werke, die er am gestrigen Abend gespielt hat. Florian Eck liest es flüchtig durch und legt die Zeitung Leon in den Schoß.
»Warum die nur soviel Worte machen. Man tut doch nicht mehr, als man kann. Aber natürlich, Reklame muß sein. Und Eichbaum versteht sich darauf. Wie hast du geschlafen, Anna?« wendet er sich dann an das Mädchen, das ihm Kaffee eingießt und die Brötchen zurechtmacht.
»Gut, Florian. Aber geträumt habe ich nichts Schönes. Und was man die erste Nacht in einem fremden Bett träumt, soll in Erfüllung gehen.«
»Wirklich? Was hast du denn geträumt?«
»Ach, so dummes Zeug! Es war so, als wenn ich dich verlieren müßte.«

»Ja, das war wirklich dummes Zeug«, antwortet er leichthin.
Florian wird es allmählich wärmer ums Herz. Er freut sich an Anna, wie sie frisch und adrett neben ihm sitzt und ihn bemuttert. »Ich denke, wir lassen sie gar nicht mehr fort«, wendet er sich an Leon. »Wir nehmen Anna im Herbst mit auf die Reise, und dann wohnen wir immer privat, und du kannst kochen, Anna.« Er sagt es lachend und faßt sie beim Arm.
»Kochen muß ich aber erst noch lernen, Flori.«
»Ach, so genau geht es ja nicht. Wir nehmen auch mal mit Pellkartoffeln und Quark vorlieb. Das erinnert an die Kindheit und die Heimat. Wie geht es denn übrigens zu, daheim? Was macht Mutter, und wie geht es ...« Maria, will er fragen, aber er verschluckt es im letzten Moment und sagt: »Wie geht es deinen Eltern?«
»Deiner Mutter geht es gut. Ich komme jeden Sonntagnachmittag zu ihr hinaus, weißt du – da reden wir dann immer von dir. Das mag sie am liebsten. Daß ich zu dir gefahren bin, weiß sie zwar nicht. Ich hatte keine Zeit mehr, es ihr zu sagen. Es hat ja alles Hals über Kopf gehen müssen. Ja, du, das war so eine Aufregung. Mein Vater durfte es natürlich nicht wissen und da – –«
In diesem Augenblick wird Florian weggerufen, ans Telefon. Eine Frau von Roode ist am Apparat und bittet zum Erscheinen bei ihrem Kaffeekränzchen. Florian lehnt ab. Dann kommen zwei Herren von der Presse zu einem Interview, und anschließend ein junger Komponist, der ihm schüchtern ein Manuskript vorlegt und ihn bittet, es durchzuspielen.
So geht es den ganzen Vormittag, und gleich nach dem

Essen drängt Karsten zur Probe. Er ist dabei ganz eigensinnig, der alte Herr. Er sagt auch nicht mehr: »Du mußt proben«, sondern immer: »Wir müssen proben«. Er hat dabei seine Gründe, denn er hat wohl gemerkt, daß es allmählich an ihm lag, mit Florian mitzukommen. Florian hat da gestern eins von den neuen Stücken gespielt als Zugabe. Eine merkwürdige Tonsprache haben diese neuen Komponisten. Karsten weiß ganz genau, daß er um jeden Preis mitkommen muß, sonst wird ein anderer an seine Stelle treten.

Die Hoteldirektion hat bereitwilligst eins der Fremdenzimmer geräumt und dort den Flügel und einige Möbel hingestellt. Dies ist also das Musikzimmer, in dem die beiden üben. Das Hauspersonal geht auf Zehenspitzen an der Tür vorüber, steht auch manchmal mit angehaltenem Atem im Gang und lauscht.

Florian lehnt am Fensterbrett und zieht eine neue Saite auf, während Karsten am Flügel sitzt und das Manuskript des jungen Komponisten durchblättert. Anna sitzt auf der Couch und bessert einige Wäschestücke der beiden aus.

»Ziemlich heruntergerissen seid ihr beiden«, sagt sie lachend. »Wo hast du denn den Knopf von der Weste, Flori?«

»Ist er nicht im Täschchen?« Er schraubt die A-Saite noch ein wenig hinauf. »Ist er nicht drinnen? Na, dann geh einen kaufen. Was kostet denn so ein Knopf?«

»Aber Florian, glaubst du, ich kann in ein Geschäft gehen wegen einem einzigen Knopf?«

»Na, dann kauf ein Dutzend. Man verliert ja immer wieder einen. Man verliert überhaupt immer etwas«, setzt er ein wenig melancholisch hinzu. »Du kannst kaufen, was du willst, Knöpfe, Pralinen, Schokolade, was dein Herz begehrt. Ja, ja, so ist es jetzt. Früher hätte ich das nicht sagen können zu dir. Dreißig Pfennig Sonntagsgeld hat mir die Mutter immer gegeben.« Er lacht wie über einen guten Witz.

»Er ist nicht mehr der alte Florian«, denkt Anna und spürt dabei einen kleinen Schmerz in sich. »Es ist etwas Fremdes an ihm, etwas, das nicht zu ihm gehört.« Sie blickt von ihrer Arbeit auf und studiert sein Gesicht.

Es ist noch immer dasselbe Gesicht, und doch ist es anders.

»Du, Anna«, beginnt Florian plötzlich, »wie war das mit deinem Vater? Er weiß also nicht, daß du zu mir gefahren bist?« Er kommt zu ihr und setzt sich auch auf die Couch.

»Nein, er darf es nicht wissen, weißt du. Er sagt nämlich immer, du würdest mich eines Tages doch sitzenlassen, und er würde meine Reise zu dir so auslegen, als ob ich dir nachgelaufen wäre. Im Grunde genommen ist es ja so«, fügt sie gedankenvoll hinzu.

»Nein, Anna, das darfst du nicht denken«, antwortet er und zieht die G-Saite nach. »Es ist doch ganz natürlich, daß du gekommen bist. Ich freue mich wirklich. Und was das andere betrifft – ich meine das Sitzenlassen – da hat dein Vater nicht recht, denn ich werde dich heiraten.«

»Nein, wirklich, er ist nicht mehr der alte«, denkt Anna angstvoll. »Man sagt das doch nicht so nüchtern hin: Ich werde dich heiraten! Gerade so, als handle es sich um irgendeine belanglose geschäftliche Sache.«

Da fragt er weiter: »Aber deine Mutter weiß es doch, daß du zu mir gekommen bist?«

»Ja, meine Mutter weiß es, und Ria weiß es auch.«
Ein schriller Ton.
»Was ist?« fragt Anna erschrocken.
»Nichts. Nur die Saite ist abgerissen.« Seine Hand zittert so heftig, daß er die Saite gar nicht neu aufziehen kann. Er geht wieder zum Fenster vor. Und dabei fühlt er eine bleierne Schwere in allen Gliedern. »Du hast es also Maria erzählt?« fragt er, ohne sie anzublicken.
»Ja, auf dem Weg zum Bahnhof ist sie mir begegnet mit ihrem Bräutigam.«
Florian hat das Gesicht zur Straße gewendet, und so kann Anna nicht sehen, wie es um seine Mundwinkel zuckt.
Erst nach einer geraumen Zeit wendet er sich um und sagt kurz: »Los, Leon! Wir spielen! Und dann gehen wir ein wenig spazieren, Anna. Die Luft im Zimmer – kaum zum Aushalten ist es.«
Am Abend sitzt Anna an Laura von Hagendorfs Stelle neben Direktor Eichbaum im Konzertsaal. Es ist noch eine Viertelstunde bis zum Beginn, und Karsten vertreibt sich die Zeit, oder vielmehr seine Unruhe damit, daß er durch einen Vorhangspalt das Publikum im Saal beobachtet, während Florian im Musikzimmer auf und ab geht.
»Ist denn Laura von Hagendorf wirklich abgereist?« fragt Karsten, als er hereinkommt, um die Noten zu holen.
»Ja, Laura ist abgereist. Und es ist gut für Anna, daß sie abgereist ist«, antwortet Florian gepreßt.
»Deinetwegen ist es auch gut, denn diese Frau wäre gefährlich gewesen.«
»Gefährlich meinst du? Nein, ganz zahm ist sie gewe-

sen. Sie liebt mich. Ich hätte sie kneten können in meinen Händen wie Wachs. Aber ich will nicht mehr«, schreit er plötzlich auf. »Ich habe alles so satt! Es widert mich an, dieses Flirten. Pfui Teufel!«

Leon Karsten ist erschüttert von dem Ausbruch des Jungen. Mit tiefer Sorge betrachtet er ihn und sagt dann tadelnd: »Es ist nichts häßlich und eklig, Florian. Es ist nur ein Bruch in deinem Wesen. Du bist noch so jung und hast schon zuviel von allem mitgekriegt. Du bist satt, so satt, daß es beinahe eine Krankheit ist.«

»Nein, ich bin nicht krank. Ich bin nur froh, wenn es hier vorüber ist. Ich freue mich auf Mutter, auf Wiese und Wald, einfach alles, was ich hier vermisse.«

»Und du glaubst, ich wüßte den Hauptgrund nicht, warum es dich in die Heimat zieht? Du brennst darauf, Maria zu sehen.«

»Du kannst recht haben, Leon«, erwidert Florian nach einer Weile. »Weißt du, das ist bei mir wie bei einer Mücke, die es immer ins Licht zieht, auch wenn sie sich die Flügel daran verbrennt.«

»Du kannst dir höchstens dein Herz daran verbrennen.«

»Vielleicht habe ich das längst schon getan. Ich weiß nicht, wie es wäre, wenn ich diese Sehnsucht einmal nicht mehr hätte.«

»Wenn diese Sehnsucht sich einmal erfüllen würde, wäre es nicht mehr so. Nimm mir's nicht übel, Florian. Aber Anna ist wirklich ein Mädchen, mit dem du durchs Leben gehen kannst. Vor allem ist sie treu, und das ist sehr viel wert. Ich kann manchmal nicht begreifen, wie du dich immer noch nach Maria sehnen kannst. Hat sie dir nur einmal geschrieben? Und daß sie einen Bräutigam hat, damit stellt sie dich doch vor vollendete Tatsachen, daß sie von dir nichts wissen will. Also sei mal recht vernünftig und denke, daß du an Anna ein Mädel hast, die dich wirklich und echt liebt, mit dem ganzen Liebreiz ihrer neunzehn Jahre.«

Florian gibt keine Antwort. Das rote Licht über der Tür beginnt zu flimmern. Es ist das Zeichen zum Beginn, und Florian nimmt die Geige und geht mit Karsten auf die Bühne.

Nach dem Spiel ist ihm, als sei alle Unrast von ihm abgefallen. Er ist so nett zu Anna wie noch nie zuvor. Vielleicht liebt er sie in diesem Augenblick wirklich. Er weiß es nicht genau.

Und wenn Anna später, viel später, sich an den Anfang ihrer gemeinsamen Liebe erinnerte, dann war es immer diese eine Nacht.

VIII

Das Haus am Fuße des Weinbergs hat sich ein wenig verändert. Es ist ganz frisch getüncht; auf der Veranda steht ein kleines weißes Tischchen mit einem Strauß dunkelroter Rosen, und im Garten, dessen Wege mit feinem Rieselsand bedeckt sind, stehen ein paar Schaukelstühle, in denen es sich tagsüber Leon Karsten recht wohl sein läßt. Meistens sitzt Frau Eck bei ihm, und dann plaudern sie von Florian, der meist unterwegs ist im Wald, oder drunten am Rhein beim Baden.

Ja, so ist es. Florian ist ganz wenig zu Hause, weil man ihm keine Ruhe läßt. Immer kommt jemand, und immer will jemand den größten Geiger kennenlernen. Nur eine kommt nicht: Maria. Ist auch egal. Was geht sie ihn noch an? Sie hat ihren Rechtsanwalt, der in München seine gute Praxis hat, und der gegenwärtig in Urlaub hier ist. Sie gehen sehr viel zusammen spazieren, hat ihm seine Mutter erzählt. Aber bisher hat er das Glück gehabt, ihnen noch nicht zu begegnen. Es kommt ihm so vor, als hätte er Angst vor dieser Begegnung, und deshalb treibt er sich immer auf Wegen herum, die sehr einsam und abgelegen sind. Seit er ein Motorboot hat, fährt er fast jeden Vormittag ein Stück den Rhein abwärts und kommt gegen Mittag zum Essen wieder heim. Einmal, als er gerade am Ufer anlegen will, sieht er ein Paar den Weg zum

Wasser herabkommen. Er erkennt Maria sofort. Ein Entweichen ist kaum mehr möglich. Blitzschnell überlegt er, wie er ihr gegenübertreten soll. Den beiden den Rücken zugewandt, bückt er sich und befestigt das Boot an einem Ring, der an der Mauer eingelassen ist. Er braucht absichtlich recht lange dazu, und als er sich endlich aus seiner gebückten Stellung aufrichtet, sieht er das Paar schon ziemlich weit weg in eine andere Richtung davonwandern.
»Aha, nun weiß ich bestimmt, daß sie mir nicht begegnen will«, spricht er zornig vor sich hin, und es ist fast wieder dasselbe Gefühl in ihm wie vor Jahren, als er sich im Wald oben mit Erich geschlagen hatte.
Von diesem Tag ab scheint es fast, als hätte er Maria ganz aus seinen Gedanken gedrängt. In seiner Liebe zu Anna bleibt er zwar immer der gleiche. Er ist manchmal sehr verliebt, sehr leidenschaftlich, dann wieder kühl und zurückhaltend. Anna bemerkt seine Gefühlsschwankungen nicht. Sie ist immer gleich zu ihm und nimmt seine Leidenschaft wie seine kühle Zurückhaltung wie ein kostbares Geschenk dankbar hin.
Eines Mittags liegt Florian im Garten im Schaukelstuhl, und Anna sitzt auf der Lehne und hat ihren Arm unter seinen Kopf geschoben. Sie ist fast jeden Mittag bis um zwei Uhr bei ihm. Dann geht sie ins Geschäft und kommt am Abend wieder, oder er geht zu ihr.
Florian hat die Augen geschlossen, und Anna verhält sich ganz still, um ihn nicht zu stören. Da sagt er auf einmal: »Meinst du, daß wir uns, bevor ich fortgehe, noch verloben sollen?«
Sie gibt keine Antwort. Sie bückt sich nur, streift ganz leise mit den Lippen über seine geschlossenen Augen hin.

»Meinst du nicht?« fragt er, ohne die Augen auch nur zu öffnen.
»Ich wäre so froh«, sagt sie leise und legt ihre Wange an die seine.
»So schnell werden wir uns ja kaum mehr sehen. Karsten hat gestern sogar etwas gesagt von einem Konzert in Amerika. Darauf freue ich mich eigentlich. Ich habe ja von der Welt noch fast gar nichts gesehen, und wenn ich dann wiederkomme, dann wollen wir heiraten. Ist's dir recht so?«
»Ja, Flori. Mach es nur, wie du denkst. Wenn du mich nur lieb behältst, dann bin ich schon zufrieden.«
»So, wie ich immer zu dir war, werde ich immer bleiben«, antwortet er und öffnet die Augen, blickt sie aber nicht an, sondern schaut einem Schmetterling nach, der über den Gartenzaun fliegt. »Bist du damit einverstanden, Anna?«
»Ja, sehr.«
»Weißt du, ich habe mich schon oft gefragt«, fährt er fort, »ob du eigentlich glücklich mit mir bist. Aber wenn du es bist, dann ist es gut. Denn mehr Liebe kann ich nicht geben, weil nicht mehr da ist, verstehst du?«
»Aber Florian, was hast du denn heute?«
»Darüber muß man sprechen, Anna. Es ist sehr wichtig, daß man darüber spricht. Ich meine, für später ist das wichtig.« Er schließt die Augen wieder und schläft nun wirklich ein. Anna weckt ihn aber nicht, als sie fortgeht. Sie küßt ihn nur ganz zart auf die Stirn und geht auf Zehenspitzen fort.
Als Florian nach einer Stunde aufwacht, sitzt Leon Karsten im anderen Stuhl und liest die eingelaufene Post durch.

»Ist Post gekommen?« fragt Florian, springt aus dem Lehnstuhl und streckt die Arme über den Kopf.
»Angebote aus Stuttgart, aus München und Wien.«
»Nein, Wien kommt erst nach Weihnachten in Frage. Erst kommt Dresden, dann Leipzig und Stuttgart.«
»Mir ist das gleich, wie du das einteilst. Komm mit zum Kaffee jetzt.«
Frau Eck hat den Tisch auf der Veranda gedeckt. Das Kaffeetrinken geht mit fröhlichem Geplauder vorüber, denn Florian ist in strahlender Laune, die er sich aber selbst nicht recht erklären kann.
Nach dem Kaffee nimmt er seine schwarze Lederjacke unter den Arm und geht in den Wald. Er geht denselben Weg, den sie damals an jenem Ostersonntag gegangen sind – er und Maria und Erich und Anna. Nein, umgekehrt ist es gewesen, Erich und Maria sind zusammengegangen. Heute gehen sie nicht mehr zusammen, und Erich hat damals die Schläge umsonst eingesteckt. Hat ihm aber nichts geschadet, und vergessen hat er es auch schon. Kürzlich ist er ihm einmal begegnet mit einer rotblonden Dame im Arm. Und Erich hat ihn recht freundlich und jovial gegrüßt und hat ihn der Rotblonden als seinen Freund vorgestellt.
An all das denkt Florian Eck jetzt, als er langsam den Waldweg emporgeht. Und just bis zu dem Platz geht er, an dem sich an jenem Ostertag dies alles abgespielt hat – die erste Eifersucht, die ersten Küsse.
Die Hände hinter dem Kopf verschränkt, liegt er da und schaut einem Eichhörnchen zu, das über den Weg tänzelt, an einem Stamm hochklettert und dann ganz still auf einem sitzt und auf den Träumer herunterblinzelt.

»Es ist doch schön«, denkt Florian, »so ein Leben voller Ruhe. Eine gute, stille Zeit ist das. Keine Zeitungen, keine Frauen, nichts als köstliche Ruhe und weltfernes Schweigen. Wenn man das immer so haben könnte. Endlich einmal keine Sehnsucht mehr nach Maria. So, als ob es Maria gar nicht gäbe.«
Als er dann nach einer Stunde den Heimweg antritt, pfeift er ein lustiges Lied vor sich hin, und es ist ihm so leicht und froh zumute wie schon lange nicht mehr.
Plötzlich zuckt er zusammen, und ihm ist es, als hätte er Blei in den Kniekehlen: Auf einer Bank neben dem Weg sitzt Maria mit ihrem Bräutigam.
»Wenn ich nur schon dort wäre«, denkt er verzweifelt. Maria sagt jetzt etwas zu dem Mann an ihrer Seite, und dann blickt auch er ihm entgegen. »Es sind noch zwanzig, noch fünfzehn, noch fünf Schritte«, zählt Florian aufgeregt, dann steht er vor den beiden, ruhig und gefaßt.
Er reicht Maria die Hand, und sie stellt die beiden einander vor.
Florian versteht den Namen nicht. Er drückt die Hand des Fremden und weiß kaum, daß er es tut.
»Setz dich ein wenig zu uns«, sagt Maria und rückt ein wenig zur Seite.
Florian meint: »Wenn ich nicht störe?«
»Nicht im geringsten«, sagt der Fremde, und Florian betrachtet ihn dabei zum erstenmal ein wenig genauer. Ein Gesicht, das eigentlich nicht viel sagt – ein Gesicht, gesund und braun wie hundert andere auch. Absolut kein Typ. »Maria hat gar nicht einmal einen besonderen Typ«, stellt Florian fest, und gleichzeitig denkt er: »Ich muß jetzt irgend etwas sagen.«

»Wie gefällt es Ihnen bei uns, Herr – wie ist doch gleich Ihr Name?«

»Velden«, sagt Maria und blickt Florian dabei an.

»Ach ja, richtig! Velden! Es ist eine Schwäche von mir, daß ich Namen immer so schnell vergesse. Zigarette gefällig? Nichtraucher? Wenn ich es nur auch lassen könnte«, meint Florian, während er sich eine Zigarette ansteckt.

»Eigentümlich«, sagt Heinrich Velden nach einer Weile, »daß ich Sie so spät kennenlerne. Ria hat mir schon so viel von Ihnen erzählt und geschrieben. In fast jedem Brief stand etwas über Florian Eck.«

»Bist ein feiner Kerl, daß du mir das sagst«, denkt Florian, und er stellt dabei mit Genugtuung fest, daß die beiden noch keine Verlobungsringe tragen. Dann sagt er mit gekünsteltem Gleichmut: »Früher waren wir ja auch ständig beisammen. Die letzten Jahre hat sich dann unsere Freundschaft ein wenig gelockert. Wie es halt manchmal geht, der eine ist da, der andere dort. Bist du eigentlich schon lange daheim, Maria?«

»Seit April. Mutter ist damals krank geworden, und ich mußte das Studium aufgeben«, antwortet Maria. Sie streift ihn dabei wieder nur mit einem kurzen Blick. In ihren Augen ist immer noch das stille, unergründliche Leuchten, und Florian merkt ganz deutlich wieder eine leise Regung in seiner Seele.

»Du bist damals heimgekommen, Ria, als ich nach München kam, nicht wahr?« fragt Heinrich Velden, und er faßt dabei Marias Hand.

Hat sich Florian getäuscht, oder ist es Wirklichkeit, daß Maria eine Bewegung gemacht hat, als wollte sie diese Hand von sich streifen? Jedenfalls bekommen die Gedanken Florian Ecks von diesem Augenblick an eine ganz andere Richtung. »Sie liebt ihn nicht. Sie ist nicht glücklich«, sagt er sich.

Von jetzt ab verfolgt er mit Adleraugen jede Bewegung der beiden. Er stellt fest, daß Veldens Bewegungen ein wenig eckig und unbeholfen sind. Wenn er spricht, so tut er es auf eine langsame, bedächtige Art. Im übrigen scheint er ein gutmütiger Mensch zu sein. Und er ist schrecklich in Maria verliebt. Das merkt man an seinem Blick, den er kaum einmal von ihr läßt.

»Sie wohnen in München?« fragt Florian nach einer Weile.

»Ja, seit Mai dieses Jahres habe ich dort eine selbständige Praxis, in der Lindwurmstraße.«

Florian klopft bedächtig die Asche von seiner Zigarette. Er fühlt sich jetzt dem anderen vollständig überlegen, und es sprudelt aus ihm heraus wie ein frischer Quell.

»Wo bist du heute gewesen?« fragt Maria einmal dazwischen.

»Dort oben, weißt du, wo ich Reinhards Erich einmal vermöbelt habe, wenn du dich noch erinnern kannst.«

Sie sagt nicht, daß sie sich erinnern könne, sie sagt nur: »Das war damals, als du dich in Anna verliebt hast.«

»Ja, damals war es«, antwortet er kleinlaut und fühlt, wie ihm das Blut in den Kopf steigt. »Man war eben damals noch sehr jung«, fügt er nach einer Weile hinzu. »Jung und dumm!« Er kritzelt dabei mit seinen Fußspitzen allerlei Figuren in den Sand.

»Das ist man aber von dir gar nicht gewohnt«, meint

Maria. »Du hast immer gewußt, was du willst. Diesbezüglich warst du uns allen immer überlegen.«
»Vom Wollen allein hängt es nicht ab, wenn man nicht den Mut hat, was man will, zu erobern oder zu nehmen. Was ist Ihre Meinung, Herr Velden?«
»Das kommt immer auf die Umstände an. Manchmal kommt man auch mit Geduld zum Ziel.«
Florian schürzt verächtlich die Lippen und denkt sich: »Na, erobert hast du Maria noch nicht.«
Das Gespräch bewegt sich noch eine Zeitlang hin und her, wobei auch Velden ein wenig aus der Reserve gelockt wird und Vorfälle aus seiner oder aus der Praxis seiner Kollegen erzählt. Florian ändert seine Ansicht über Velden nun doch ein wenig und gesteht sich ein, daß er ein guter Jurist sein mag, vertritt aber immer noch die Ansicht, daß er mit Frauen nicht umgehen kann. Aber das ist ja schließlich bei einem Rechtsanwalt mit guter Praxis und sicherem Einkommen nicht von so großer Bedeutung.
Maria drängt dann zum Heimgehen.
Am Waldrand bleiben die drei Menschen stehen und blicken eine Weile in das Abendrot.
»Romantisch«, meint der Rechtsanwalt, und man merkt, daß er es nur gesagt hat, weil er das drückende Schweigen nicht mehr aushielt.
»Es ist seltsam«, sagt Florian nach einer Weile, »wenn etwas zu Ende geht. Ob es nun ein Tag ist, eine Liebe vielleicht oder das Leben selber. Es ist immer dasselbe und ist immer sehr traurig.«
»Nein, es ist nicht dasselbe«, antwortet Maria und blickt zum erstenmal etwas länger in seine Augen. »Der Tag kommt morgen wieder in neuer Schönheit und Glorie. Alles andere aber kommt nur einmal und

dann nie wieder, auch wenn wir es uns noch so sehr wünschen.«

»Gehen wir«, sagt Florian mit völlig veränderter Stimme. Maria geht dicht an seiner Seite, fast zu dicht an ihm, denn ab und zu berühren sich ihre Hände. Velden erzählt wieder. Aber Florian hört nicht, was er spricht. In ihm klingen nur Marias letzte Worte.

Frau Eck hat schon Licht in der Stube, und auf der Veranda sitzt Leon Karsten. Sein weißes Haar leuchtet in der Dunkelheit.

»Wollt ihr vielleicht mit reinkommen?« fragt Florian, am Gartentor stehenbleibend.

Velden verhält sich abwartend, und Maria sagt, als hätte sie das stumme Bitten in Florians Augen nicht gesehen: »Nein, wir müssen heim. Mutter wartet mit dem Essen. Vielleicht ein andermal.«

Beim Abschied ist Florian dem Rechtsanwalt gegenüber die Liebenswürdigkeit selber. Man spricht sogar darüber, vielleicht in den nächsten Tagen eine Motorbootfahrt zu machen, und Maria meint, das sei fein, aber man müsse Anna auch mitnehmen.

»Natürlich«, sagt Florian, und es klingt ganz gepreßt. Dann reicht er ihr die Hand, wartet ängstlich, ob sie seinen Druck erwidere. Aber nein! Kühl und matt liegt ihre kleine, weiße Hand ein paar Sekunden in der seinen. Dann tritt sie von ihm zurück. Velden hängt sich bei ihr ein, und im nächsten Augenblick sind ihre Gestalten in der Dunkelheit verschwunden. – Florian steht noch lange tief in Gedanken versunken. Und er hat einmal geglaubt, Maria aus seinem Herzen verdrängen zu können. Doch der heutige Abend hat ihn eines anderen belehrt, nie und nimmer aber soll sie seine Liebe nochmals merken oder fühlen. »Es ist genug«, sagt er zu sich, dreht sich entschlossen um und geht zu Karsten auf die Veranda.

※

»Wann können wir frühestens reisen, Leon?«
»Vor dem fünfzehnten Oktober geht es nun nicht mehr. Ich habe allen Konzertdirektionen erst für Ende Oktober zugesagt. Du wolltest ja recht lange Ruhe haben.«
»Ich werde keine Ruhe hier haben. Mitte Oktober, hast du gesagt? Und heute haben wir den siebzehnten August. Das wären also noch fast acht Wochen. Eine verdammt lange Zeit. Wenn es irgendwie möglich ist, dann schließe einen früheren Termin ab. Gute Nacht, Leon! Sag zu Mutter, ich hätte keinen Hunger und wäre in mein Zimmer gegangen.«
Lange steht Florian am Fenster seines Zimmers. Jetzt in der Stille hört man den Wald rauschen. Die Luft riecht schon ein wenig nach Herbst, nach welkendem Laub, nach Spätsommer und reifenden Trauben.
Da hat er sich nun gesehnt nach Heimat und nach Ruhe. Und nun ist nichts anderes in ihm als der brennende Wunsch, so schnell als möglich wieder fortzukommen. Er weiß, daß es schlimm wird, wenn er nicht fortgeht. Er muß vor seiner Liebe flüchten, denn er ist kein Knabe mehr, der seine Regungen ängstlich verbirgt. Jetzt, da ein anderer sich im Bewußtsein ihres sicheren Besitzes sonnt, jetzt merkt er erst so richtig, wie unendlich viel ihm verlorengegangen ist.
Langsam tritt er zurück und schließt das Fenster.

Es ist ein gar wunderlicher Traum, den Florian Eck diese Nacht träumt. Er hat Maria bei der Hand und geht mit ihr auf stillen, verschwiegenen Wegen immer höher und höher. Berge sind es, hohe, schroffe Wände, wie man sie hierzulande nicht kennt. Und dann stehen sie auf einem hohen Gipfel. Der Tag erwacht, die Sonne kommt. Alles bekommt Farbe und Kraft, die Gipfel und die schattenblauen Tiefen. Hand in Hand stehen sie im leuchtenden Wunder des jungen Morgens.
»Siehst du?« sagt Maria. »Habe ich dir nicht gesagt, der Tag kommt morgen wieder in neuer Schönheit und Glorie.« Sie stehen lange schweigend. Und Blumen sind um sie, lauter weiße, kleine Sterne, die sich anfühlen wie Samt. »Die Blumen sind lauter Seelen«, sagt Maria. Und er erwidert, daß dies keine Seelen seien, sondern Edelweiß, die nur hier oben in der Einsamkeit wachsen, in der Tiefe unten aber verderben müßten. »Es sind nur zwei Seelen hier oben«, sagt er, »meine und deine. Und dann die Natur selber. Das ist auch Seele – große, gewaltige Seele.«
Sie nickt an seiner Brust. »Ja, das wird wohl so sein. Pflücke mir bitte so ein Edelweiß.« Er bückt sich weit hinaus über den Rand, und sie hält ihn mit einem leisen Schrei zurück: »Du stürzt hinunter, und ich stehe dann ganz allein hier oben.«
»Velden würde dich schon holen!«
»Velden braucht mich nicht zu holen, weil ich ihn nicht liebe. Nur dich habe ich lieb«, sagt Maria und legt ihre Arme um seinen Hals. – Ihr Mund nähert sich dem seinen. Aber da hört man ein Klopfen von irgendwoher. Hinter der grauen, steinernen Wand muß es ein.
Eine weiche, müde Stimme ruft: »Aber Florian, stehst

du heute gar nicht mehr auf? Es ist schon fast neun Uhr.«
Florian sagt, ohne die Augen zu öffnen: »Jetzt habe ich sie wieder nicht geküßt ... Verdammt noch mal!«
»Wen denn?« fragt die müde Stimme, und eine Hand rüttelt ihn. Da wacht er auf und sieht die Mutter an seinem Bett stehen.
»Wie spät ist es schon?« fragt er, allmählich in die Wirklichkeit zurückgleitend.
»Neun Uhr ist es schon. Komm runter, der Kaffee ist schon fertig.«
»Ja, ich komme gleich, Mutter!«
Die Mutter geht wieder, und Florian springt mit einem Satz auf, bleibt aber auf dem Bettrand ein wenig sitzen und spricht vor sich hin: »Da hab' ich nun geträumt und weiß nicht mehr genau, was. Aber zu Ende war der Traum noch nicht. Irgend etwas hat gefehlt.« Er gähnt und reckt sich. »Ach ja, das ist im Traum wie im Leben, daß einem das Beste fehlt.«
Seine Laune ist denkbar schlecht. Er rasiert sich ohne die geringste Eile und geht dann hinunter auf die Veranda. Im Stehen schlürft er eine Tasse Kaffee und schaut dem Bauern zu, der im Anger drüben mäht.
»Was hast du denn geträumt?« fragt die Mutter.
»Ich weiß es nicht mehr genau. Aber schön war es, wunderschön. Das nächste Mal, Mutter, darfst du mich nicht mehr wecken, denn Träume müssen zu Ende geträumt werden.«
»Nicht alle. Ich war schon manchmal froh, wenn ich vorher aufgewacht bin«, sagt Leon Karsten. »Erst heute nacht hatte ich so einen Traum. Ekelhaft war das. Mitten im Konzert blieb ich stecken. Ich wußte nicht mehr, ob ich den zweiten Satz der Appassionata schon

gespielt hatte oder nicht. Ich kam in eine ganz andere Tonart hinein, und man begann im Saal zu pfeifen.«
»Das kommt nur daher«, klärt Florian ihn auf, »weil du immer mit diesem Gedanken spielst. Gewöhn dir das doch einmal ab. Steckenbleiben, das wäre mir noch gar nie in den Sinn gekommen.« Florian sagt dies alles, ohne seine Blicke von dem mähenden Bauern zu lassen. »Wundervoll ist das«, spricht er dann nach einer Weile vor sich hin.
»Was ist wundervoll?«
»Das verstehst du nicht, Leon. Ich meine da drüben den Bauern. Ich will einmal sehen, ob ich noch mähen kann.«
Florian geht in den Schuppen, nimmt die Sense, dengelt sie und geht in den Anger hinüber zu dem Bauern. »Darf ich ein wenig helfen?« fragt er und holt mit den Armen weit aus. Der erste Hieb geht in die Erde.
Der Bauer lacht und sagt: »Die Sense ist kein Fiedelbogen. Laß es lieber bleiben. Es tut dir nachher bloß das Kreuz weh.«
»Das will ich ja«, antwortet Florian. »Einmal richtig müde will ich wieder sein.« Er holt zum zweitenmal weit aus, und diesmal rauscht die Sense schwer und voll durch das stürzende Gras. Der Bauer lacht nicht mehr, weil er Mühe hat, dem jungen Mäher nachzukommen, und als der Anger gegen Mittag abgemäht ist, schultert Florian die Sense und klopft dem Bauern auf die Schulter. »Das hab' ich schon lange wieder einmal gewollt. Und morgen am Nachmittag schaffen wir das Grummet heim. Ich helf' dir.«
Der Rücken und die Arme schmerzen ihn, aber sein Blick ist weit und still, und er hat im Augenblick auch gar keine Sehnsucht mehr nach Maria. Er weiß nicht,

daß sie drüben auf dem Hügel zwischen den Reben gestanden und ihm zugesehen hat.

*

Maria hat eine schlaflose Nacht hinter sich. Als sie am Abend heimgekommen waren, hatte sie Kopfweh vorgeschützt und war gleich in ihr Zimmer gegangen. Alles in ihr war aufgewühlt und zerrissen. Der Friede, den sie im Laufe der Jahre gefunden hatte, ist seit der Begegnung mit Florian Eck wie weggefegt. Die ganzen Jahre hindurch war eine leise Angst vor dieser Begegnung in ihr gewesen. Und als er im Wald so unvermutet zwischen den Bäumen aufgetaucht war, war es ihr gewesen, als hörte ihr Herz zu schlagen auf.
Als sie am Morgen herunterkam, war sie froh, als die Mutter sagte, sie solle die Wäsche im Garten aufhängen. So konnte sie wenigstens allein sein mit ihren Gedanken. Ein Zusammensein mit Velden wäre ihr jetzt unmöglich gewesen. Als sie im Garten mit der Wäsche fertig ist, öffnet sie das kleine Türchen am Ende und steigt die kleine Steintreppe zum Wingert hinauf. So hoch geht sie, bis das Haus der Witwe Eck vor ihren Augen liegt.
Dann sieht sie Florian aus dem Schuppen kommen, die Sense auf der Achsel, sieht ihn auf den Anger hinübermarschieren zu dem Bauern. Und sie sieht, wie sein erster Hieb in die Erde geht, wie dann lautlos die grüne Mauer vor seinen Füßen zusammensinkt. Wenn er die Sense wetzt, kommt der helle Ton des Stahls zu ihr herüber in den Wingert.
Als Florian dann heimgeht und im Haus verschwunden ist, lenkt Maria ihre Schritte heimwärts.

Heinrich Velden sitzt im Wohnzimmer und spielt Klavier. Bei ihrem Eintreten steht er sofort auf, geht ihr entgegen und sieht besorgt in das blasse Gesicht. Aber sie weicht seiner Frage aus, indem sie sagt: »Spiel bitte weiter. Ich will mich in den Winkel setzen und dir zuhören.«
Velden ist der irrtümlichen Meinung, er soll spielen, weil er es gut kann und weil er Maria damit eine Freude bereitet. Er spielt den Chopin-Walzer mittelmäßig gut, und Maria denkt: »Wenn Florian das jetzt hörte, würde er ihn sofort unterbrechen und ihm schonungslos sagen, daß dies und jenes falsch ist.«
Sie sitzt ganz still, den Kopf in die Hand gestützt, und vor ihr ist der breite Rücken des Mannes, den sie heiraten wird. Ja, sie wird es tun, weil die Mutter immer sagt, sie sei moralisch verpflichtet dazu. Wie das soweit kam? Ach ja! Wie es halt manchmal so kommt. Damals in Würzburg stand sie ganz allein mit ihrer Liebe zu Florian im Herzen. Was half es, wenn sie ihm nachtrauerte. Bei irgendeiner Veranstaltung lernte sie Velden kennen. Er war damals noch am Landgericht als Praktikant. Wie es kam, daß er sie nach Hause begleitete, das wußte sie nachher selber nicht. Jedenfalls aber war es gut, einen Menschen zu haben, mit dem man sich aussprechen konnte. Sie traf ihn öfter, nicht aus Liebe, sondern weil er so gutmütig und so um sie besorgt war und weil die anderen Mädchen ein wenig neidisch waren um die gute Partie. Velden hatte damals schon Aussicht, sich selbständig machen zu können. Man ging zusammen aus, und es war schön, nicht mehr allein sein zu müssen. Man gab sich die ersten Küsse, die doch noch lange nicht zu etwas verpflichteten. Dann kamen die Ferien, und man

trennte sich. Was war dabei, wenn Maria ihn einlud, sie im Sommer einmal zu besuchen?

Und Dr. Heinrich Velden kam auf Besuch. Frau Werner erzählte es den Kunden im Geschäft, daß dies der Bräutigam von der Ria sei und daß sie eine ausgezeichnete Partie mache. Die Mutter sprang um den Herrn Doktor herum wie eine Henne um ihre Küken, und Heinrich Velden sagte dann eines Abends, als Maria im Laden war, daß er Maria heiraten möchte. Frau Werner tat zwar, als fiele sie aus allen Wolken, sie hatte aber damit schon längst gerechnet. Und dann wurde zwischen den beiden etwas abgemacht, was Maria nicht wußte. Zu einer selbständigen Praxis gehörte Geld für die erste Zeit, bis sich Kunden einstellten. Und Frau Werner erklärte sich ohne weiteres bereit, dem jungen Mann unter die Arme zu greifen.

Noch am selben Abend sprach Frau Werner mit Maria darüber.

»Schau«, sagte sie, »so eine gute Partie darfst du dir nicht entgehen lassen. Und dann ist der Herr Doktor doch wirklich ein netter Mensch. Er hat dich gern, Ria. Und so gut wie der ist, so liebenswürdig, nein, wirklich ein imponierender Mensch. Den kannst du um den Finger wickeln, wenn du es verstehst.«

»Aber schau, Mutter, es geht nicht. Ich liebe ihn nicht so, wie es sein müßte, damit wir beide glücklich würden.«

»Hast du einen anderen gern?« fragt die Mutter ahnungsvoll. »Mir darfst du es schon sagen, ich bin ja deine Mutter«, setzt sie mit echt weiblicher Neugier hinzu.

Maria gibt keine Antwort.

Aber wie eben Mütter sind, die haben für alles eine

feine Witterung. Und Frau Werner trifft auch den Nagel auf den Kopf, als sie sagt: »Ich weiß schon, wen du meinst, den Florian, gelt? Aber Kind, schau, das ist doch nichts für dich. Der Florian ist ein Künstler, und die können erstens nicht treu sein und zweitens bieten sie nur unsicheres Leben. Einmal verdient er viel, dann wieder gar nichts. Nein, da ist der Herr Doktor schon eine ganz andere Partie. Du hast da jeden Monat dein sicheres Einkommen, und über ein geregeltes Leben geht nichts. Und überhaupt hat doch der Florian mit der Anna von drüben ein Verhältnis. Die zwei kommen nicht mehr auseinander. Das hat mir erst gestern Frau Bergmann wieder erzählt.«
Vielleicht war nur dies allein ausschlaggebend, daß Maria ihrer Mutter versprach, Heinrich Velden zu heiraten.
Ja, nur dies allein ist ausschlaggebend gewesen. Maria fühlt es jetzt in diesen Minuten deutlich. Die Entfernung zwischen ihr und dem Mann am Klavier wird immer weiter, und plötzlich ist sein Rücken eine ungeheure graue Wand, aus der etwas heraustritt – ein schlanker, braungebrannter junger Mann.
Am Nachmittag geht sie mit Velden spazieren, aber nicht in den Wald hinauf, sondern gegen Lorch zu. Dort, denkt sie, begegne ich Florian am allerwenigsten. Und als Velden dann einmal sagt: »Wir müssen Florian Eck doch mal besuchen, er hat uns doch eingeladen«, da antwortet sie, daß man das immer noch nachholen könne. Sie nimmt sich aber dabei fest vor, es so lange wie möglich hinauszuschieben. Inzwischen wird Florian wieder abreisen, und alles wird sich beruhigen.

IX

Der Himmel strahlt in allen Farben, und Florian ist von einer unstillbaren Sehnsucht nach Maria erfüllt, die ihm jeden klaren Gedanken raubt. Trotzdem aber gibt er sich alle Mühe, betont sorglos am Bäckerladen vorbeizugehen. Im selben Augenblick öffnet sich das Fenster, und Frau Werner nickt ihm lächelnd zu.
»Wohin denn, Florian?«
»Ach, nur ein wenig an den Rhein hinunter«, sagt er dann harmlos und bückt sich, einen Staubflecken von seiner weißen Hose zu entfernen.
»Gelt«, spricht Frau Werner weiter, »jetzt hast du den Verehrer von Ria auch kennengelernt. Ist doch ein netter Mensch, der Herr Doktor?«
»Wirklich, ein netter Mensch«, antwortet Florian mit hochrotem Kopf. Aber das kann auch vom Bücken herkommen. »Wo sind denn die beiden? Vielleicht haben sie Lust, eine Motorbootfahrt mitzumachen?«
»Ach, das ist aber schade. Mit dem Mittagszug sind sie nach Rüdesheim gefahren. Da ist Tanz im Felsenkeller.«
»So?« sagt er gleichgültig. »Davon habe ich gar nichts gewußt.«
»Ja, weißt ja, wie unsere Ria ist. Heute Vormittag ist es ihr eingefallen. Und der Herr Doktor war gleich einverstanden. Ist ja ein so netter Mensch, der Herr Velden. Jeden Wunsch erfüllt er meiner Ria.«

»Ja, das sieht man ihm an«, meint Florian spöttisch und wendet sich Anna zu, die über die Straße herüberkommt.

»Nimmst du mich mit?« fragt sie.

»Natürlich kannst du mitfahren«, antwortet er gleichgültig, nickt der Bäckersfrau einen Gruß zu und geht mit Anna an den Rhein hinunter.

Sie fahren nach St. Goarshausen, trinken dort Kaffee und fahren am Abend wieder heim.

»Ich muß heute noch üben«, sagt er beim Abschied.

»Dann komme ich morgen mittag zu dir, Florian.«

»Gut. Also auf Wiedersehen morgen mittag.«

Daheim angekommen, geht er sofort auf sein Zimmer und zieht sich um. Beim Essen sagt er dann: »Ich geh' noch ein wenig in die ›Krone‹ heute.«

»Ich geh' auch mit«, sagt Leon. »Die Geigerin will ich mir mal anhören. Soll sehr gut sein, das Mädel.«

Florian gibt keine Antwort. Das fehlt ihm gerade noch, daß Karsten mitgeht. Aber er kann doch nicht gut sagen: »Bleib daheim, Leon, ich kann dich nicht brauchen heute.«

Als sie zum Rhein hinuntergehen, steht der Himmel im vollen Abendrot. »Es ist genau dieselbe Stimmung wie vor drei Tagen, als ich mit Maria und Velden aus dem Wald herauskam«, denkt Florian. Und dann bleibt er plötzlich stehen und sagt zu Karsten: »Du, ich geh' nicht in die ›Krone‹, ich fahre nach Rüdesheim.«

»Nach Rüdesheim?«

»Ja, da muß ich hin, in den Felsenkeller. Unbedingt muß ich da hin.«

Sie sind stehengeblieben, und Leon faßt Florian bei der Hand, die schlaff herunterhängt. »Muß es wirklich sein, Junge? Schau, mir brauchst du nichts vorzu-

machen. Maria wird dort sein, und deshalb mußt du hin.«
»Ja, deshalb muß ich hin. Ich muß es einfach ...«
»Sie wird nicht allein sein.«
»Das tut nichts. Ich nehme sie ihm nicht. Für mich genügt es schon, wenn ich sie sehe und in ihrer Nähe bin. Das muß nun einmal ein Ende nehmen, Leon. Zwei Nächte habe ich schon nicht mehr geschlafen. Ich habe nicht geglaubt, daß Sehnsucht so weh tun könnte.«
Sie gehen wieder weiter, kommen auf die Hauptstraße und gehen langsam an den hellerleuchteten Hotels vorbei. Beim Gasthof Krone verabschieden sie sich, und Florian geht an den Rhein hinunter und springt in sein Motorboot.
Der alte Mann steht am Geländer und sieht ihm nach. »Armer Junge«, sagt er leise und: »arme Anna!« Ja, auch ihrer gedenkt er in dieser Stunde. Dann wendet er sich langsam um und geht in die vom Weinlaub überdachte Laube, wo die blonde Geigerin und ein junger, sehr blasser Klavierspieler soeben den neuesten Schlager spielen.
Als Florian die offene Fahrrinne erreicht hat, gibt er Vollgas, und wie ein Pfeil schießt das schlanke Rennboot dahin. Es ist unendlich schön zu dieser Zeit auf dem Wasser. Links und rechts die hellerleuchteten Ufer. Abgerissene Melodien schwingen über das dunkle Wasser her und werden vom Wind und vom Motorengeräusch zerrissen. Über allem wölbt sich der dunkelblaue, sternenübersäte Himmel.

Als Florian den Saal im Felsenkeller betritt, wird gerade getanzt. Seine Augen suchen und finden. In der

Saalmitte tanzen sie – Maria und Velden. Florian verbirgt sich ein wenig hinter einem Pfeiler und wartet ab, bis die Tanzenden Platz genommen haben. Dann geht er wie zufällig auf den Tisch zu, wo Maria und Velden sitzen, und tut furchtbar überrascht.
»Na, das nenne ich aber eine Überraschung.« Er reicht den beiden die Hand. »Ist noch ein Plätzchen frei? So, ja – geht schon. So ein Schmaler hat schon Platz.« Er lacht und Maria auch. Ja, wirklich, sie lacht, und es ist dabei etwas in ihrem Blick, das ihn innerlich aufjubeln läßt.
Die Musik spielt wieder, und Florian steht auf.
»Darf ich bitten, Maria? Sie gestatten doch, Herr Velden?«
Sie tanzen.
»Was ist denn eigentlich los mit uns beiden, Maria?« sagt er leise.
Keine Antwort. Aber das Schweigen sagt ihm mehr, als tausend Worte es vermocht hätten.
»Ich liebe dich«, sagt er. »Du mußt mir das glauben, Maria. So wie niemanden auf der Welt liebe ich dich.«
»Ja«, erwidert sie leise, und ihr Gesicht macht einen abwesenden Eindruck.
Da ist der Tanz zu Ende. Einen Augenblick ist es, als könnten sie sich gar nicht voneinander lösen, weder ihre Augen, noch ihre Hände. Sie haben wohl beide das Gefühl, daß sie nicht unter die vielen Menschen gehören und daß sie hinaustreten müßten in die weiche, milde Sommernacht, irgendwohin, wo niemand ist, nur Nacht und Stille und der dunkle Sternenhimmel.
»Nimm dich zusammen«, raunt er ihr zu. »Er darf nichts merken.«

Aber so sehr sie sich auch bemüht, es gelingt ihr nicht ganz, sich heiter und unbekümmert zu geben. Manchmal sitzt sie da, den Kopf in die Hände gestützt. Florian gibt sich alle Mühe, die Stimmung aufrechtzuerhalten.

Ein Herr vom Nebentisch holt Maria zum Tanzen. Velden und Florian bleiben allein zurück.

»Ihre Braut ist daheim?« fragt Velden.

Florian gibt es einen Stich. »Ja«, antwortet er dann. «Wir waren nachmittags schon in St. Goarshausen. Daß ich nach Rüdesheim komme, wußte ich selber nicht genau. Es ist, wie gesagt, lediglich Zufall, daß ich hier bin.«

»Sie haben es schön«, spricht Velden weiter. »Sie sind wenigstens immer bei Ihrem Mädel, während ich so weit weg bin.«

»Ich reise ja auch wieder fort, im Oktober, und werde dann wahrscheinlich in den nächsten zwei Jahren nicht mehr heimkommen.«

»Bis dahin sind Ria und ich schon verheiratet«, sagt Velden, und Florian merkt es ihm an, wie sehr er sich darauf freut.

Florian ist zumute, als hätte ihm jemand ins Gesicht geschlagen. Am liebsten hätte er Velden gesagt: »Du wirst sie nicht heiraten. Verstehst du! Sie liebt dich nicht. Mir gehört sie. Mir ganz allein. Wir sind von jeher schon füreinander bestimmt gewesen. Du kamst nur, um uns die Brücke zu schlagen.«

Als dann Velden mit Maria wieder tanzt, atmet Florian erlöst auf, weil er nun endlich mit seinen Gedanken allein sein kann. Es sind entsetzliche Minuten.

»Du bist gemein«, ruft eine Stimme ihm zu. »Du siehst, wie verliebt Velden ist. Und du willst sie ihm

nehmen. Du zerstörst sein Leben damit. Männer wie er finden zu keiner anderen Frau mehr.«
»Ich kann aber nicht anders«, spricht er sich selber zu. »Nein, ich kann nicht anders.«
Er blickt in das Gewühl der Tanzenden, sieht Maria in den Armen des anderen. Eine rasende Eifersucht befällt ihn. Aber dann treffen sich seine Augen mit denen Marias. Er sieht die ganze, grenzenlose Liebe in ihrem Blick. Florian fragt nicht, wie es werden soll. Er ist sich sicher, jetzt endlich ist das Glück zu ihm gekommen, jenes Glück, auf das er so lange gewartet hatte und das ihm keine hatte geben können.
Florian und Maria tanzen wieder. – »Wirst du mich auch nie vergessen?« fragt Maria unvermittelt.
»Nein, Maria. Dich vergesse ich nie. Warum diese sonderbare Frage?«
»Du hast schon manch andere geliebt.«
»Ich habe es tun müssen, Maria, um dich ein wenig aus meinem Sinn zu bringen. Aber mein Herz hatte an all dem keinen Anteil. Und immer war hernach eine grenzenlose Leere in mir. Aber hör einmal, Maria. Ich muß dich allein sprechen. Ich überlasse es dir, wann wir uns treffen.«
Maria überlegt ein wenig.
»Je eher, desto besser«, sagt er.
»Am Mittwoch fährt Velden nach München zurück. Ich begleite ihn bis Mainz, fahre dann mittags zurück und erwarte dich hier in Rüdesheim.«
»Nicht in Rüdesheim. Oben am Niederwalddenkmal«, bestimmt Florian. »Und du wirst es ihm, bevor er wegfährt, sagen, daß du ihn nicht liebst. Wir wollen mit offenen Karten spielen, Maria. Oder ist es dir lieber, wenn ich mit ihm rede?«

»Nein, um Gottes willen! Ich werde es ihm nicht sagen, sondern ich schreibe ihm das später.«
Als sie an den Tisch zurückkommen, sagt Velden, auf die Uhr sehend: »Wir müssen aufbrechen, Maria, sonst versäumen wir den Zug.«
»Ihr könnt mit mir heimfahren«, sagt Florian. »Ich habe mein Motorboot bei mir.«
»Was meinst du, Ria?« wendet sich Velden an seine Begleiterin.
»Natürlich fahren wir mit Florian. Jetzt ist es noch zu früh, um heimzugehen.«
»Eigentlich hast du recht, Maria. Und so jung kommen wir ja nicht mehr zusammen, nicht wahr, Herr Eck? Wer weiß, wann wir uns wieder mal sehen. Aber wenn wir Ihren Aufenthalt wissen, zu unserer Hochzeit laden wir Sie ein.«
Florian starrt sein Gegenüber an. »Wie meinen Sie? Ach so! Zur Hochzeit? Das wird kaum möglich sein.«
»Ach, das kann man gar nicht wissen. Vielleicht sind Sie zufällig um diese Zeit in München.«
»Ja, das wäre schon wirklich Zufall«, antwortet Florian gepreßt und sucht Marias Augen. Aber die starrt auf das Tischtuch und hebt den Blick erst wieder, als Velden ihr zuprostet. – Unerbittlich schreiten die Stunden vorwärts, und als der Tanz zu Ende ist, sehen sich Florian und Maria an. Es hätte immer so weitergehen müssen bis morgen früh, denken sie wohl beide.
Leise klatschen die Wellen an den Bootsrand. Maria und Velden sitzen im Vorderteil, Florian steht am Steuerrad, das er mit der Rechten umklammert hält. Er läßt die beiden nicht aus den Augen, aber Velden rührt sich nicht. Sie sind schon die Hälfte der Strecke

gefahren, bis der erste Ton zwischen den drei Menschen fällt. Es ist Velden, der leise auf Maria einredet.
»Wenn du mir verloren gingst«, sagt er, »dann würde ich mir was antun.« Er hat es leise gesprochen, aber Florian hat jedes Wort mitbekommen, und ein verächtliches Lächeln gleitet über sein Gesicht. »Männer, die vom Sterben sprechen um einer Liebe willen, sind keine Männer, sondern Feiglinge. Überhaupt, wer es sagt, der tut es nicht«, denkt Florian.
»Wie meinst du das mit dem Verlorengehen?« fragt Maria so laut, daß Florian es hören soll.
»Ich meine natürlich nicht, daß du mir untreu werden könntest«, antwortet Velden, wie um sich zu entschuldigen. »Ich habe nur so gemeint.«
Und dann wird es wieder still im Boot. Nur der Motor knattert sein eintöniges Lied, und die Wellen plätschern.

Als Florian sich vor dem Bäckerladen von den beiden getrennt hat, sagt Velden zu Maria: »Ein netter Mensch, dieser Florian Eck. Schade, daß ich übermorgen schon abreise. Ich glaube, wir wären noch gute Freunde geworden.«
Maria ist zumute, als greife eine eisige Hand nach ihrem Herzen. »Er weiß etwas«, fährt es ihr in den Sinn. »Er hat uns belauscht, und es fehlt jetzt nur noch, daß er es mir auf den Kopf zusagt.«
Und Maria weiß, sie wird es dann nicht leugnen können, so sehr hat sie die Liebe zu Florian überwältigt.
Aber Velden hat nicht die geringste Ahnung. Er ist sich der Liebe von Maria so sicher, daß ihm nicht einmal der Gedanke daran kommt.
Im dunklen Flur will er zärtlich werden. Aber Maria

wendet den Kopf zur Seite. Sie möchte aufschreien.
»Nicht, nicht!« sagt sie leise. Aber Velden beugt sein Gesicht zu ihr nieder. Da reißt sie sich los und springt die Treppen hinauf in ihr Zimmer. Dort steht sie still, mit klopfendem Herzen.
»Armer Mann«, sagt sie leise. Er tut ihr leid und doch – sie kann sich nicht so verstellen. Sie hat ihn ja nie richtig geliebt. Da kommt ihr Anna in den Sinn. Ein kalter Schreck durchläuft sie. Wie wird sie es ertragen? Vielleicht verblutet ihr Herz daran. Maria stöhnt auf. »Ach Gott, wie wird das noch alles enden!« Und plötzlich muß sie weinen.

Sie sitzen im Wohnzimmer beim Kaffeetrinken. Die Stimmung ist eher verlegen, und wenn ab und zu ein Wort fällt, dann schwingt es hart und nüchtern im Raum. Maria ist blaß bis in die Lippen. Allen Mut nimmt sie zusammen und überlegt sich die Worte, die sie ihm sagen wird. »Lieber Heinrich –« wird sie beginnen. »Es tut mir leid, aber es muß einmal gesagt werden. Es ist nichts mit uns zwei. Du mußt das doch schon gemerkt haben, daß ich dich nicht so liebe, wie die Liebe sein soll.«
»Das ist alles zu hart für ihn«, denkt sie. »Er wird sich etwas antun, und ich hätte mein Leben lang keine Ruhe mehr. Ich werde sagen: »Heinrich, lieber guter Heinrich – du mußt – ich meine – verstehst du mich …«
Da sagt sie auch schon seinen Namen. Ganz von innen her kommt es, und sie erschrickt vor ihrer eigenen Stimme. Er hebt den Kopf und sieht sie fragend an.
»Wolltest du etwas sagen, Ria?«

Sie will sprechen, aber ihre Kehle ist wie zugeschnürt. Velden steht auf und kommt um den Tisch herum auf sie zu. »Es ist das vernünftigste, wir sprechen uns in Ruhe aus, Ria ...«
»Natürlich, das meine ich auch.« Maria ist der festen Meinung, er hätte es gemerkt, wie es um sie und Florian steht, und sie ist ihm so dankbar, daß er nun selber die Sprache darauf bringt. Da spricht er weiter: »Es ist da gestern etwas Fremdes über mich hergefallen. Ich weiß wohl, daß ich selber schuld bin, und ich bitte dich um Verzeihung. Es soll nicht wieder vorkommen, Ria ...«
»Ja, ja«, antwortet sie ergeben und demütig. »Das darf nicht wieder vorkommen.«
Ihr ganzer Vorsatz, den sie gefaßt hat, ist wieder wie weggeflogen. »Ich werde es ihm auch nie sagen können«, denkt sie. »Aber ich werde es ihm schreiben.«

Maria gibt sich die erdenklichste Mühe, ihr Innerstes vor Velden zu verbergen, und sie atmet wie erlöst auf, als sie am Mittwochmorgen im Zug sind nach Mainz. Nur mehr Stunden sind es, dann ist alles vorüber. Dann trifft sie Florian. Sie wundert sich, daß ihr nicht der leiseste Gedanke kommt, daß ihre Handlungsweise unfair sei. Unfair ist nur, wenn man sich mit einer Halbheit abfinden würde. Fair dagegen ist, das Ganze zu fordern in allen Dingen des Lebens, am meisten aber in der Liebe und im Glück.

X

Es ist ein wunderschöner Tag. Kein Wölkchen ist am Himmel. Der Geruch der reifenden Trauben hängt in der Luft, irgendwo an einem Tümpel zirpen ein paar Grillen, hier und dort liegt eine Eidechse auf einem flachen Stein.
Auf dem Weg, der sich mitten durch die Weinberge von Rüdesheim zum Niederwalddenkmal zieht, geht Florian Eck mit raschen Schritten dahin. Bald hat er den schattigen Wald erreicht. Seine Augen beginnen zu suchen. Er schickt sie seinen Schritten voraus, nach jeder Bank hin und nach jeder Lichtung. Maria ist jedoch nirgends zu sehen. Sein Herz schlägt angstvoll und laut. Kommt sie vielleicht nicht? Hat sie es sich anders überlegt?
Er kommt zum Niederwalddenkmal und sieht Maria immer noch nicht. Immer unruhiger wird er. Er geht um das Denkmal herum, und da sieht er Maria auf dem eisernen Geländer sitzen. Sie sitzt mit dem Rücken gegen ihn gewendet, die Hände hinten im Nacken verschränkt. Eine Anmut ohnegleichen liegt in ihrer Haltung. Florian geht auf Zehenspitzen auf sie zu. Ganz leise tritt er zu ihr und legt die Arme zu ihren beiden Seiten auf das Geländer, so daß sie gefangensitzt. Ein stilles, unergründliches Lächeln liegt in ihrem Gesicht.
Florian sagt nur ganz leise ihren Namen, blickt an

ihr hinauf und schließt dann langsam seine Arme um sie.

»Ich habe dich noch nicht erwartet«, sagt sie.

»Noch nicht? Weißt du denn überhaupt, wie ich die Stunden und Minuten gezählt habe? Die Zeit vom Sonntag bis zu dieser Stunde kam mir vor wie eine Ewigkeit.«

»Meinst du, daß es bei mir anders war? Ich hatte es noch schlimmer als du, denn ich mußte mich gleichgültig zeigen. Beinahe wäre er noch ein paar Tage geblieben, und er ist nur abgereist mit meinem Versprechen, daß ich ihn Weihnachten besuche.«

»Das wirst du natürlich nicht tun.«

»Darüber sprechen wir ein andermal, Florian. Jetzt wollen wir die Zeit besser nützen. Komm, wir gehen fort von hier, es kommen Menschen.«

Es ist eine Touristengesellschaft, die vor dem Denkmal steht und sich von dem Aufsichtsbeamten die Entstehung des Denkmals erklären läßt.

Die beiden gehen tief in den Wald hinein, auf stillen, einsamen Wegen, bis zu einem kleinen, viereckigen Forellenteich, an dessen Rand sich eine Moosbank befindet.

»Hier bleiben wir«, sagt Florian. »Hier ist es still und einsam.« Er legt seine Jacke über das Moos und setzt sich zur Linken des Mädchens.

»Warum sagst du denn nichts, Florian?«

»Ich weiß nichts zu sagen, Maria. Zu schön ist diese Stunde. Und liegt denn nicht gerade im Schweigen das Verstehen und Begreifen? Mir ist, als sei alles, was dazwischen liegt, ausgelöscht. Und daß Anna und Velden zwischen uns standen, das mutet mich jetzt alles an wie ein Traum, der nun zu Ende ist.«

Maria blickt über das Wasser hin, in dessen kristallklarer Tiefe sich die Forellen tummeln. »Nein, Florian«, sagt sie traurig. »Es ist noch nicht zu Ende. Die beiden stehen immer noch zwischen uns.«

»Ich werde in den nächsten Tagen schon frei sein, Maria. Ich werde mit Anna reden, ganz ruhig und vernünftig. Sie muß mich freigeben, weil sie doch nicht wollen wird, daß ich an ihrer Seite unglücklich würde.«

»Anna tut mir leid und – – ach Gott! Es ist ja alles so schwer.«

»Nein, Maria, es ist nichts schwer. Wir müssen nur den Mut haben zum Glück. Hast du diesen Mut, Maria?«

Keine Antwort.

Ihre Arme schlingen sich um seinen Hals. »Wir wollen nicht mehr von dem sprechen, Florian, was war, wollen heute nicht einmal von der Zukunft sprechen, sondern nur daran denken, daß wir jetzt beisammen sind«, flüstert sie ihm ins Ohr.

Eine Forelle schnellt aus dem Wasser. Wie Silber zuckt der schlanke Körper einen Augenblick in der Sonne und verschwindet wieder in der Tiefe.

Florian denkt verwundert: »Da habe ich nun jahrelang gehungert und mich namenlos nach einem einzigen Kuß von Maria gesehnt, und nun liegt ihre Wange an der meinen, und dennoch küsse ich sie nicht.«

Er nimmt ihr Gesicht in seine Hände und blickt ihr in die Augen. »Ach, Maria, wie oft ich mich gesehnt habe nach dir und nach einer solchen Stunde. Und wie oft ich mich gefürchtet habe, daß es nie zu mir komme, das Glück. Und nun halte ich es in meinen Händen.«

Sie lächelt.

»Warum lächelst du, Maria?«

»Weil ich froh bin, endlich einmal froh!«

»Froh, nicht glücklich, meinst du?«

»Ja, doch, glücklich, namenlos glücklich.«

»Und es stört dich gar nicht –, ich meine, du weißt doch, daß ich schon manche Frau geliebt habe.«

»Nein, das stört mich nicht. Vielleicht liebe ich auch das an dir.«

»Ich habe ja keiner ganz gehört, Maria. Manchmal habe ich geküßt und habe es kaum gewußt, und sehr oft habe ich dich in einer anderen geküßt.«

»Ja«, sagt sie, den Blick in das weiche, grüne Dunkel des Waldes senkend, »das habe ich auch getan. Vielleicht hätte ich es anders gar nicht tun können.«

Es wird eine lange Weile still zwischen den beiden. Das Licht über ihnen verdämmert ein wenig. Es ist eine breite, weiße Wolke, die sich langsam unter der Sonne hinschiebt. In diesem Augenblick verstummen auch die Meisen, die in allen Ecken zärtlich wispern, und das Wasser im Teich bekommt eine grüne Färbung.

Langsam wird es dunkler, und als die beiden Hand in Hand aus dem Wald heraustreten, steht hoch und blank der Mond am Himmel. Alles ist ruhig und feierlich im weißen Licht, und es läßt sich gut wandern in der Stille.

Maria und Florian treffen sich nun fast jeden zweiten Nachmittag. Es ist die Zeit der Weinlese. Im Wald begegnet man selten mehr einem Menschen, denn der Fremdenstrom ist schon verebbt, und die Einheimischen sind mit Kind und Kegel in den Weinbergen.

Das Wetter war bisher immer günstig, heute aber kommen dunkle Wolken über die Berge gezogen. Sie hängen tief und flach und hüllen das Tal ein.
»Es gibt Regen«, sagt Florian zu Maria, die neben ihm auf der Bank sitzt. »Und morgen gehe ich zu Anna. Ich kann es nun nicht mehr länger hinausschieben, weil ich in vierzehn Tagen schon fortgehe.«
»Sprich doch nicht vom Fortgehen, Florian. Ich weiß nicht, wie das werden soll, wenn du einmal nicht mehr um mich bist.«
»Es ist ja keine Trennung auf ewig, Maria. Höchstens zwei Jahre. Und wenn ich wiederkomme, bleibe ich lange hier, und dann nehme ich dich mit. Was schreibt denn eigentlich Velden?«
»Immer das gleiche. Es ist mir eine Qual, die Briefe zu beantworten.«
»Du mußt ihm nun schreiben, Maria, wie es steht.«
»Wenn du bei Anna gewesen bist, dann schreibe ich ihm.«
»Ja, das mußt du schon tun.«
Maria blickt lange vor sich hin und schaut dann Florian fest an: »Ich habe Angst vor der Trennung, Florian. Jetzt ist alles so wunderschön, und doch bringe ich die Angst nicht los, daß einmal – bald vielleicht – alles aus sein wird.«
»Unsere Liebe wird nie zu Ende gehen, Maria«, antwortet er, ihre Hände fassend. »Ich hätte ja selber nie geglaubt, daß ein Mensch dem andern so viel sein kann. Du bist mir ja so unendlich viel geworden. Du bist mir Sehnsucht und Seligkeit und Traum aus zahllosen Nächten.«
Ein Windstoß fährt über den Wald hin und rüttelt alle

Wipfel. Die Blätter wirbeln bunt zu Boden. Und nun fährt ein Regenguß von großer Heftigkeit prasselnd in den Wald hinein, und die beiden springen auf und rennen den Wald hinunter. Auf einmal steht Marias Mutter auf dem Weg mit einem Schirm und sagt, sie wollte ihrer Tochter entgegengehen, damit sie trocken heimkäme. Sie streift dabei Florian mit einem kurzen, feindseligen Blick und spricht unterwegs kein Wort. Als sie zu Hause ankommen, sagt sie: »Du gehst wohl bald wieder, Florian.« Er versteht die Frage so gut wie den feindseligen Blick der Bäckersfrau, und er hat schon die Antwort auf den Lippen, daß mit seinem Fortgehen die Liebe zwischen ihm und Maria lange nicht aus sei, sondern daß Maria warten wird, bis er wiederkommt.

Aber Maria wirft ihm unter dem Schirm hervor einen kurzen Blick zu, der Schweigen erbittet, und so wendet er sich kurz ab und geht ins Haus.

Die ganze Nacht rauscht der Regen auf das Dach. Florian liegt wach im Bett und horcht auf den Ton. »Übermorgen, wenn ich Maria wieder treffe, wird die Sonne wieder scheinen«, denkt er. Er kann es sich nicht anders vorstellen, als daß die Sonne scheint, wenn sie durch den Wald wandern. Bald wird das alles vorbei sein, und die Fremde nimmt ihn wieder auf.

Am Morgen ist der Himmel noch grau verhangen, und die Weinberge sind in Nebel gehüllt. Florian steht am Fenster und sieht hinaus.

»Das Wetter ist gerade recht zu meiner heutigen Mission«, sagt er zu sich. »Es wäre dumm, wenn die Sonne dazu schiene.«

Aber so leicht ist ihm doch nicht zumute. Er ist sich

überhaupt noch nicht im klaren, was er zu Anna sagen wird. Zugleich aber wundert er sich, daß Anna von selbst noch nichts gemerkt hat. Sie hat ihn schon ein paarmal mit Maria gesehen, und er hat sogar darauf gewartet, daß sie ihm Vorhaltungen machen möchte. Da wäre es dann ein leichtes gewesen, zu bekennen. Aber Anna hat nie etwas gesagt und war zufrieden und glücklich mit den paar freundlichen Worten, die er für sie noch übrig hatte.

*

Es ist um die dritte Nachmittagsstunde, als er vor Annas Haus steht. Sie arbeitet nun schon längere Zeit für sich und ist fast immer zu Hause. Auf der Treppe zögert er. Wenn Frau Bergmann sie heute nicht allein läßt, kann er es ihr nicht sagen. Schon will er wieder umkehren, da überkommt ihn Wut und Zorn über seine eigene Schwäche. »Nein, ich will mich nicht feig drücken. Bei allem Haß, den Anna dann haben wird, soll sie wenigstens noch etwas Achtung für mich haben.«
Schon klopft er an die Tür, und eine helle Stimme klingt in das Rattern der Nähmaschine: »Herein!«
Seine Hand zittert ein wenig auf der Klinke. Aber dann drückt er sie entschlossen nieder und tritt ein. Man sieht es Anna förmlich an, wie sehr sie sich über sein Kommen freut. Sie legt sofort die Arbeit weg und reicht ihm die Hand.
»Das ist aber schön, Florian, daß du kommst. Mutter ist nach Bingerbrück hinüber, und ich bin ganz allein.«
»Ja, das ist schön«, antwortet er bedrückt.

»Der Kaffee wird auch gleich fertig sein, dann trinken wir zusammen.«
Sie geht an den Ofen und legt ein paar Scheite nach.
»Herrgott, ich kann es ihr nicht sagen«, denkt er verzweifelt, während er sich auf das Sofa setzt.
Anna kommt zu ihm und setzt sich auf seinen Schoß, krault mit den Fingern in seinen Haaren. Florian beißt die Zähne aufeinander und senkt den Kopf gegen ihre Brust.
»Aber Flori, was hast du denn heute?« fragt Anna zaghaft. »Bist du nicht in Stimmung? Ich will dich ja nicht quälen, will ganz still neben dir sitzen.«
Aber er hält sie fest, mit beiden Armen. »Nein, Anna, bleib nur. Du quälst mich nicht. Aber ich – weißt du – ich hätte dir schon längst etwas bekennen müssen ...«
Er sagt das alles, ohne sie anzublicken, den Kopf an ihrer Brust, und so hört er auch, wie bei seinen letzten Worten ihr Herz ganz schnell zu schlagen beginnt.
»Geh, Florian, was hast du denn? Es wird doch nichts Schlimmes sein?«
Jetzt hebt er den Kopf, sieht ihr traurig in die Augen.
»Ich – ich komme von Maria nicht los – Anna!«
Nun ist es heraus, und es hat sich nichts ereignet. Anna hat keinen Schrei ausgestoßen und weint auch nicht. Nur alle Farbe ist aus ihrem Gesicht gewichen. Dumpfes, qualvolles, marterndes Schweigen. Nur die Uhr tickt dazwischen. Endlich sagt Anna: »Und Maria?«
»Ihr geht es, glaube ich, ebenso.«
»Schicksal«, sagt Anna leise und geht von ihm weg. Seine Arme fallen wie Blei herunter.

»Ich kann ja nichts dafür, Anna«, beginnt Florian wieder zu sprechen. »Ich stehe so klein und demütig unter der Gewalt dieser Liebe. Sie ist über uns hergefallen, jäh und mit einer unerbittlichen Macht. Kannst du das verstehen?«

»Ja, ich kann es verstehen«, antwortet sie tapfer.

»Und wirst du Maria deshalb nicht verachten?«

»Wie sollte ich denn? Für die Liebe kann man nichts.« Sie setzt sich ihm gegenüber und faltet die Hände.

»Du kleine Anna – wie groß bist du«, flüstert er leise. Ja, groß, verstehend und verzeihend steht das junge Menschenkind über der Liebe der beiden andern. Wenn auch ihr Herz dabei blutet, sie läßt es ihn nicht merken.

»Hab' ich dir sehr weh getan, Anna?«

»Nein«, sagt sie und versucht ein Lächeln.

Florian zuckt zusammen. Und plötzlich stürzt er vor ihr auf die Knie und spricht ungestüm zu ihr. »Schau, Anna, es ist besser so. Du wärst mit mir niemals ganz glücklich geworden, denn Maria habe ich immer schon geliebt!«

»Ich liebe dich auch«, sagt Anna leise. »So sehr wie nichts sonst auf der Welt.«

»Ich bin diese Liebe nicht wert, Anna, denn ich habe Maria immer in meinem Herzen getragen.«

»Ich war aber namenlos glücklich und zufrieden mit dem, was du mir gabst. Ich war glücklich, Florian, in meiner Liebe, und für dieses kurze Glück hab' tausend Dank.«

»Versuche, mich zu hassen!«

»Nein, Flori, ich hasse dich nicht. Was ist denn so Schlimmes dabei? Ein Mann, der seinen Irrtum be-

kennt. Ich müßte dich höchstens hassen, wenn du es mir verschwiegen hättest. Und nun sprechen wir von etwas anderem. Was war, das soll vergessen sein.«
»Wirst du darüber wegkommen, Anna?«
»Ich werde fertig werden mit mir!«
Beschämt und erschüttert von ihrer Größe, steht er vor ihr. »Nimm es mir nicht übel, Anna, wenn ich jetzt gehe. Ich – schäme mich vor dir. Also, lebe wohl!«
Er geht zur Tür.
»Ich möchte dich noch um etwas bitten, Florian!« sagt Anna. »Wenn es geht, dann begegne mir nicht mehr. Du bist ja nur noch zehn Tage hier. Aber kannst du vor den anderen nicht doch noch so tun, als wären wir beisammen? Sie würden nur spotten über mich. Sag es noch niemandem! Geht das, Flori?«
»Natürlich geht es«, nickt er. »Meine Mutter und Leon ahnen es zwar bereits!«
»Die beiden habe ich auch nicht gemeint. Die spotten nicht über mich!«
»Nein, im Gegenteil. Mutter hat dich sehr gern und – wenn ich fort bin, willst du Mutter nicht manchmal besuchen?«
Ihre Lippen pressen sich aufeinander.
»Wenn es geht«, sagt sie mit gedrosseltem Laut.
»Ich danke dir, Anna.«
Er geht fort. Vom Fenster aus sieht sie ihm nach, wie er um die Ecke biegt. Ganz langsam geht er, mit eingezogenen Schultern. Nicht einmal blickt er zurück, und es ist auch gut, denn er hätte sie weinen sehen.

✻

Als Florian zu Hause ankommt, sehen ihn seine Mutter und Leon fragend an. Sie haben gerade von ihm gesprochen und haben vermutet, daß er bei Anna ist. Seine Stirn ist umwölkt, und wortlos setzt er sich in den Ofenwinkel.

»Bist du bei Anna gewesen?« fragt die Mutter.

»Ja, Mutter, bei Anna war ich. Nun ist es vorüber. Es war ein schwerer Weg.«

»Armes Mädel«, sagt Karsten leise.

»Anna ist ein tapferes Mädel«, antwortet Florian. »Ich möchte es niemandem raten, daß er ungebührlich über sie spricht. Sie hat mir furchtbar leid getan, aber ich kann es nicht ändern. Ich habe mein Herz und meine Seele an Maria verloren. Mit Anna wäre ich nie restlos glücklich geworden.«

»Und meinst du, daß du es mit Maria wirst?« fragt Karsten.

»Ja, darüber habe ich keinen Zweifel.«

»Anna macht es nichts aus, im Schatten zu stehen. Ob Maria das kann, weiß ich nicht. Du mußt sie ja besser kennen.«

»Wie meinst du das, mit dem Schattenstehen?«

»Die Frau eines großen Künstlers steht immer im Schatten. Während er überall im Mittelpunkt steht, in allen Zeitungen sein Name steht, in allen Zeitschriften und an Anschlagtafeln sein Bild zu sehen ist, nennt ihren Namen niemand. Sie hat nur da zu sein, wenn er sie braucht, und hat nicht da zu sein, wenn er allein mit seinen Gedanken und Träumen bleiben will. Die Frau eines Künstlers wird oftmals beide Hände aufs Herz pressen müssen, um es zur Ruhe zu bringen, wenn es sich aufbäumen will gegen ein Frauendasein, das viel mehr Opfer und Selbstverleugnung verlangt als das Leben irgendeines anderen Menschen. Ob Maria so ein Leben erträgt, ich weiß es nicht. Aber ich möchte es dir von ganzem Herzen wünschen.«

»Du siehst wieder einmal zu schwarz, Leon!«

»Nein, Florian, ich spreche aus Erfahrung. Nicht jede Frau erträgt so ein Schattendasein. Viele zerbrechen daran.«

»Maria wird nicht daran zerbrechen, schon deshalb nicht, weil ich keinen Stein auf ihrem Weg dulde. Ich räume sie alle weg. Wie glücklich wir sein werden, das weiß nur ich. Du wirst es später einsehen, Leon, wieviel Maria mir bedeutet!«

Damit geht Florian hinaus. – Frau Eck schüttelt sorgenvoll den Kopf. »Wenn nur alles gut endet.«

»Ich kenne Flori durch und durch, und ich habe mir in letzter Zeit schon oft gedacht, daß es besser wäre, wenn seine Sehnsucht nach Maria nur Sehnsucht bliebe, nie seine Erfüllung fände. Menschen wie er können nur Musik erschaffen, wenn sie eine Sehnsucht haben.«

Während die beiden sich mit Florian beschäftigten, steht dieser oben in seinem Zimmer und spielt. Aber es will ihm nichts Rechtes gelingen. Seine Gedanken irren zwischen den beiden Mädchen, zwischen Anna und Maria. Sein Gefühl wechselt alle Augenblicke. Bald ist es Mitleid mit der einen, im nächsten Augenblick wieder brennende Sehnsucht nach der anderen.

»Es ist gut, wenn ich fortgehe«, sagt er sich. »Sehr gut ist es, denn hier wäre ich nicht glücklich. Mittendrin begegnet mir Anna einmal, und sie zeigt mir dann dieses verzweifelte Lächeln wie heute, das mir so weh tut und mich traurig macht. Ich muß ihr doch sehr weh getan haben«, sinniert er weiter und stellt sich vor, wie ihm zumute wäre, wenn jetzt Maria bei ihm eintreten würde und zu ihm sagte: ›Ich habe mich getäuscht in meiner Liebe zu dir. Ein anderer ist mein Schicksal geworden.‹

Florian überläuft ein kalter Schauer. »So weh sollte ich Anna getan haben?« fragt er sich entsetzt. Und er nimmt sich vor, nochmals mit Anna zu reden. Aber es bleibt nur bei dem Vorsatz, denn als er später nachts von der Bauernschenke heimgeht, macht er einen Bogen um Annas Haus.

Dafür aber bleibt er lange unter Marias Fenster stehen und er wirft Steinchen um Steinchen hinauf. Es wird hell hinter dem Fenster, und Maria wird sichtbar.

»Heute war ich bei Anna«, ruft er halblaut hinauf. »Nun ist es vorbei, und ich bin frei.«

»Ich werde es sicherlich auch bald sein«, kommt die Antwort. »Morgen schreibe ich. Wenn ich dann auf die Post gehe, so um drei Uhr rum, dann treffen wir uns.«

Es regnet auch noch am nächsten Tag, und die beiden nehmen in einem kleinen Café Zuflucht, unbekümmert, ob die Leute darüber reden. Ja, man spricht bereits über die beiden, denn man weiß doch im Städtchen, daß Florian mit Anna ein Verhältnis hat und Maria mit dem Rechtsanwalt, von dem die Bäckersfrau immer sagt, daß er ein furchtbar netter Mensch sei.

Dessenungeachtet sitzen die beiden in einem stillen Winkel und werden nicht müde, von der Zukunft zu sprechen. Alles ist rosenrot um sie: die Zukunft, die Tapeten an den Wänden und der Wein im Glas.

»Wir müssen eigentlich einander etwas schenken«,

meint Florian, »das uns immer zu jeder Stunde aneinander erinnert. Einen Ring vielleicht, den man immer am Finger trägt.«

Und dann kommt der Tag, dem beide mit Angst und innerem Beben entgegengesehen haben: der Abschied. Zum letztenmal stehen sie beisammen unter der Linde vor seinem Haus. Trüb ist die Welt, trüb ist ihre Stimmung. Grau hängt der Himmel über dem Land, und kein freundliches Sternchen blinkt am Himmel.
Im Dunkeln faßt er nach ihrer Hand und steckt ihr einen Ring an, ein feines, goldenes Ringlein mit blutrotem Rubin. Maria gibt ihm dafür einen Siegelring mit den Anfangsbuchstaben seines Namens.
»Bleib treu, Maria«, sagt er eindringlich. »Ich schreibe dir jede Woche, Maria, und zwar postlagernd.«
Mit dumpfen Schlägen kündet es vom Kirchturm die achte Abendstunde.
»In einer halben Stunde geht der Zug«, sagt Florian.
Ein leiser Seufzer. Er blickt ihr noch einmal ganz tief in ihre dunklen Augen und kann doch nicht auf den Grund ihrer Seele gelangen. Beide schweigen sie. Diese letzte Viertelstunde hat keine Worte mehr für sie. Sie blicken einander nur noch in die Augen und küssen sich zum letztenmal.
Ein welkes Lindenblatt taumelt müde zu Boden, das letzte, das noch am Ast gehangen hat.
Frau Eck öffnet die Tür. Heller Lichtschein fällt vom Flur heraus auf die beiden Engumschlungenen.
»Flori, es wird Zeit!«
»Ja, Mutter, ich komme sofort!«
Maria löst sich aus seiner Umarmung.

»Lebe wohl, Florian! Und wenn ich einmal nicht gleich auf deinen Brief antworten kann, so mach dir deswegen keine Gedanken. Du weißt doch, daß ich nur dir allein gehöre.« Sie sieht ihn dabei mit seltsamen, tief in ihn hineinschauenden Augen an und lächelt ein wenig.
Ihr leichter Schritt verhallt im Wind. Da ist ihm plötzlich, als hätte man ihm das Herz herausgerissen. Er ruft ihren Namen.
Keine Antwort. Der Wind nimmt ihm das Wort aus dem Munde und trägt es fort.

XI

Maria Werner geht mit blassem Gesicht umher. Es sind nun schon zwei Monate, seit sie von Florian nichts mehr gehört hat. Es kommt aber auch keiner ihrer Briefe zurück. Also muß er sie erhalten haben. Eine entsetzliche Angst krampft ihr das Herz zusammen.
Gegenwärtig weiß sie seine Adresse überhaupt nicht, so daß sie ihm nicht einmal schreiben kann, was sich inzwischen ereignet hat.
Heinrich Velden hat nach ihrer schriftlichen Absage einen Brief an ihre Mutter gerichtet. Seitdem ist ihr Leben zu Hause die Hölle. Die Mutter greift jede Gelegenheit auf, um ihr ins Gewissen zu reden.
Maria sitzt am Fenster des Wohnzimmers mit einer Stickarbeit. Ihr gegenüber sitzt die Mutter und strickt. Sie sprechen nichts zusammen. Als Maria einmal den Kopf von ihrer Arbeit hebt und zum Fenster hinausschaut, seufzt sie leise auf und blickt mit einem unsagbar traurigen Lächeln auf die übermütig tollende Kinderschar, die mit ihren Schlitten den kleinen Berg heruntersausen.
»Was hast du denn schon wieder?« fragt die Mutter mürrisch.
»Ich wollte, ich wäre auch noch so klein wie die da drüben. Dann wäre ich auch noch glücklich und zufrieden.«

»Kind, Kind, du versündigst dich«, antwortet Frau Werner und läßt die Stricknadeln eifrig klappern. Dann hält sie in der Arbeit inne und blickt über die Brillengläser hinweg ihrer Tochter ins Gesicht und fährt zu sprechen fort: »Wird keine da sein im ganzen Städtchen, die so glücklich sein könnte wie du. Was ich mich mit dir schon geärgert habe, das ist grenzenlos. Und der Heinrich, der gute Mensch, möchte einen erbarmen.«

»Aber Mutter, wenn ich ihn doch nicht liebe.«

»Ich weiß schon warum. Weil dir der Florian den Kopf verdreht hat! Bist du denn wirklich so dumm und merkst es nicht, daß er von dir nichts mehr wissen will? Ich habe dir ja gleich gesagt: Ein Künstler kann nicht treu sein.«

»Ich glaube an ihn, Mutter, eines Tages wird er mir schon wieder schreiben.«

Frau Werner senkt schnell den Kopf und klappert eifrig mit den Nadeln.

Und wieder ist es ganz still zwischen den beiden Frauen. Um drei Uhr steht Maria auf und zieht ihren Mantel an.

»Ich geh' nur ein wenig an die frische Luft, Mutter.«

»Ja, geh nur. Es tut dir not. Hast ja überhaupt keine Farbe mehr.«

Und Maria geht den Weg, den sie nun schon zwei Monate täglich erfolglos geht. Zum Postamt. Müde und teilnahmslos, mit wehem Herzen, geht sie ihren Weg. Sie hofft auch heute nicht auf Post. Es ist auch besser, wenn man auf nichts hofft, dann ist die Enttäuschung nicht so groß.

Plötzlich geht ein Ruck durch ihren Körper. Genauso in Gedanken versunken wie sie, kommt Anna Bergmann des Weges daher. Die beiden sind sich nun schon bald ein Vierteljahr nicht mehr begegnet. Und wenn Maria auch weiß, daß Anna keinen Groll auf sie hat, so ist ihr in diesem Augenblick doch, als setze ihr Herzschlag einen Augenblick aus, und die Füße werden ihr schwer.

Nie hat Anna geklagt, weder bei ihren Eltern, noch sonstwo. Still und einsam hat sie ihr Leid für sich getragen und es fest vor den Augen der anderen verborgen. Ein paar schmale Linien haben sich von der bitteren Entsagung in ihr Gesicht gezeichnet. Aber auch jetzt, als sie Maria kommen sieht, regt sich nicht das geringste Gefühl eines Grolls in ihr. Eher erfaßt sie Mitleid, als sie in ihr blasses, abgehärmtes Gesicht sieht, und in Sekundenschnelle geht es ihr durch den Kopf: Sie leidet, mehr vielleicht als ich. Ein warmer Schein glüht in ihren Augen auf. Und als Maria mit leisem Gruß an ihr vorüber will, bleibt sie stehen und sagt: »Wo gehst du denn hin, Ria?«

Maria zuckt müde mit den Schultern und blickt zu Boden.

»Du mußt nicht glauben, Ria, daß ich dir böse bin«, spricht Anna weiter. »Du gehst mir immer aus dem Weg.«

In bangem Forschen gleitet Marias Blick über Anna hin.

»Du trägst mir nichts nach? Und ich – ich habe dir doch so viel genommen.«

»Du hast mir nichts genommen, denn ich habe ihn ja nie ganz besessen. Und daß ich seinem Glück im Weg stehen möchte, dazu hatte ich ihn viel zu lieb.«

»Anna, du bist so gut zu mir. Warum bin ich denn nicht eher zu dir gekommen? Ich hätte so oft schon

einen Menschen gebraucht, der mir Trost gegeben hätte. Es ist alles so leer und tot um mich. Seit zwei Monaten weiß ich überhaupt nichts mehr von Florian.« Zwei Tränen fallen auf den zuckenden Mund.
»Anna, ich weiß nicht, wie das noch werden soll. Wenn ich wenigstens seine Adresse wüßte.«
»Ich kann sie dir geben, Ria.«
»Du? Ihr schreibt euch noch?« Es ist eine Frage in grenzenloser Angst.
»Nein, Ria! Seine und meine Wege haben sich getrennt. Wir haben uns nichts mehr zu sagen.«
»Und dennoch weißt du seinen Aufenthalt?«
»Durch Zufall.«
Anna zieht eine Zeitung aus ihrem Mantel, blättert ein wenig und hält Maria die Seite hin. In einer Rubrik unter »Kunst und Wissenschaft« ist folgender Artikel zu lesen:

Athen. Ein ganz großer Erfolg wurde gestern abend das Konzert des deutschen Geigers Florian Eck im Beethoven-Saal, mit Werken von Brahms und Schumann. Wie wir hören, reist der Künstler von hier nach Mailand weiter und fliegt anschließend zu einem längeren Gastspiel nach Amerika.

Maria streckt Anna impulsiv die Hand hin.
»Ich danke dir, Anna. Jetzt weiß ich wenigstens, wo ich hinschreiben soll. Und die Zeitung – bitte, schenk sie mir.«
Anna nickt lächelnd. »Behalte sie nur. Ich weiß ja, wie man an so was hängt.«
»Wenn ich dir nur auch mal einen Gefallen tun könnte, Anna.«

»Laß nur, mir geht nichts ab. Ich habe meine Arbeit, und die ist mir Glück genug. Das einzige, das man sich selbst geben kann.«
Die beiden Mädchen trennen sich. Nur rein gewohnheitsmäßig geht Maria zur Post. Sie weiß, es wird das gleiche wie immer sein.

*

Herr Steindl, der Sekretär, wird hinter dem Schalter sitzen, den grauen Kopf schütteln, ehe sie fragt, und ein bißchen spöttisch dabei lachen. »Nichts da, Fräulein Werner.«
Heute sitzt zu ihrem Erstaunen ein fremder Beamter hinter dem Schalter. Ein junger, freundlicher Mensch mit einer Hornbrille. »Bitte schön?« fragt er.
»Ist etwas Postlagerndes da für Maria Werner?«
»Moment bitte.« Er geht an das Fach für postlagernde Briefsachen und sieht sie durch, legt einen Brief auf die Seite und blättert weiter.
Maria sieht ihm klopfenden Herzens zu, und alle Hoffnung sinkt in nichts zusammen, als sie sieht, daß der Beamte das Fach wieder schließt. Schon will sie sich traurig abwenden, aber da sagt der Beamte: »Es ist sonst leider nichts hier als dieser eine Brief. Der ist heute früh erst mitgekommen.«
Maria greift mit einer Hast nach dem Brief, daß der Beamte unwillkürlich lächelt, nicht spöttisch wie der Steindl, sondern verstehend.
»Danke schön«, sagt Maria, preßt den Brief an ihr Herz und lächelt verwirrt in das fremde Gesicht.
»Danke vielmals, mein Herr.«
»Oh, gar keine Ursache.«

»Doch, doch! Zwei Monate laufe ich nun schon täglich an den Schalter, und Herr Steindl hat nur immer den Kopf geschüttelt. Und Sie sind heute zum erstenmal da und schon –«
»Da hätte ich eben früher kommen müssen.«
Maria lacht und wirbelt zur Tür hinaus. An der Mauer lehnend, reißt sie mit zitternden Fingern den Brief auf und liest.
Nicht faßbar ist es, was Florian da schreibt:

»Liebe Maria!
Es ist dies nun mein sechster Brief, den ich an Dich schreibe. Ich kann mir den Grund Deines Schweigens gar nicht erklären. Und bekommen mußt du meine Briefe doch haben, sonst wären sie zurückgekommen. Nein – daß Du mich vergessen hast, das kann und will ich nicht glauben. Dann wäre ja alles eine große Komödie gewesen, die Dir vortrefflich gelungen wäre. Aber ich will diesen Gedanken von mir weisen, weil die Wahrheit desselben mich zum Wahnsinn treiben könnte. Und doch! Es ist mir lieber, du schreibst mir die Wahrheit, denn diese Ungewißheit ist eine entsetzliche Qual! Bitte, Maria, enttäusche mich nicht, denn wenn ich den Glauben an Dich verliere, ich weiß nicht, was dann aus mir werden soll. Schreib mir bitte sofort, wie die Antwort auch ausfallen will. Schreibe umgehend hauptpostlagernd nach Hamburg. Mein Schiff nach Amerika geht übermorgen abend dort ab. Sollte bis dahin keine Nachricht von Dir eintreffen, so müßte ich die Konsequenz aus Deinem mir unverständlichen Verhalten ziehen. Denn betteln um Liebe, das kann ich nicht.

Nimm es mir bitte nicht übel, wenn ich Dich mit meinen Zeilen irgendwie verletzt haben sollte! Ich verzehre mich in Sehnsucht nach Dir.
Alles Gute und inzwischen tausend herzliche Grüße
Dein Florian.«

Maria lehnt an der Mauer. Sechs Briefe hat er schon geschrieben, und keinen davon hat sie erhalten. Das konnte doch unmöglich mit rechten Dingen zugehen. Sie gibt sich einen Ruck. »Jetzt ist keine Zeit zum Denken.«
Sie will jetzt heim und sofort diesen Brief beantworten. Florian soll sich nicht mehr länger mit diesen Zweifeln abquälen. Er soll wissen, daß sie ihn noch immer liebt.
Auf dem Heimweg begegnet sie erneut Anna, die noch in einem Laden zu tun hatte und soeben aus der Tür tritt.
Maria tritt freudig erregt auf sie zu. »Denk dir, Anna, heute hat er geschrieben.«
»Na, siehst du! Wenn der Himmel recht trübe ist, dann kommt immer wieder ein kleines Licht.«
»Ja, aber er schreibt von sechs Briefen, und keinen habe ich erhalten. Seit seinen ersten Briefen und einer Karte aus Leipzig habe ich nichts mehr erhalten. Wie erklärst du dir das?«
Anna blickt an Maria vorbei. »Vielleicht hat die Briefe deine Mutter bekommen.«
»Aber das ist ja nicht möglich. Er hat ja immer postlagernd geschrieben.«
»Und meinst du, daß deine Mutter die Briefe nicht hätte abholen können? Aus welchem Interesse, möch-

test du wissen? Das liegt doch klar auf der Hand. Du solltest einfach von Florian nichts mehr wissen.«
»Das schon. Wie hätte aber meine Mutter wissen können, wenn für mich ein Brief auf der Post liegt? Überhaupt hätte ihn Steindl dann nicht hergeben dürfen.«
»Ich will nichts behaupten, Maria. Aber einmal war ich zufällig auf der Post und habe gesehen, wie Steindl deiner Mutter einen Brief gab.«
Maria blickt Anna mit feuchten Augen an.
»Dann – wäre es also wirklich so. Du hast natürlich die Schrift erkannt?«
Anna schweigt.
»Ich verstehe, du willst mich nicht gegen meine Mutter aufhetzen. Aber ich werde sie zur Rede stellen, und sie muß die Wahrheit sagen. Tut sie es nicht, dann zeige ich Steindl an. Er hätte die Briefe nicht rausgeben dürfen, wenn er auch noch so befreundet ist mit meiner Mutter. Was er überhaupt für einen Nutzen davon hat?«
»Er hat Florian nie leiden mögen. Du weißt ja, Neid! Nichts wie Neid. Sein Sohn ist doch auf dem Konservatorium durchgefallen.«
Maria fährt sich mit der Hand über die Augen und sagt mit zitternder Stimme: »Die beiden wissen gar nicht, was sie mir angetan haben. Diese sechs Wochen qualvollen Wartens sind mit nichts mehr auszulöschen. Dir aber, Anna, danke ich von ganzem Herzen, daß du mir die Augen geöffnet hast. Vielleicht kommen einmal Tage, wo ich dir alles vergelten kann.«
Daheim angekommen, steht Maria mit dunkel flackernden Augen vor ihrer Mutter.
»Du hast mir Briefe unterschlagen, Mutter?«

Frau Werner will erst auffahren, aber vor den anklagenden Augen ihres Kindes duckt sie sich unwillkürlich.

»Leugne es nicht«, sagt Maria laut. »Steindl hat dich immer verständigt, wenn für mich ein Brief auf der Post lag.«

»Es geschah zu deinem Besten«, versucht Frau Werner kleinlaut einzulenken. »Ich will nichts als dein Glück.«

Maria lacht bitter. »Und mein Glück siehst du in einer Verbindung mit Velden. Es würde dies aber nur mein Unglück sein, weil ich ihn nicht liebe. Mein Herz gehört Florian, wird ihm immer gehören. Weißt du denn überhaupt, was du uns angetan hast, mir und ihm? Hast du denn nicht gesehen, wie ich mich gegrämt habe? Nächtelang lag ich wach im Bett vor Sorge und Kummer. Und jeder neue Tag zerschlug wieder eine Hoffnung. Wo hast du die Briefe? Wo du die Briefe hast, will ich wissen! Du sollst sie mir geben!«

»Ich habe sie nicht mehr.«

»Du hast sie verbrannt?«

Drücken es Schweigen.

»Ich sch nke dir die Antwort auf meine Frage. Aber eines wil ich dir sagen: Von jetzt an ist eine Kluft zwischen uns. Du hast mir so weh getan, wie es ein fremder Mensch nicht vermocht hätte. Ich kann nicht länger mit dir zusammenleben. Und darum will ich mich um eine Stellung umsehen. Wenn ich arbeiten muß, so bin ich wenigstens mein eigener Herr und muß nicht fürchten, daß mir Briefe unterschlagen werden.«

Frau Werner fährt auf. »Du willst fort?«

»Ich bleibe keinen Tag länger hier, als unbedingt nötig ist. Velden werde ich klaren Wein einschenken. Ich will nun endlich einmal frei von ihm sein.«
»Und mich willst du allein zurücklassen?«
»Ja, weil ich mir mein Leben selbst aufbauen will. Es war bis jetzt doch nur ein unnützes Dasein. Und wenn Florian aus Amerika zurückkommt, heiraten wir.«
Mit diesen Worten geht Maria aus dem Zimmer und läßt sich diesen Abend nicht mehr sehen. Sie sitzt oben in ihrer Kammer und schreibt Florian einen langen Brief, trägt ihn noch zum Briefkasten und legt sich schlafen. Nach langer Zeit findet sie endlich wieder einmal Schlaf.

Anders ergeht es Anna in dieser Nacht. Schlaflos liegt sie in den Kissen und trägt – ach, wie oft hat sie das schon getan – ihr Glück zu Grabe.
Sie hat sich immer Mühe gegeben, nicht mehr an Florian zu denken. Aber so sehr sie sich auch anstrengt, sie kommt nicht los von den Gedanken an ihn. Immer sieht sie ihn vor sich. Immer hört sie seine Stimme, sein Lachen. Mit aller Energie zwingt sie sich, nicht mehr an ihn zu denken. Aber da ist das Herz, das dumme, kleine Herz, das sich dagegen aufbäumt, und schließlich sieht Anna selber ein, daß ihr Leben nur ertragbar und schön ist in der Erinnerung an Florian. Anna setzt sich im Bett ein wenig auf. Die Nacht ist hell, und der Schnee glitzert auf den Dächern. Das Fenster drüben ist aber dunkel. Schnee, viel Schnee liegt überall, und keinen Laut hört man in der Winternacht.
Lange blickt Anna auf das gegenüberliegende Haus, und da bemerkt sie auf dem Dach einen kleinen,

schneelosen Fleck, nicht etwa in der Nähe des Kamins, sondern weitab, fast vorne am Giebel.

»Sollte Tauwetter kommen?« denkt Anna, legt sich wieder in die Kissen zurück und schließt die Augen.

Drüben auf dem Dach wird der schwarze Fleck immer größer, und mit dumpfem Klatschen fällt der Schnee auf die Straße. Auf einmal krachen die Schindeln, und eine funkensprühende Feuergarbe schießt gen Himmel.

Annas Zimmer ist taghell erleuchtet. Entsetzt springt sie aus dem Bett und eilt ans Fenster. Das ganze Obergeschoß des Bäckerhauses ist ein Flammenmeer.

Und immer noch liegt in der ganzen Umgebung alles in tiefem Schlaf. Selbst drüben im Bäckerhaus rührt sich nichts. Da reißt Anna das Fenster auf: »Feuer! Feuer!«

Gellend hallt der Schreckensruf in die Nacht.

Ringsum erleuchten sich die Fenster, und schwarze Gestalten huschen über die Straße. Annas Vater ist auch dabei. »Hier«, schreit er. »Da sind ein paar Eisenstangen, da können wir die Türen einschlagen! Bäckerin! Frau Werner!«

Nichts rührt sich im Haus. Erst als die Türen splitternd auseinanderbersten, wird es auch im Hause lebendig. Aber nur die Gesellen sind es, die hemdsärmelig und barfuß die Treppe herunterrennen.

Die Sirene heult, und wenig später nähern sich die Löschzüge. Die Bäckersfrau steht an einem Fenster und ringt verzweiflungsvoll die Hände. Sie kann nicht mehr herunter. Der Treppenaufgang brennt, und das Feuer frißt sich schon zum ersten Stockwerk hinauf.

Die Feuerwehrleute holen sie herunter. An Maria denkt niemand. Erst Anna, die unter den Leuten

sucht und Maria nirgends entdecken kann, macht die Feuerwehrleute aufmerksam.
Es ist höchste Zeit, denn als die Männer oben das Fenster einschlagen, dringt ihnen dichter Rauch entgegen. Maria hat bereits das Bewußtsein verloren, und man bringt sie über die Straße in Annas Zimmer.
Anna läuft die Straße hinunter und läutet den Arzt heraus. Bis er kommt, bemüht sich Frau Bergmann um die Bewußtlose, die schon nach einer kurzen Weile die Augen aufschlägt. Es dauert nicht lange, bis sie sich in die Gegenwart zurückgetastet hat. Sie steht auf und tritt ans Fenster, schaut lange gedankenversunken auf das brennende Haus.
»Wo ist meine Mutter?« fragt sie dann.
»Sie ist beim Hornberger untergebracht. Du mußt dich nicht sorgen um sie, Ria«, fügt Frau Bergmann noch hinzu und streicht dem Mädchen über den blonden Scheitel.
Maria wendet das Gesicht.
»Ich wäre sowieso fortgegangen von zu Hause. Nun ist mein Entschluß sogar notwendig geworden, denn Mutter wird das Haus nicht mehr aufbauen können. Sie war nicht versichert.«
Es ist auch nichts mehr zu retten am Bäckerhaus. Die Feuerwehrleute versuchen nur noch, das Feuer auf seinen Herd zu beschränken. Und als der Morgen graut, ist das Gebäude bis auf die Grundmauern niedergebrannt. Die Entstehung des Brandes bleibt ungeklärt und wird einem Kurzschluß zugeschrieben.
Am Morgen geht Maria zu ihrer Mutter. Die Frau liegt im Lehnstuhl und blickt wie geistesabwesend vor sich hin. Maria macht der Mutter keinen Vorwurf, weil sie

sich immer gesträubt hat, einer Versicherung beizutreten, sie sagt nur: »Was soll nun werden, Mutter?«
»Ich weiß es nicht. Ist ja auch alles gleich, wenn du mich doch verlassen willst.«
»Ich verlasse dich nicht. Ich muß aber doch arbeiten jetzt, damit wir zu leben haben.«
»Du bräuchtest nicht zu arbeiten für fremde Leute, wenn ich Velden das Geld nicht geliehen hätte. Wir könnten davon leben oder zumindest das Haus wieder aufbauen.«
»Du hast Velden –«
»Ich habe es ja nur für dich getan! Er mußte sich doch eine Existenz gründen.«
»Du hast mich verkauft, Mutter!« Das ist ein wilder Schrei.
Die Frau senkt den Kopf und wischt sich mit dem Tuch über die Augen.
Da kniet Maria vor ihr nieder und umklammert ihren Körper. »Wir wollen uns gegenseitig keine Vorwürfe machen, Mutter. In dieser schweren Zeit wollen wir zusammenhalten. Ich werde Florian schreiben, und ich glaube, daß er uns hilft.«
»Nein, tu das nicht, das wäre mein Tod. Ich kann doch nicht zum Betteln zu ihm gehen.«
»Du brauchst es nicht. *Ich* tu' es doch.«
»Heirate Velden. In drei Wochen könnte Hochzeit sein, und wir wären aller Sorge enthoben.«
»Du vielleicht. Ich nicht. Für mich wäre dies der Anfang von Kummer und Schmerz, von Leid und Entsagung. Verlange von Velden das Geld zurück und bau' alles wieder auf. Das bist du doch schließlich auch unseren Leuten schuldig. Wo sollen die im Winter jetzt Arbeit herbekommen?«

»Das kann ich nicht. Ich habe Velden das Kapital zins- und fristlos überlassen.«
»Das kann ich nicht verstehen, Mutter. Du wußtest doch gar nicht, ob ich ihn heirate.«
»Was soll nun werden aus uns? Kind, nimm ihn doch. Ich ertrage es sonst nicht.«
»Ich kann nicht, Mutter. Jedenfalls werde ich Florian sofort schreiben.«
Maria wendet sich ab und schaut zum Fenster hinaus, wo man gerade die verkohlten Trümmer zu einem Haufen zusammenschiebt. Nichts ist gerettet worden, nicht einmal ein Bett. Sie schlingt ein Tuch um den Hals und geht hinaus, steht dann lange vor dem Trümmerhaufen und blickt auf die Dinge, die einmal ein Tisch, oder ein Schrank, oder ein Bett gewesen waren.
»Die Bäckerin hat Geld«, sagt jemand hinter ihr. »Im Frühjahr steht alles wieder da.«
Maria wendet sich ab. Es ist ein Würgen in ihrer Kehle. Sie hätte hinausschreien mögen: »Was wißt ihr, wie arm ich dastehe?«
Da kommt Anna auf sie zu und faßt sie unter dem Arm.
»Komm, Maria. Du kannst bei uns bleiben und deine Mutter auch.«
Aber Frau Werner bleibt beim Weinhändler Hornberger und muß sich dort schon am Nachmittag ins Bett legen.
»Äußerste Ruhe und Schonung vor jeder Aufregung«, sagt der Arzt. »Das Herz ist ziemlich schwach.«
So kommt für Maria eine schwere Zeit.
Vierzehn Tage sind seit jener Brandnacht vergangen, da sagt Maria zu Anna: »Es geht nun nicht mehr

länger so weiter. Ich muß sehen, daß ich irgendwie etwas verdienen kann.«
Und es rächt sich nun bitter, daß Maria eigentlich nichts gelernt hat. Hätte die Mutter sie das Studium beenden lassen, so wäre sie heute Lehrerin, und die Not stünde nicht grinsend in allen Ecken. Für sich allein wäre sie schon durchgekommen, wenn sie eine Stelle als Dienstmädchen angenommen hätte. Aber da war die Mutter, die von Tag zu Tag mehr zusammenfiel. Der Arzt hat bis jetzt noch keine Rechnung geschickt. Aber eines Tages wird sie kommen und sie kann nicht bezahlt werden. Vor Kummer und Sorge findet Maria keine Nacht Schlaf, und ihr Gesicht wird immer schmäler und blasser. Manchmal will etwas in ihr gegen die Mutter aufkommen wie Haß. Aber wenn sie die Frau still und ergeben in den Kissen liegen sieht, siegt doch das Mitleid in ihr. Frau Werner sagt zwar nie mehr ein Wort von Velden und vom Heiraten, aber Maria merkt es ganz deutlich, daß sie an nichts anderes denkt.
Eines Tages, die Flocken fallen weich vom Himmel, sieht Maria zum Fenster hinaus. Sie denkt an Florian, von dem sie nun schon wieder so lange nichts mehr gehört hat. Fieberhaft hat sie in den Zeitungen gesucht, ob nichts von ihm zu lesen ist. Aber finden konnte sie nur einmal eine kurze Notiz über ihn aus Chile.
Was hilft es, wenn sie ihm schreibt? Bis ihr Brief hinkommt, ist er längst wieder woanders, und der Brief geht verloren.
Plötzlich geht ein Ruck durch ihren Körper, und erschrocken faßt sie nach Annas Arm, die neben ihr sitzt und näht. »Heinrich Velden kommt!«
Soeben biegt er bei der Dorfschenke um die Ecke und

fragt einen Jungen um Auskunft, der ihm das Haus vom Hornberger zeigt.
Den ganzen Nachmittag bleibt Velden bei Frau Werner, und es dämmert bereits, als er wieder aus dem Haus kommt und die Hausnummern absucht. Maria sitzt noch immer am Fenster und sieht ihn auf das Haus zukommen. Da steht sie auf und geht hinunter. Unter dem Torbogen treffen sie zusammen. Sie reichen sich die Hände, und Velden sagt sogleich: »Warum hast du mir nicht geschrieben, Ria, wie sehr ihr in Not seid. Das hättest du unbedingt tun müssen.«
Maria gibt keine Antwort. Still und kalt liegt ihre Hand in der seinen, und ihre Augen gehen an ihm vorbei zum Tor hinaus in das heftige Flockengewirbel.
Velden nimmt sie unter den Arm und sagt: »Komm, Ria, wir wollen ein kleines Café aufsuchen und uns über alles aussprechen.«
»Was gibt es denn viel zu sprechen?« antwortet Maria leise. »Mutter wird dir schon alles gesagt haben.«
»Ich habe nicht viel gesprochen mit deiner Mutter. Die Frau ist kränker, als ich vermutet habe.«
Dann sitzen sie sich im Café gegenüber.
»Maria«, beginnt Velden warm. »Warum willst du denn eine Heirat immer noch hinausschieben. Sieh mal –«
»Hat dir denn Mutter nicht gesagt, warum?« unterbricht sie ihn.
»Nun ja, du weißt doch, daß ich mit deiner Mutter alles bespreche, was uns beide betrifft. Und so hat sie mir auch deine Bedenken mitgeteilt und deine Befürchtungen, daß du meinst, mit mir nicht restlos glücklich

werden zu können. Warum denn nicht, Ria? Sieh, ich lebe doch nur für dich. Ich habe gearbeitet, tage- und nächtelang, nur für dich. Und nun ist alles soweit. Meine Praxis steht auf festen Füßen, und euer Geld steckt mit drinnen. Die Wohnung ist gemietet und wartet nur mehr darauf, bis ihr kommt. Tut dir denn deine Mutter nicht leid? Die Frau geht zugrunde bei einem solchen Leben, wie sie es jetzt führt. Ich werde morgen die Doktorrechnung begleichen und anordnen, daß die Mutter in ein Sanatorium kommt.«
Wie eine warme Welle fluten seine Worte über sie hin. Und doch bleibt ihr Herz kalt und teilnahmslos allem gegenüber. Sie ist verbittert gegen sich selbst, daß sie nicht den Mut gefunden hat, ihm zu schreiben, daß ihr Herz nur Florian Eck gehört. Und es ihm jetzt in seine bittenden Augen hinein sagen, das kann sie erst recht nicht.
»Wie du mir damals geschrieben hast«, sagt Velden, »daß du meinst, wir würden miteinander nicht glücklich werden, da wußte ich im Augenblick nicht, was ich denken sollte. Du weißt doch, Ria, daß ich kein anderes Ziel kenne, als dich glücklich zu machen. Nur wenn du bei mir bist, hat mein Leben Sinn und Bedeutung. Ich liebe meinen Beruf und meine Arbeit. Aber ich muß wissen, für wen ich sie tue. Ich hätte schließlich gerne noch ein Jahr gewartet, aber unter diesen Umständen wäre es wohl am vernünftigsten, wenn wir bald heiraten würden. Deine Mutter hat auch keinen sehnlicheren Wunsch.«
»Und wenn ich es nur meiner Mutter wegen tun würde?«
»Ich bin damit zufrieden, Ria, weil ich fest überzeugt bin, daß du mich noch lieben lernen wirst.« Er faßt

über den Tisch nach ihren Händen. »Bitte, Ria, versuch es doch. Ich werde dich nicht enttäuschen.«
»Laß mir Zeit, Heinrich. Nur bis zum Frühjahr.«
»Ich will mich gerne gedulden, wenn ich nur dein Wort habe.«
»Das kann ich dir jetzt noch nicht bindend geben. Es ist da oft etwas zwischen Menschen – ich kann dir das nicht so sagen. Aber man braucht seine Zeit, um damit fertig zu werden.«
Als Maria spät am Abend zu Anna ins Zimmer tritt, merkt sie etwas Verstörtes, Verlegenes an Anna.
»Was ist dir denn, Anna?«
»Nichts, was soll denn mit mir sein?«
»Ich dachte nur.« Maria beginnt sich auszukleiden. Da sagt Anna: »Es ist ein Brief angekommen für dich, Ria. Weißt du – ein Brief zurückgekommen. Ich wollte ihn dir eigentlich nicht geben. Aber ich kann es nicht mitansehen, wie du dich abquälst.«
»Wo hast du den Brief?«
Anna zieht ihn unter dem Kopfkissen hervor.
Es ist der Brief, den Maria nach Hamburg geschrieben hat. »Er hat ihn nicht abgeholt«, sagt sie leise.
»Der Brief wird zu spät hingekommen sein. Und wenn drei Wochen vorüber sind, dann geht er an den Absender zurück.«
»Nun wird er glauben, ich hätte ihn vergessen.«
Anna gibt keine Antwort, und Maria steht auf und stellt sich ans Fenster. Flocken wirbeln um die Trümmer des einstmaligen Bäckerhauses. Still und weich fallen sie nieder und decken alles zu. An einem der Mauerreste lehnt das verkohlte Klavier. Und da kommen Maria die Tränen. Nicht, weil das Instrument vernichtet ist, sondern weil sie an den letzten Abend

denkt, als Florian mit ihr gespielt hat. Sie hört ihn wieder sprechen: »Halt, Maria, das ist nicht richtig. Der Übergang muß temperamentvoller gespielt werden.«

Jener Abend steht klar, als wenn es gestern gewesen wäre, vor Marias Augen. Das war damals, als Anna ihr ihre Liebe zu Florian erzählt hatte, Glück und Freude in den leuchtenden Augen. Und nun liegt Anna hinter ihr im Bett und schläft und hat den Kummer und alles Leid überwunden, das ihr durch sie und Florian angetan worden war. Sie selbst aber steht mit aufgewühltem Herzen am Fenster und weiß sich keinen Rat.

Dunkel ist es draußen und still. Und aus dem Dunkel und der Stille kommen die Gedanken. Sie glaubt plötzlich nicht mehr an seine Treue. Ein Künstler, der überall im Mittelpunkt steht, der sich in die Herzen hineinspielt, wie ist es möglich, daß er ihr treu sein könnte?

Leise weint sie in die Kissen hinein. Sie findet lange keinen Schlaf in dieser Nacht. Von wilden Zweifeln zerrissen, starrt sie in die Dunkelheit, nichtsahnend, daß ihre Zimmergenossin im Dunkeln mindestens so trübe Gedanken wälzt.

Anna liegt da, die Hände auf der Decke, und ist in Gedanken bei ihrem kleinen Kind, das sie ganz im Verborgenen auf die Welt gebracht hat. Außer der Mutter weiß im Verwandten- und Bekanntenkreis bis jetzt niemand davon.

Schon bald nach Florians Bekenntnis zu Maria hatte Anna die Schwangerschaft bemerkt, damals arbeitete sie schon im Nachbarort bei einer Schneiderin, was sich jetzt als günstig erwies. Ihrer schlanken Gestalt hatte man bis zum Schluß die Schwangerschaft kaum angesehen. Sie fuhr meistens am Abend nach Hause zu den Eltern, für arbeitsreiche Tage hatte sie sich in dieser Zeit ein kleines Zimmer bei netten Leuten angemietet. Sie hatten die zuverlässige, für ihr Alter eher ernste, junge Frau sofort in ihr Herz geschlossen. Und sie stellten auch keine neugierigen Fragen, sondern hatten sich erboten, bis auf weiteres das Kind in Pflege zu nehmen.

Trotz dieser schwierigen Situation empfindet Anna tiefes Mitleid mit Maria, der sie keine Vorwürfe macht, weil sie, wie sie, ihr Herz an Florian verloren hat.

Als Maria am Morgen erwacht, sitzt Anna neben ihr im Bett und betrachtet sie mitleidig.

»Du hast wieder schlecht geschlafen. Es hilft alles nichts, Ria, du mußt dich zusammennehmen, sonst klappst du eines Tages zusammen.«

Maria nickt ergeben. »Ja, ich weiß es und will mir Mühe geben. So hat das Leben keinen Zweck mehr.«

Sie kleidet sich an und geht zu ihrer Mutter. Frau Werner hat sich sichtlich erholt, blickt aber der Tochter mit angstvollen Augen entgegen.

»Hast du mit Heinrich gesprochen, Ria?«

»Ja, wir haben über das gesprochen, was dich am meisten beschäftigt und bewegt. Ich werde ihn vielleicht heiraten. Aber heute nicht und morgen auch noch nicht. Im Frühjahr vielleicht, wenn ich bis dahin von Florian noch nichts weiß.«

»Du sollst dich aber nicht für mich opfern, Kind.«

»Von dem kann keine Rede sein. Nur wegen des Versorgtseins einen Mann zu heiraten, ist zwar eine Gemeinheit und ist gleichbedeutend mit Selbstmord an der eigenen Seele. Aber die Tatsachen verlangen eben ein solches Handeln. Und schließlich bin ich es dir auch schuldig. Schluß! Wir wollen kein Wort mehr darüber verlieren! Du fährst also morgen mit Velden fort. Glaubst du, die Reise antreten zu können?«
Frau Werner ist der festen Zuversicht, daß Florian nun nach so langer Zeit nichts mehr von sich hören läßt, und wenn sie aus dem Sanatorium kommt, wird sie gleich nach München fahren und Velden den Haushalt führen. Dadurch kommt Maria dann in eine Lage, daß sie fast gezwungen ist, Heinrich Velden zu heiraten.
Am nächsten Tag reist sie mit Velden nach Freudenstadt, und Maria bleibt zunächst bei Anna zurück.

XII

Im Garten der Witwe Eck blühen die ersten Veilchen, und in der Linde pfeifen die Stare um die Wette, als Maria eines Nachmittags die einsame Frau aufsucht.
»Ich komme mit einer großen Bitte, Frau Eck. Können Sie mir nicht die Adresse von Florian vermitteln?«
Die Frau schüttelt den grauen Kopf.
»Nein, Kind. Ich weiß nicht, wo er steckt. Bekomme selbst nur hin und wieder einen kurzen Kartengruß, ohne nähere Adresse. Und ich hätte ihm doch so vieles mitzuteilen.«
»Ich auch«, antwortet Maria gedrückt. »So vieles hätte ich ihm zu sagen und ihn zu fragen. Es hängt mein ganzes Leben davon ab. Was glauben Sie? Wird er wohl noch an mich denken?«
Die Frau schaut mit ihren gütigen, grauen Augen auf das junge, in Angst und Sorge zitternde Leben vor ihr.
»Setz dich, Kind«, sagt sie dann. »Wir tragen wohl beide den gleichen Kummer und die gleiche Sorge in uns. Es ist mein Sohn, den wir beide lieben und der uns doch nie gehören wird. Denn er gehört einer ganzen Welt, und wir, die ihn lieben, haben den wenigsten Anspruch auf ihn.«
»Ich meine ja nur, ob er mir treu geblieben ist und – wenn er kommt, wie es dann sein wird.«
Frau Eck fährt mit müder Hand über Marias blonden Scheitel.

»Du fragst mich zu viel, Kind. Ich hoffe und wünsche es deinet- und seinetwegen. Was aber, wenn er kommt und hat sich anderweitig vergeben? Die Welt ist groß, und einem Künstler fallen die Frauen in den Schoß. Und Florian ist voller Unruhe und freiheitsliebend – du kennst ihn ja. Ich weiß, wie es um dich augenblicklich steht.«

»Und würden Sie, die Mutter von ihm, mir raten, daß ich Heinrich Velden heiraten sollte?«

»Nein, das kann und darf ich nicht.«

»Ich liebe Florian und werde ihn nie vergessen«, sagt Maria leise und andächtig. »Glauben Sie, daß mit ihm im Herzen das Leben neben einem anderen zu ertragen ist? Ich habe mit meiner Mutter nie über diese Dinge sprechen können. Meine Mutter hat mich überhaupt nie verstanden. Bitte, sagen Sie mir die Wahrheit! Kann man das, mit einem anderen leben, wenn …?«

»Es wird schwer sein. Und doch, glaube ich, daß es zu ertragen ist, wenn man den einzig guten und treuen Freund neben sich hat: die Erinnerung. In trüben Tagen und in mutlosen, dunklen Stunden ist die Erinnerung an Gewesenes das einzige, an das sich die Seele klammern kann. Seltsam, daß gerade ich als seine Mutter so zu dir spreche. Aber ich muß es tun, weil ich dich vor jedem Leid und jeder Enttäuschung bewahren möchte.«

»Ach, es tut ja so gut, mit einem Menschen von ihm sprechen zu können. Mit Anna kann ich es nicht so gut, weil –«

»Ich weiß, weil sie ihn auch immer noch sehr lieb hat.«

»Ich gebe die Hoffnung immer noch nicht auf. Wollen Sie mir nicht die letzte Karte zeigen, die er geschrieben hat?«

»Aber gern, Kind.« Frau Eck öffnet eine silberne Kassette. »Weißt du«, sagt sie, »alles, was von ihm kommt, ist mir so heilig und wertvoll, daß ich es ängstlich verschließe, um ja nichts davon zu verlieren.«
Die Karte stammt aus Chicago, und Maria denkt, wie Anna einmal gedacht hat, den großen Geiger kennt jedes kleine Kind und somit auch jeder Beamte auf der Post.
Und am Abend setzt sie sich hin und schreibt einen Brief.

»Lieber Florian! Ich bin in großer Not und bitte Dich um Rat und Hilfe. Unser Haus ist abgebrannt, wir haben nichts mehr, und Mutter ist bereits bei Heinrich Velden in München. Die Möbel sind gekauft, und sie warten nur mehr auf mich. Und ich kann nicht, Florian. Ich liebe Dich doch. Ich entschließe mich nur zu diesem Schritt, wenn ich weiß, daß ich dir nichts mehr bedeute. Aber das kann doch gar nicht sein. Ich glaube ja so felsenfest an Dich. Und doch, wenn du mir schreibst, daß Du frei sein willst um Deiner Kunst willen, will ich das Opfer bringen. Nur an keine andere will ich Dich verlieren. Ich darf diesen Gedanken gar nicht zu Ende denken. Ich weiß nicht, ob Du diesen Brief bekommst. Es ist dies meine letzte Hoffnung. Wenn er Dich aber erreicht, dann bitte, schreibe mir sofort. Mag die Antwort ausfallen, wie sie will. Wenn Du mich noch liebst, ich warte auf Dich und sollte es Jahre dauern. Mehr und anderes kann ich Dir heute nicht schreiben. Es grüßt Dich innigst, vieltausendmal
                          Deine Maria.«

Maria adressiert den Brief an das Konzerthaus in Chicago und wartet – wartet, Tag um Tag, auf Antwort.

Der Frühling bricht mit Macht ins Land. Antwort kommt keine. Die Veilchen verblühen. Dafür kommen die Rosen – weiße und blutrote Rosen im stillen Garten der Witwe Eck. Maria wohnt längst nicht mehr bei Anna, sondern in einem eigens gemieteten möblierten Zimmer.
Von Florian kommt keine Antwort. Der Brief kommt zurück. Adressat abgereist, jetziger Aufenthalt unbekannt.
Und Velden drängt zur Heirat.
Eines Tages ist er da. Maria ist in den Wochen des bangen Harrens auf eine Antwort oder Nachricht von Florian so mürbe und willenlos geworden, daß sie nicht einmal mehr den Mut findet, Velden abzuweisen, oder sich wenigstens noch mal eine Frist auszubedingen. Ganz schüchtern meint sie zwar: »Wollen wir nicht noch warten bis zum Sommer?«
»Du willst mich immer vertrösten«, meint er verdrossen. »Nun ist der Frühling da und jetzt willst du wieder den Sommer bestimmten zur Heirat! Warum willst du denn immer noch warten? Ich dächte, du wärst froh, wenn dieses unnütze Leben hier einmal ein Ende nähme. Ist es denn nicht gleich, ob wir jetzt heiraten oder im Sommer?«
Maria neigt still den Kopf und denkt: »Eigentlich ist es gleich, wann das Martyrium beginnt. Florian läßt doch nichts mehr von sich hören.«
Und am nächsten Tag fährt sie mit ihm nach München.

Maria steht noch lange am Fenster des Zuges, und ihr Blick und ihre Gedanken gehen hinauf zum Niederwalddenkmal, gehen zurück zu jenem Spätsommertag, zur stillen Stunde, als das Licht verdämmerte.
Drei Wochen später schreibt Maria an Florian einen letzten Brief.

»Lieber Florian! Ich sitze im weißen Brautkleid hier. In einer Stunde ist alles vorüber. Sei mir nicht böse. Ich kann nicht anders. Ich habe allen Willen verloren und mich mit allem abgefunden. Warum hat es das Schicksal gewollt, daß Dich mein letzter Brief nicht erreicht hat? Mach Dir keinen Kummer um mich, ich werde das Leben ertragen. Ich weiß auch, wie es zu ertragen ist: Ich habe einmal Deine Liebe gehabt und war unsagbar glücklich. Und die Erinnerung an dieses Glück hilft mir mein Leben zu ertragen. Was liegt an all dem, was ich geben muß! Meine Seele gehört Dir – immer – bis ich einmal nicht mehr bin.

Deine Maria.«

Sie schickt den Brief mit ein paar erläuternden Worten an Frau Eck, mit der Bitte, ihn Florian, wenn er wieder heimkehrt, zu übergeben. Dann betrachtet sie lange das Foto von Florian und spricht mit ihm.
»Nun muß ich dich verstecken. Es darf ja niemand wissen, daß ich dich immer noch liebe. Nur in ganz schweren Tagen, wenn ich glaube, das Leben nicht mehr ertragen zu können, dann will ich dich hervorholen und will in deine Augen sehen, du lieber ... du treuloser – du ...«
Zwei Tränen fallen auf das Bild.

Es klopft. Erschrocken verbirgt Maria das Bild in ihrem Kleidausschnitt. Velden ist es, der sie abholt zur Kirche.

Bleich und still kniet sie neben ihm vor dem Altar. Eine zufällige Bewegung mit ihrer Hand läßt das Bild unter ihrem Kleid leise knistern.

Ja, mit seinem Bild dicht am Herzen spricht sie leise, wie ein Hauch, kaum hörbar, ihr »Ja«, das sie zeitlebens an einen anderen bindet. Und sie hält ihre Hand hin und läßt sich den goldenen Reif an den Finger stecken, zu dem anderen Ring mit dem blutroten Rubin.

Als sie daheim ankommen, hilft ihr die Mutter beim Umkleiden. Und da fällt Florians Foto zu Boden. Die beiden Frauen sehen sich an, still und ohne ein Wort zu sprechen. Frau Werner wendet den Blick fort von den unsagbar traurigen Augen ihrer Tochter.

Maria nimmt das Bild und legt es in ein Fach, unter ihre Wäsche. Dann geht sie hinaus auf den Gang, wo Velden auf sie wartet. Und sie treten die Hochzeitsreise an in den Thüringer Wald.

Auch über dem großen Teich, in Südamerika, ist es jetzt Frühling.

Florian und Karsten schlendern auf einem Fußweg, der zu einer Hazienda führt. Von dort aus gelangt man auf der breiten Straße in die vier Stunden entfernte Stadt.

Sie haben einen Ausflug gemacht und den Wagen in der Hazienda eingestellt, mit dessen Besitzer sie von Chile her bekannt sind.

»Bei uns ist der Frühling doch schöner«, sagt Florian versonnen. »Aber man erkennt das erst so richtig, wenn man lange von zu Hause weg gewesen ist. Was gäbe ich nicht alles darum, wenn ich jetzt den deutschen Frühling miterleben dürfte. Aber du, Leon, hast du denn kein Heimweh?«
»Doch, doch, Florian. Bei mir ist es nur nicht so schlimm. Mich erwartet ja auch nichts und niemand in der Heimat. Aber auf dich wartet deine Mutter.«
»Und Maria«, fällt ihm Florian lebhaft ins Wort. »Die wird sich freuen, wenn ich wiederkomme. Aber ich werde sie erst ein wenig ärgern, weil sie nicht geschrieben hat. Ich bin zwar auch kein großer Held im Briefschreiben, aber öfter habe ich doch geschrieben als sie.«
»Vielleicht ist etwas dazwischengekommen. Frauen sind unberechenbar.«
»Du meinst, daß ein anderer ...?« Florian lacht laut auf. »Gänzlich ausgeschlossen. Jeder anderen würde ich das zutrauen, aber Maria nicht. Wirst sehen, wenn ich heimkomme, finde ich mein Mädel wieder: kraus und braun, nur ein wenig schmaler wird sie geworden sein vor Sehnsucht nach mir.«
»Sei nur nicht gar so eingenommen von dir«, scherzt Leon.
»Na, du weißt ja, wie es gemeint ist. Aber du, ich stelle mir das so vor: Wenn wir nach Deutschland kommen, schreib' ich ihr nicht. Ich will sie überraschen. Die wird Augen machen, wenn ich auf einmal vor ihr stehe!«
»Es wird höchste Zeit, daß wir hinüberkommen. Du schnappst mir sonst noch über.«
»Wie lange haben wir eigentlich noch zu tun hier?«

»In zwei Monaten kommen wir nach New York. Dort haben wir drei Abende, dann geht es in die Heimat, das heißt, nicht gleich an den Rhein, sondern vorerst mal nach Dresden, dann nach Berlin, Leipzig und München.«
Schweigend gehen sie eine Weile ihres Weges weiter, der jetzt neben einer Pferdekoppel vorüberführt. Die Pferde hetzen mit wilden Sätzen davon, als die beiden Männer am Zaun vorübergehen. Nur eine junge, hellbraune Stute bleibt stehen und dreht neugierig den Kopf. Florian lehnt sich mit beiden Armen auf den Zaun, während Karsten weitergeht und um die Ecke in das Innere der Hazienda verschwindet.
Langsam kommt das Tier an den Zaun und hebt die warmen Nüstern an die Hand des fremden Mannes.
»Bist ein gutes Tier«, sagt Florian und drückt sein Gesicht an den Hals der Stute. »Wie heißt du denn?« spricht er zärtlich weiter. »Maria? Ja, Maria will ich dich nennen, du sanftes, braunes Tier. Du bist so braun wie meine Geige und so gut wie mein Mädel daheim am Rhein.« Er gibt dem Pferd einen leichten Schlag auf den Hals und geht weiter. Aber die Stute trabt neben ihm her und wiehert laut, als er sich von ihr fortwendet und hinter dem Tor verschwindet.
Der Geiger hört das lustige Wiehern noch, als er Stunden später im strahlenden Licht der Scheinwerfer steht und in die begeisterte Menge hineinlächelt.
Die Zeitungen bringen am nächsten Tag, wie gewöhnlich, spaltenlange Artikel. Florian beachtet sie kaum, aber Karsten sammelt sie alle und liest sie ihm vor.
Im selben Augenblick bringt der Ober die Post. Karsten nimmt die Briefe in Empfang und schüttelt dann

den Kopf. Und Florian wendet sich ab und nagt an der Unterlippe. Wieder nichts! Es ist aber auch zu dumm, daß er immer wieder hofft. Maria weiß ja auch seine Adresse gar nicht mehr.
Karsten sieht die Post durch, die meistens Verträge enthält. Aber da ist heute noch ein Brief dabei, an ihn persönlich gerichtet. Ein Brief aus Deutschland mit einer ungelenken Schrift. Und auf der Rückseite steht: »Karoline Eck«.
»Nanu«, denkt Leon. »Was hat mir denn Frau Eck so Wichtiges mitzuteilen?« Er will es Florian sagen, aber in diesem Augenblick verläßt dieser das Zimmer und geht in den Hotelpark.
Karsten hat den Brief gelesen und sitzt dann ganz still. Seine Hände zittern ein wenig. Da teilt ihm nun Frau Eck mit, daß Maria Werner geheiratet hat. Er möge es Florian schonend beibringen, weil sie wisse, daß er sehr an ihr hängt.
Karsten schüttelt sich in leisem Unbehagen. Das kann schlimm werden. Florian hat keinen anderen Gedanken als diese Maria, und nun ...
Seufzend steht er auf und sucht ihn im Park. Abseits vom Weg unter einer Palme liegt er; die Arme als Kissen unter dem Haupt, den linken Fuß ausgestreckt, den rechten in einem Knie gegen den Himmel gereckt, so liegt er da, ganz still, mit geschlossenen Augen.
Karsten vertieft sich in das schlafende Gesicht zu seinen Füßen. Ein weiches, verträumtes Lächeln liegt um den Mund. Karsten weiß: Florian denkt wieder an Maria. Und da soll er nun hingehen, soll ihn wachrütteln aus diesem Traum und soll ihm schonend beibringen, daß Maria nun doch einen anderen genommen hat, diesen Heinrich Velden, den sie vorgab,

nicht zu lieben. Karsten weiß, es gibt keine Worte, die so schonend und barmherzig wären, daß es Florian nicht bis ins Innerste treffen würde.
Still wendet sich Karsten ab und verbrennt den Brief, denn es kommt manchmal vor, daß Florian in der Post blättert. Er soll es erst erfahren, wenn es nicht mehr anders geht.

XIII

Etwas ausserhalb Münchens, Richtung Harlaching, hat Heinrich Velden eine reizende Villa gemietet. Ein schön gepflegter Garten umschliesst das Haus, und auf der Rückseite, kaum einige hundert Schritte entfernt, beginnt der Wald. Schön ist es hier um die Sommerszeit. Man wird vom Ruf der Vögel wach und lässt sich von ihnen in den Schlaf singen.
Maria ist tagsüber mit ihrer Mutter und einem Dienstmädchen allein. Velden hat seine Praxis in der Innenstadt, kommt nur mittags auf ein paar Stunden und am Abend manchmal recht spät nach Hause.
Maria hat sich an das Leben hier gewöhnt. Nie hört jemand eine Klage von ihr. Sie ist gut und freundlich zu Velden, so dass es fast den Anschein hat, als wäre sie glücklich in ihrer Ehe. Niemand weiss und ahnt, dass sie immer noch die Liebe zu Florian Eck im Herzen trägt. Ein stiller Schmerz, den sie immer gleich spürt.
Einmal jedoch bäumt es sich wild auf in ihr. Das ist eines Mittags, während des Essens, als es aus dem Radio kommt: »Der Geiger Florian Eck kehrte aus den Vereinigten Staaten nach Deutschland zurück. Der Künstler ist bereits nach Dresden weitergereist, wo er morgen die Uraufführung seiner beiden Werke ›Märchen vom Niederwald‹ und ›Marienzauber‹ dirigieren wird. Das Konzert wird morgen um 17 Uhr von den

Sendern Leipzig, Frankfurt und München übertragen.«

Maria ist leichenblaß und starrt auf den Teller.

»Schau, schau«, sagt Velden. »Dieser Florian Eck. Das hätte ich ihm gar nicht zugetraut.«

»Warum nicht?« fragt Maria. »Ich habe nie gezweifelt an seinem Können.«

»Ja, ich habe ihn eigentlich nie spielen hören«, gibt Velden zu. »Aber warum bist du denn so aufgeregt?«

»Es sind halt im Moment ihre Nerven«, sagt Frau Werner leise und vorsichtig.

»Natürlich, Ria. Du hast dich in letzter Zeit etwas überarbeitet«, sagt Velden, eifrig weiteressend. Und dann zu Frau Werner: »Rede du ihr doch einmal zu, daß sie ein paar Wochen ins Gebirge geht. Auf mich hört sie ja nicht. Du kannst doch ruhig vorausreisen, Ria, nach Bernbichl. Die Bauersleute sind gute Bekannte von mir, und du bist dort gut aufgehoben. Sobald ich abkommen kann, folge ich nach.«

»Nächste Woche werde ich reisen«, sagt Maria und blickt zum Fenster hinaus.

Nach einer Weile sagt Velden: »Vergiß nicht, morgen um 17 Uhr den Apparat einzustellen.«

»Das werde ich nicht vergessen«, antwortet Maria mit einem sonderbaren Auflachen.

Und am nächsten Nachmittag sitzt sie mit einer Handarbeit im Wohnzimmer und wartet, bis die Uhr die fünfte Stunde zeigt. Dann hält sie den Atem an.

»Das Märchen vom Niederwald« ist das selige, glückestrunkene Erleben im traumumfangenen Wald an einem späten Sommertag. Niemand kann das besser nachempfinden als sie. Da singen Vögel im dunklen Geäst, Wind rauscht über dem Wald, die Weiden am Rand des Weihers flüstern geheimnisvoll – eine Forelle schnellt hoch – silbern zuckt ihr Leib in der Sonne – fällt wieder zurück – das Wasser gluckst. Alles ist frohes, glückliches Leben, seliges Erwarten. Alle Instrumente singen und jubeln es. Dann schweigen sie plötzlich – nur eine Geige singt und weint – seine Geige.

Längst sind die zwei Werke gespielt, und Maria sitzt noch immer in sich versunken und hat die Hände im Schoß verschlungen. Und Träne auf Träne tropft auf ihre Hände.

Am Abend sagt Velden zu ihr: »Du siehst wirklich erbärmlich aus, Ria. Fehlt dir denn etwas?«

Nein, es fehle ihr nichts. Und die Mutter sagt geschickt, das sei ihrem Umstand zuzuschreiben.

Maria blickt ihre Mutter mit einem traurigen Blick an und denkt sich: »Was wißt ihr, was mir fehlt. Niemand wird das erraten.« Und sie nimmt sich vor, gleich in der nächsten Woche schon zu verreisen. Sie will ganz allein sein mit ihrem Leid. In die Einsamkeit der Berge will sie gehen, wo keine Menschen sind und wo niemand sie fragt, was ihr fehlt.

Dr. Heinrich Velden steht in seinem Büro einer schönen, dunklen Frau gegenüber und reicht ihr zum Abschied die Hand.

»Also, wie gesagt, gnädige Frau, ich hoffe, bis morgen abend von der Gegenpartei Bescheid zu erhalten und rufe sie dann am andern Morgen an. Im übrigen glaube ich jetzt schon mit aller Bestimmtheit, daß der Prozeß zu Ihren Gunsten ausgeht.«

Laura von Hagendorf streift ihre Handschuhe über

und wendet sich zum Gehen. Da fällt ihr plötzlich noch ein: »Sie können sich vorstellen, daß ich auf den Bescheid meiner Gegenpartei sehr neugierig bin, und ich möchte ihn am liebsten gleich morgen abend wissen. Ich werde also morgen abend vorsprechen. Oder kann ich Sie eventuell im Herkulessaal treffen? Das Konzert des berühmten Geigers werden Sie sich doch nicht entgehen lassen?«

»Welches Konzert? Wirklich, ich bin gar nicht mehr auf dem laufenden. Die letzte Zeit hatte ich viel Arbeit und bin kaum mehr in Gesellschaft gekommen.«

»Na aber, Herr Doktor! Haben Sie wirklich nicht gewußt, daß Florian Eck morgen abend spielt?«

»Nein, wirklich nicht! Ich danke Ihnen, gnädige Frau. Natürlich werde ich hingehen. Florian Eck ist ein guter Bekannter von mir. Wo kann man denn Karten bekommen? Oder wissen Sie vielmehr, wo er wohnt?«

»Im Astoria, glaube ich. Aber wenn Sie Karten brauchen, ich kann Ihnen welche besorgen.«

»Ich wäre Ihnen sehr verbunden, wenn Sie mir zwei besorgen wollten.«

»Sehr gerne, Herr Doktor. Und nun auf Wiedersehen!«

Laura von Hagendorf geht die Treppen hinunter und steigt in ihr Auto. Es ist noch immer der blaugraue Wagen von damals. Und als sie über den Sendlinger-Tor-Platz fährt, denkt sie: »Jetzt müßte es wieder sein wie damals in Frankfurt, daß Florian unvermittelt vor mir steht.«

Aber es würde doch nicht so sein wie damals. Es hat sich vieles geändert seitdem. Auch sie selbst. Stiller ist sie geworden und einsamer. Die meiste Zeit lebt sie auf ihrem Gut im Isartal. Nur in der letzten Zeit kommt sie öfter nach München, wegen eines Prozesses, den sie gegen einen ungetreuen Verwalter angestrengt hat. Von ihrem Nachbarn war sie auf Dr. Velden aufmerksam gemacht worden und sie hat ihn zu ihrem Anwalt bestimmt. Einmal war sie auch schon nach Harlaching hinausgekommen und hatte seine Frau flüchtig kennengelernt.

Beide Frauen haben dabei nicht geahnt, daß in ihrem Herzen ein und derselbe Mann wohnt.

Laura von Hagendorf fährt plötzlich erschrocken aus ihren Gedanken auf. Sie hat den Weg nicht gewollt, und doch ist sie ganz nah am Hotel Astoria. Ein kurzes Überlegen, dann stoppt sie den Wagen.

Ist es wirklich so aufdringlich von ihr, wenn sie Florian einen kurzen Besuch macht? Sie sind ja nicht bös auseinandergegangen. Und wer weiß, ob er nicht manches Mal auch schon an sie gedacht hat.

Schon betritt sie das Hotel. Sie findet aber nur Leon Karsten im Gesellschaftszimmer sitzend vor.

Der alte Herr erkennt sie im ersten Augenblick gar nicht. Dann springt er aber mit einer für sein Alter ungewöhnlichen Schnelligkeit auf und geht mit ausgestreckten Händen auf Laura von Hagendorf zu.

»Nein, eine solche Überraschung. Sie kommen gerade zur rechten Zeit.«

»Wieso?« fragt Laura ein wenig erstaunt.

»Na, ich meine, weil wir im Augenblick nichts zu tun haben«, weicht Karsten aus und denkt bei sich: »Jetzt kann ich es Florian eher sagen, das mit Maria. Diese Laura ist gerade die rechte Frau, die ihm helfen kann, den Schmerz über Maria zu vergessen.«

Er nötigt sie, Platz zu nehmen und sagt: »Florian ist in seinem Zimmer und schreibt einen Brief. Aber er wird

vermutlich nicht lange beschäftigt sein. Vorderhand müssen Sie halt mit meiner Gesellschaft vorliebnehmen. Woher haben Sie denn gewußt, daß wir hier wohnen?«
»Ich habe es mir gedacht.«
Daß sie am Morgen schon das Hotel angerufen hat, verschweigt sie.
Der Ober nimmt gerade ihre Bestellung entgegen, da kommt Florian zur Tür herein. Erst stutzt er unwillkürlich. Dann lacht er in ehrlicher Freude und geht mit ausgestreckter Hand auf sie zu.
»Das freut mich, Laura!«
»Wirklich?«
»Aber natürlich. Wir sind doch gute Bekannte. Leon, sei so gut und trag den Brief hier zur Post. Ich habe nun doch geschrieben. Und wenn wir hier fertig sind, fahren wir heim.«
Karsten nimmt den Brief und verschwindet damit. Draußen wirft er einen Blick auf die Adresse und schüttelt den Kopf.
»Den Brief werde ich nicht aufgeben«, sagt er zu sich. »Er kommt ja doch nicht an. Armer Florian, wie wirst du es ertragen, wenn du heute oder morgen die Wahrheit erfährst?« Karsten hat dieses Geheimnis immer in sich herumgetragen wie eine Last. Wie eine Fügung des Himmels kommt es ihm vor, daß jetzt im letzten Augenblick Laura von Hagendorf auf der Bildfläche erscheint. Einmal war Florian sehr verliebt in sie, und vielleicht findet er wieder zurück zu ihr, wenn er weiß, daß die andere für ihn nicht mehr erreichbar ist.
Während der treue Karsten sich so seine Gedanken zurechtlegt, sitzen sich Florian und Laura von Hagen-

dorf gegenüber. Es ist ein wunderliches Gefühl, das zwischen ihnen herrscht. Jedes wägt seine Worte vorsichtig ab, und man möchte fast meinen, sie wären darauf bedacht, daß eins dem anderen nicht weh tut.
»Ich hätte eine Bitte, Florian.«
»Sprich sie aus, Laura. Wenn ich sie erfüllen kann, du weißt, daß ich es dann gern tue.«
»Darf ich dich nicht auf ein paar Wochen einladen zu mir auf mein Gut?«
»Natürlich. Aber Karsten mußt du auch einladen.«
Sie sieht ihm ins Gesicht.
»Selbstverständlich kommt Karsten mit.« Sie lacht gezwungen auf. »Ich meine fast, du hättest Angst vor mir allein.«
»Nein, Angst habe ich nicht. Aber ich trenne mich nicht gern von Leon. Und dann – vielleicht hast du ein wenig recht. Es wäre vielleicht gar nicht gut, wenn wir so ganz allein wären, denn – einmal haben wir uns doch geliebt, zuerst ich dich und dann du mich. Zusammen haben wir uns eigentlich nicht geliebt. Das war sehr merkwürdig damals.«
»So merkwürdig war das eigentlich nicht. Mir war das sehr verständlich, und ich war froh, daß ich dich erst liebte, als dein Rausch für mich schon wieder verflogen war. Aber warum sprechen wir davon? Das ist alles vorbei und – heute liebe ich dich nicht mehr.«
Das trifft ihn ein klein wenig. Warum lügt sie? Er hat sie längst durchschaut, daß sie ihn täuschen will. Fest blickt er ihr in die Augen. Nur Sekunden hält sie seinem Blick stand, dann sieht sie zur Seite. Und da weiß er, daß diese Frau ihn noch immer liebt.
Es herrscht darauf eine Weile bedrückendes Schweigen zwischen den beiden Menschen, und sie sind

wohl beide sehr froh, als Karsten wieder zurückkommt.
»Was sagst du, Leon?« beginnt Florian das Gespräch. »Laura will uns zu sich auf ihr Gut einladen.«
»Wunderbar«, antwortet Karsten und reibt sich befriedigt die Hände. Er sieht bereits eine glückliche Lösung der drückenden Angelegenheit.
Da wird Florian ans Telefon gerufen.
Florian nimmt den Hörer.
»Hier Florian Eck. Wie? Ich kann nicht recht verstehen. Wer ist dort?«
»Velden«, kommt es aus der Muschel zurück. »Doktor Heinrich Velden. Erinnern Sie sich denn nicht mehr?«
»Doch, doch! Natürlich erinnere ich mich!« Er ist einen Augenblick wie vor den Kopf geschlagen. »Und was wünschen Sie, Herr Velden?«
»Ich wollte nur fragen, ob Sie heute abend etwas vorhaben.«
»Nein, eigentlich nichts.«
»Darf ich Sie dann einladen für heute abend?«
»Aha«, denkt Florian. »Er will mich zur Rechenschaft ziehen!«
»Meine Frau wird sich sicher auch sehr freuen«, kommt es wieder aus der Muschel.
»Gut, ich komme. Bis wann ist es angenehm?«
»Ich komme so gegen halb acht Uhr heim. Aber Sie können zu jeder Zeit hinausfahren. Harlaching, Gartenweg 12.«
»Ist recht! Wiedersehen, Herr Velden!«
»Auf Wiedersehen, Herr Eck!«
Florian steht noch eine Weile sinnend vor dem Telefon.

»Hat er also doch eine andere geheiratet«, sagt er vor sich hin. »Das ist wirklich nett von Velden, daß er mir wegen Maria nichts nachträgt.«
Er geht zu den anderen zurück und sagt: »Denk dir, Leon, wer mich für heute abend eingeladen hat? Heinrich Velden!«
Karsten starrt ihn verblüfft an.
»Velden hat dich eingeladen? Du hast natürlich abgesagt!«
»Aber warum denn? Ich finde das riesig nett von ihm.« Florian wendet sich an Laura. »Diesem Herrn habe ich einmal ein Mädel ausgespannt. Er scheint mir deswegen gar nichts nachzutragen. Ich werde selbstverständlich hingehen. Besonders neugierig bin ich auf seine Frau.«
Karsten blickt verzweifelt von einem zum andern.
»Ich würde nicht hingehen, Flori. Grundsätzlich würde ich es nicht tun. Es muß dir doch gewissermaßen peinlich sein, wenn – –«
»Wenn er die Sprache auf Maria bringt, meinst du? Aber warum denn? Heute lacht er vielleicht darüber. Wer weiß, ob er mit Maria so glücklich geworden wäre, wie er es vielleicht jetzt ist. Aber jetzt habe ich die Adresse vergessen, Harlaching, glaub' ich, hat er gesagt.«
Laura mischt sich ins Gespräch. »Ist es vielleicht der Rechtsanwalt Dr. Velden, von dem du sprichst, Florian?«
»Ganz richtig! Kennst du ihn?«
»Er ist mein Anwalt und ich war heute schon bei ihm. Wenn es dir recht ist, dann bring' ich dich mit meinem Wagen hinaus. Ich weiß das Haus, weil ich schon einmal dort war.«

»Haben Sie auch seine Frau kennengelernt?« fragt Karsten.

»Ich habe sie nur flüchtig gesehen. Aber ich glaube, es ist eine schöne, junge Frau.«

»Nun ja, Geschmack hat Velden immer schon gehabt«, lacht Florian. »Also Laura, es bleibt dabei. Du fährst mich hinaus. Jetzt ist es sieben Uhr. Ich ziehe mich um, und dann können wir losgondeln.«

Als sie dann im Auto sitzen, meint Karsten bittend: »Florian, willst du nicht lieber doch hierbleiben?«

»Was hast du denn heute auf einmal, Alter?«

»Bleib hier«, drängt Karsten von neuem.

»Ich sehe gar nicht ein, warum. Fahr zu, Laura.«

Durch die belebten Straßen des Zentrums muß Laura langsam fahren, und sie muß sich auf den Verkehr konzentrieren. Erst als sie die offene, freie Straße vor sich haben, sagt Florian: »Es sind jetzt schon fast zwei Jahre her, daß wir so zusammen gefahren sind.«

»Das habe ich gerade auch gedacht. Damals fuhren wir nach Neckarsteinach. – Wir haben viel dummes Zeug geredet.«

»Zum Beispiel das von der Treue. Du hast damals behauptet, ich könne nicht treu sein. Und jetzt bin ich es schon eine lange Zeit. Weißt du, eben das Mädchen, das ich Velden ausgespannt habe ...«

»Du sagtest, du könntest nur einem Menschen treu sein, den du wirklich mit allen Fasern deines Seins liebst.«

»Wie du noch alles genau weißt, Laura.«

»Ich habe nichts, aber auch gar nichts vergessen. Und liebst du nun jenes Mädchen, so, wie du es dir erträumtest?«

»Ja, genau so. Die große Liebe ist also kein Märchen.«

Er blickt sie wieder an und denkt sich dabei: »Sie ist fast noch schöner geworden.«

»Hast du gar nie an mich gedacht?« fragt Laura dann.

»Doch, ich habe manchmal an dich gedacht. Hauptsächlich drüben, in Amerika. Aber ich wußte keine Adresse, sonst hätte ich dir schon mal geschrieben.«

»Trotz der großen Liebe zur andern?«

»Wir können doch gute Freunde sein, Laura?«

Sie lacht ihm laut ins Gesicht.

»Warum lachst du?«

»Weil ich mir nicht vorstellen kann, daß das, was einmal Liebe war, sich zur Freundschaft wandelt.«

»Du glaubst, daß Freundschaft nicht möglich wäre?«

»Nun, in unserem Falle vielleicht doch. Es war ja doch nur eine karge, bisher ungestillte Liebschaft.«

Sie streckt ihm die Hand hin: »Auf gute Freundschaft, Florian.«

Und da sind sie auch schon am Ziel. Der Wagen hält, und sie verabschieden sich.

»Morgen abend, nach dem Konzert, treffen wir uns«, sagt Florian noch, und Laura fährt wieder stadteinwärts.

Das Gartentürchen ist verschlossen, und Florian muß die Glocke ziehen. Dann kommt das Dienstmädchen und fragt, ohne vorerst zu öffnen, nach seinen Wünschen.

»Ist der Herr Doktor nicht zu Hause? Ich bin eingeladen für heute abend!«

»Herr Doktor Velden ist noch nicht hier. Er muß aber jeden Augenblick kommen. Bitte, treten Sie ein.«

Florian betritt gerade das Haus, als er hinter sich auf dem Gartenweg einen raschen Schritt hört. Es ist Velden.
Freundlich reicht er Florian die Hand.
»Vielmals Entschuldigung, mein Lieber. Gerade als ich die Bude schließen wollte, kam noch ein Klient in einer wichtigen Angelegenheit. Aber nun kommen Sie.« Er schiebt seinen Arm unter den des Gastes und öffnet dann die Tür zum Wohnzimmer.
Abendsonne fällt durch die Fenster und hüllt alle Gegenstände in rötliche Schleier.
An einem der Fenster steht eine Frauengestalt, die jetzt das Gesicht wendet und schreckhaft zusammenzuckt.
»Schau, Ria, wen ich dir mitgebracht habe!« sagt Velden.
Florian steht wie angenagelt. Es ist ihm in dem Augenblick zumute, als habe ihm jemand das Herz aus dem Leib gerissen. In der nächsten Sekunde hat er seine Fassung wieder. Maria hat ihn betrogen, ist die Frau des anderen geworden. Und dieser andere wollte ihn treffen, indem er ihn hierherführte. Nur um alles in der Welt nichts merken lassen, wie groß seine Enttäuschung ist. Er reicht Maria die Hand.
»Ich wußte nichts von eurer Heirat«, sagt er trocken, und er wundert sich, daß er es so ruhig sagen kann.
»Wir haben Ihre Adresse nicht gewußt«, antwortet Velden wie zur Entschuldigung.
Maria sagt kein Wort. Aber ihre dunklen Augen hängen an seinem Gesicht. Auch während des Essens spricht sie nicht. Ihr Blick ist starr auf das Tischtuch geheftet. Nicht ein einziges Mal sieht sie ihn an.
»Warum kommt denn Mutter nicht herein?«

»Ach, Frau Werner wohnt auch bei euch?« fragt Florian. »Dann hat sie also die Bäckerei verkauft?«
»Nein, es ist alles anders gekommen. Unser Haus ist abgebrannt und – wir waren nicht versichert.« Es ist das erste, was Maria sagt. Dabei blickt sie Florian flehend an.
Um dessen Mundwinkel fliegt ein spöttisches Zucken. »Da hat sich ja allerhand ereignet in der kurzen Zeit. Es ist doch noch gar nicht so lange her, daß wir so gemütlich beisammen waren.«
»Ich will doch mal nach Mutter sehen«, meint Velden.
In dem Augenblick, als er das Zimmer verläßt, fällt bei Florian die Maske. Er blickt Maria durchdringend an.
»Die Komödie, die du mit mir gespielt hast, ist dir ja vortrefflich gelungen. Ich Narr bin darauf hereingefallen, weil ich geglaubt habe, deine Augen können nicht lügen.«
»Florian!« Es ist ein Schrei aus tiefster Seele. Sie will dabei nach seiner Hand fassen. Er zieht den Arm zurück, als ekle ihn vor ihrer Berührung.
»Laß gefälligst dieses Theater!« herrscht er sie an.
»Sprich nicht so. Du brichst mir das Herz«, wimmert sie.
»Und daß du meines zertreten hast, das ist dir Nebensache. Du hast mir nicht nur das Herz, sondern mein Leben zertreten. Du hast mir den Glauben an jede Frau geraubt, Glauben und Vertrauen. Deinetwegen habe ich Anna das Herz gebrochen, habe Laura von Hagendorf von mir gestoßen, habe alle Frauen abgewimmelt, weil ich seit meiner Jugend keine andere Liebe kannte. Eines aber sage mir – du! Weiß er es?«

Maria schüttelt nur den Kopf. Ihre Kehle ist wie zugeschnürt.
»Gut für ihn. Denn ich hätte es ihm heimgezahlt, wenn er mich nur hierhergeführt hätte, um mich zu demütigen.« Man hört Schritte vor der Tür. Florian hat sich sofort in der Gewalt, und er springt schnell auf ein anderes Gespräch über. »In vierzehn Tagen bin ich bei Muttern daheim«, sagt er.
Velden berichtet, daß die Mutter über Kopfschmerzen klage und sich zurückgezogen habe. Florian sagt so etwas ähnliches wie: daß es sehr bedauerlich wäre. Nur Maria allein weiß, daß es das schlechte Gewissen ist, mit dem sie Florian Eck nicht unter die Augen treten kann.
»Wenn er heimkommt«, denkt sie, »dann wird ihm seine Mutter meinen Brief geben, und dann wird er milder über mich urteilen.«
Die Unterhaltung zieht sich nur schleppend hin. Da stellt Velden eine sehr taktlose Frage.
»Und wann gedenken Sie sich zu verheiraten, Herr Eck?«
Florian gibt es einen Riß.
Dann lacht er.
»Ich werde nie heiraten. Ein Künstler muß frei bleiben. Ich glaube an kein Glück. Für mich ist der Begriff des Glücks immer subjektiv. Zudem habe ich meinen Beruf, in dem ich restlose Befriedigung all meiner Wünsche finde.«
Maria sieht ihn mit einem wehen Blick an, der sagt: Warum lügst du, Florian?
Da spricht er weiter. Seine Worte sind genau abgewägt und wissen zu treffen.
»In den nächsten Tagen beginne ich eine neue Arbeit.

Der Stoff ist reif in mir. Das ›Märchen vom Niederwald‹ und ›Marienzauber‹ haben einen großen Erfolg gehabt.«

Florian zündet die angebotene Zigarre an, stößt den Rauch gegen die Decke und fährt zu sprechen fort: »Das Werk, das ich jetzt komponiere, wird das Gegenteil von den andern beiden sein und wird sich ›Schmerz‹ betiteln. Und ist bei den anderen Werken alles frohe Erwartung, seliges Drängen nach Glück und zum Schluß Erfüllung jahrelanger Sehnsucht, so wird es diesmal quälender Schmerz, brennendes Leid um verlorengegangenes Glück, Zorn und Haß auf alles, was Liebe heißt, sein. Es wird etwas sein, das sie Seelen aufrüttelt und dann in tiefer Dunkelheit und Nacht versinkt.«

Velden meint scherzhaft: »Sie scheinen eine schlechte Erfahrung in der Liebe gemacht zu haben?«

Florian klopft die Asche seiner Zigarre in den Becher, lehnt sich lässig zurück und sagt, ohne jemand anzusehen: »Ja, eine ganz gemeine Erfahrung. Ich glaube an keine Frau, denn keine einzige kann treu sein. Maria« – er beugt sich etwas vor – »du bist natürlich ausgenommen. Von dir weiß man es ja.« Er lächelt dazu. Dann schaut er auf seine Armbanduhr und sagt: »Leider ist meine Zeit sehr knapp bemessen. Ich habe noch zwei Besuche zugesagt für heute abend.«

Maria fühlt, daß er lügt. Aber für diese Lüge ist sie ihm dankbar, denn länger könnte sie seine Gegenwart nicht mehr ertragen.

»Wollen Sie uns wirklich schon verlassen?« fragt Velden. »Bleiben Sie doch noch ein wenig.«

»Bedaure ganz außerordentlich, Herr Velden. – Viel-

leicht ein andermal wieder. Übrigens, sehen wir uns morgen abend nicht im Konzert?«
»Doch, doch, natürlich. Ich habe schon Karten bestellt.«
Florian wischt eine Staubfaser vom Rockärmel, dann steht er auf und reicht Maria die Hand.
»Auf Wiedersehen, Ria. Eine schöne Empfehlung an deine Mutter.«
Velden begleitet den Gast hinaus.
Maria bleibt wie betäubt zurück und ringt um Fassung.
»Findest du nicht, Ria, daß Eck sich etwas verändert hat?« fragt Velden, als er ins Wohnzimmer zurückkommt.
Maria blickt ihren Gatten nicht an. »Wieso verändert?«
»Ich meine, er ist nicht mehr so lustig wie früher.«
»Er hat doch selbst gesagt, daß er eine böse Erfahrung hinter sich hat. Das Leid hat ihn verbittert gemacht. Menschen wie er können nichts vergessen.«
»Mir tut er eigentlich leid«, versetzt Velden nach einer Weile. »Draußen hat er mir noch gesagt, ich möchte ihn nicht mehr einladen zu uns, weil er das Gefühl hat, sich unter glücklichen Menschen nicht bewegen zu können. Ja, hat er gemeint, das Leben ist sehr seltsam. Immer hat er sich gewünscht, einmal reich und berühmt zu werden. Nun hat er alles erreicht und ist doch recht arm, denn er hat auf einmal keine Wünsche mehr und keinen Glauben an das Glück.«
Maria gibt keine Antwort. Aber ihre Hände zittern heftig, als sie das Geschirr zusammenräumt.

»Wenn ich übermorgen früh wegfahre, ist es dir doch recht?« fragt sie dann.

»Aber natürlich, Ria. Es ist sogar sehr notwendig, denn du siehst wirklich nicht gut aus.«

Währenddessen steht Florian draußen auf der Straße und blickt zu dem erleuchteten Fenster zurück. Kein Haß, kein Zorn, nichts – nichts ist in ihm als eine grenzenlose Gleichgültigkeit gegen alles Leben.

»Wissen möchte ich jetzt nur, was ich auf der Welt noch zu suchen habe? Sie hat mir ja nichts zu geben. Und ich will ihr auch nichts mehr geben.«

Er will den Ring vom Finger ziehen. Aber der Ring will nicht heruntergehen.

»Gut, dann bleib an meiner Hand«, murmelt er. »Sie trägt ihn ja auch.« O ja, er hat es sofort gesehen und sich seine Gedanken darüber gemacht. Warum nur trägt sie denn seinen Ring noch, wenn sie ihn doch aus ihrem Herzen gestoßen hat? Hat sie das wirklich getan? Hat sie überhaupt ausgesehen, als ob sie glücklich wäre? Glückliche Frauen haben immer einen seltsamen, frohen Schimmer in den Augen. Und aus Marias Augen hat wirklich nicht das Glück geleuchtet. Es waren so müde, entsagungsvolle Augen, daß man Erbarmen hätte haben können mit dieser Frau. Und er hat sie gequält, gemartert wie sonst noch keinen Menschen.

»Ich werde mit ihr allein sprechen«, nimmt er sich vor. »Ich werde es ihr auf den Kopf zusagen, daß sie nicht glücklich ist. Ich werde sie fragen, aus welchen Gründen sie mein Leben und das ihre zertreten hat. Wichtige Gründe müssen es gewesen sein, denn sie hat mich doch liebgehabt.«

Ja, allmählich ringt er sich zu diesen Gedanken durch,

und sie beschäftigen ihn auch noch in der Straßenbahn, bis er im Hotel ankommt.

»Sie hat mich geliebt«, sagt er noch, als er die Treppen hinaufgeht und bei Karsten eintritt.

Karsten sitzt in einem Korbsessel und liest. Ängstlich blickt er von seinem Buch auf, dem andern in das verzerrte Gesicht.

Florian entledigt sich seiner Schuhe und geht mit erregten Schritten im Zimmer auf und ab. Plötzlich bleibt er hart vor Karsten stehen.

»Du hast es gewußt?«

»Es kommt darauf an, was du meinst.«

»Gib mir ehrlich Antwort. Du hast es gewußt, daß Maria ...«

Leon klappt das Buch zu und sagt: »Deine Mutter hat es mir geschrieben und mich gebeten, ich sollte es dir schonend beibringen. Und ich habe es nicht gekonnt.«

»Vielleicht war es gut, daß du es mir verschwiegen hast«, sagt Florian. »Vielleicht wäre es aber auch besser gewesen, ich hätte es gewußt.« Sein Gesicht verdunkelt sich. Unbeherrscht schreit er hinaus: »Nun sag mir, was aus mir werden soll?«

»Florian, du hast doch die Musik.«

»Ja, ein seelenloses Künstlertum. Soll ich vielleicht hingehen zu ihr und sagen: Bitte schön, gibt mir meine Seele wieder, die ich dir gegeben habe oben am Niederwald?«

»Florian, du verdammst, ohne genaues zu wissen. Weißt du, wie schwer ihr dieser Schritt geworden ist und aus welchen Gründen sie ihn getan hat?«

»Das nachzuprüfen und verstehen zu lernen, muß ich eine ruhigere Stunde abwarten. Jedenfalls werde ich sie zur Rede stellen. Hör auf, unterbrich mich nicht. Ich weiß schon, was du sagen willst: Es hätte noch Anna für mich gegeben.«

»Das ist jetzt nicht die Stunde, um darüber zu urteilen. Später sprechen wir einmal darüber. Jetzt im Augenblick sieht alles viel härter und grausamer aus.«

»Bilde dir nichts ein«, fährt Florian auf. »Ich sehe alles klar und deutlich vor mir. Mein Leben ist verpfuscht. Weißt du, was ich will? So bald wie möglich in die Heimat.«

»Ich dachte, du wolltest die Einladung Laura von Hagendorfs annehmen?«

»Es hat keinen Zweck. Diese Frau liebt mich noch immer, und ich kann ihr nichts geben, denn mein Herz ist tot. Ja, mein lieber Leon, es ist bitter, so jung zu sein und schon so traurige Erfahrungen gemacht zu haben.«

In der Nacht peinigen ihn wilde Träume, und als er am Morgen erwacht, kommt ihm erst alles so richtig zum Bewußtsein. Jetzt sieht und spürt er alles ganz ungeheuer deutlich: seine große Sehnsucht, die sich nie erfüllt und die von jeher schon nichts anderes gewesen ist als eine Enttäuschung. »Es ist vielleicht die Strafe«, denkt er. »Ich habe ja auch nichts anderes getan, als Menschen enttäuscht. Anna, Laura und manche andere.«

Tagsüber ist er in einer Stimmung, wie Karsten sie an ihm nicht kennt. Erst gegen Abend wird er ruhiger. Als sich am Abend der Vorhang teilt, fällt sein erster Blick auf Maria, die zwischen Laura von Hagendorf und ihrem Mann in der ersten Reihe sitzt.

Der brausende Beifall des Publikums am Schluß des Konzerts veranlaßt Florian zu einer Zugabe. Er flü-

stert Karsten ein paar Worte zu, und der Pianist sagt zur Menschenmenge: »Als Zugabe hören Sie noch ›Das Märchen vom Niederwald‹.«
Das Stück ist noch nicht ganz zu Ende gespielt, da verläßt Maria kreidebleich den Konzertsaal.
Man bemüht sich sofort um sie und bringt sie hinaus in die frische Luft.
»Die Hitze im Saal ist wohl schuld«, meint Velden.
»Ich bringe sie in meinem Wagen heim«, sagt Laura von Hagendorf.
Aber da richtet sich Maria schon wieder auf.
»Es ist schon wieder vorüber.« Sie nimmt den Arm ihres Mannes und geht mit ihm über die Straße.
Da kommt Florian aus der Garderobe, blickt sich erst suchend um und entdeckt die drei auf der anderen Straßenseite. Er eilt ihnen nach und bringt mit Lauras Hilfe das Ehepaar Velden so weit, daß sie noch ins Astoria mitgehen zu einem kleinen Imbiß.
Sein eigentlicher Zweck aber läßt sich lange nicht erfüllen. Erst als Laura den Rechtsanwalt in ein kurzes Gespräch über ihren Prozeß verwickelt, gelingt es ihm, Maria zuzuraunen: »Ich muß dich unbedingt sprechen. Zeit und Ort überlasse ich dir.«
Sie blickt ihn aus ihren großen, dunklen Augen seltsam an.
»Es muß sein«, sagt er dringend.
»Morgen vormittag um neun«, sagt sie leise.
»Wo?«
»Draußen in dem kleinen Wald, hinter unserem Haus.«
»Ich komme.«
Niemand scheint es bemerkt zu haben. Oder doch? Denn Karsten sagt etwas später zu Florian. »Zertritt

ihr Leben nicht.« Und auch Laura von Hagendorf hat plötzlich ein verändertes Wesen.
Florian begleitet das Ehepaar zu einem Taxi, und als er zurückkommt, steht Laura vor dem Portal des Hauses und sagt: »Komm, Florian, wir wollen ein wenig zu mir hinausfahren. In einer Stunde sind wir dort.«
Florian zögert noch ein wenig, aber sie schiebt kurzerhand ihren Arm unter den seinen und geht mit ihm zum Auto.
»Es wird dir guttun, nicht allein sein zu müssen«, sagt Laura, als sie wegfahren.
»Warum?« fragt er.
»Es ist etwas gewesen zwischen dir und Frau Doktor Velden.«
»Was sollte da gewesen sein?«
Er ist ein mittelmäßiger Lügner. Laura lächelt.
»Kameraden sollten einander alles anvertrauen«, sagt sie.
Florian gibt keine Antwort.
»Ach Gott«, antwortet er gleichgültig. »Sie ist ein eigener Typ, das gebe ich zu. Ich war darauf hereingefallen, weiter nichts. Es ist blamabel, eine Frau zu lieben, nur weil sie schön ist und weiter nichts.«
»Wie hübsch er lügt«, denkt Laura. Laut sagt sie: »Es ist aber auch blamabel, wenn du mich für so naiv hältst, daß ich dir das glauben soll. Ich habe diese Frau während des Konzerts beobachtet. Sie hat kein Auge von dir gelassen, und man verläßt nicht vorzeitig ein Konzert um einer geringfügigen Sache willen. Lüg weiter, wenn du noch kannst.«
»Lüge! Ja, das ist das richtige Wort. Alles ist Lüge gewesen.«

»Und warum willst du sie dann noch treffen, morgen?«
»Hast du das gehört?«
»Ich habe gefragt, warum du sie noch treffen willst!«
»Entschuldige, daß ich dich vorhin belogen habe. Du weißt, ich habe dir doch schon gestern erzählt von der großen Liebe. Frau Velden ist meine große Liebe, wird es immer bleiben.«
»Glaubst du? Ich denke, daß Liebe oftmals nichts anderes ist als ein Balancieren auf einer schmalen Brücke zwischen Einbildung und Wirklichkeit.«
»Wunderbar, wie du das sagst«, antwortet er grimmig und lacht rauh vor sich hin.
Die Stadt mit ihrem Lichtermeer liegt schon weit hinter ihnen, und Laura bringt den Wagen auf hohe Geschwindigkeit. Aber Florian geht es viel zu langsam.
»Laß mich fahren«, sagt er.
Sie wechseln die Plätze, und Florian holt die höchste Geschwindigkeit heraus. Laura betrachtet ihn mitleidig von der Seite. Sein Gesicht ist hart und streng verschlossen. Sein Haar flattert im Wind. Einmal hätte es den Wagen fast aus einer engen Kurve getragen.
Florian lacht bitter: »Diesmal wäre es beinahe brenzlig geworden. Um mich wäre es ja nicht sehr schade. Die Zeitungen würden morgen schreiben: Bedauerlicher Unglücksfall. Der Geiger – und so weiter. Und dann würden sie mich in ein enges Häuschen legen und zwei Meter unter die Erde betten. Drei Schaufeln voll Erde, von liebenden Händen auf mich geworfen, und ein Kreuzlein am Fuße des Hügels, darauf die Inschrift: ›Er ruht in Frieden!‹«
»Florian«, sagt Laura ein wenig traurig, »weißt du denn, was du sprichst?«

»O ja. Es war noch nie so klar in mir wie jetzt in dieser Stunde. Es gäbe für mich nichts Besseres, als schnell und unerwartet hinüberzugehen in jene Welt, die ohne Schmerz und Qual ist. Bei dir ist es freilich anders. Du hängst zu sehr am Leben. Du hast noch schöne Tage vor dir, in denen du vielleicht einem großen Glück entgegenreifst. Und ich bin noch so jung, und doch ist alles schon zu Ende. Eine Tür ist vor mir zugeschlagen und ein fester Riegel vorgeschoben. Es gibt kein Hinüber mehr in jenes Land der Liebe.«
Laura gibt keine Antwort auf diese Worte. Sie berührt nur seinen Arm und sagt: »Dort vorne bei der Wegkreuzung geht es rechts den Berg hinauf.«
Man sieht den Gutshof bereits. Vom Mondlicht beglänzt, schimmern die weißen Mauern herunter. Wenige Minuten später hält der Wagen vor dem breiten Portal des Herrenhauses.
Alle Fenster sind dunkel und ringsum ist es still. Nur der Brunnen inmitten des Hofes plätschert, und manchmal kommt aus den Ställen ein Laut; das Klirren einer Kette, ein leises, unterdrücktes Wiehern, denn die Scheinwerfer leuchten grell durch die geöffneten Fenster in den Pferdestall hinein.
»Wollen wir hier draußen bleiben oder ins Haus gehen?« fragt Laura.
»Hierbleiben«, sagt er gleichgültig.
»Dann warte einen Moment.«
Laura verschwindet im Haus. Florian hört sie drinnen eine Tür öffnen und mit jemand sprechen. Dann kommt sie wieder heraus, ohne Mantel, nur einen leichten Schal um die Schultern.
»Komm«, sagt sie, »wir gehen in den Garten.« Sie geht ihm voran und öffnet eine hohe Gittertür. Ein

Kieselweg, von hellen Birken umsäumt. Dahinter Blumen, viele Blumen. Schwer und sinnbetäubend hängt ihr Geruch in der Luft. Dann ein paar Trauerweiden. Laura biegt die Äste zur Seite und läßt Florian vorangehen.
So tritt er auf einen kreisförmigen Platz, der von einer meterhohen Betonmauer umschlossen ist. Zwei Rosensträucher ragen über die Mauer, und in der Mitte des Platzes stehen ein Tisch, eine Bank und zwei Stühle aus weißem Birkenholz.
Florian tritt an die Brüstung und blickt in das Land hinaus, das sich in wunderbarer Schönheit, vom Mondlicht beglänzt, unter ihm hinbreitet. Aus der Tiefe hört man das Rauschen der Isar und dann fern ein paar helle Glockenschläge. Die kommen vom Klosterturm in Hohenschäftlarn.
»So schön wohnst du da heroben, und so frei«, sagt Florian leise, ohne sich umzuwenden.
»Hier wirst auch du wieder frei werden, Florian, von allem, was dich jetzt deprimiert und bedrückt. Wenn du es auch die ersten Tage nicht gleich spürst, aber es wird kommen. Du kannst ja bleiben, solang es dir gefällt.«
Jetzt wendet Florian sich ihr zu. Dicht vor ihm sind ihre unergründlichen, schönen Augen. Ihr Mund ist leicht geöffnet, und die Nasenflügel zittern ein wenig unter den schweren Atemzügen. Noch nie ist sie ihm so schön erschienen wie jetzt, wo das Mondlicht wie ein silberner Mantel ihre Gestalt umschmiegt. Und doch ist nichts in ihm, kein Wünschen und kein Begehren. Er blickt ihr tief in die Augen und schüttelt langsam den Kopf.
»Ich werde überhaupt nicht zu dir kommen, Laura.«

Er sieht das feine Zittern, das durch sie hingeht, und er weiß, daß er mit seinen Worten eine Welt voll Hoffnung in ihr zerbrochen hat. Seine Hände legen sich auf ihre Schultern, gleiten langsam an ihren Armen herab und drücken ihre Hände.
»Es ist nur zu deinem Besten, wenn ich nicht komme, Laura.«
Sie senkt den Kopf und lehnt ihn an seine Brust.
Wie lange war es schon, daß er keine Frau mehr in den Armen gehalten hat, doch er ist keiner Gefühle fähig.
Da knirscht ein Schritt auf dem Weg. Eine ältere Frau, offenbar die Haushälterin, kommt, stellt eine Flasche und zwei Gläser auf den Tisch, fragt mit schläfriger Stimme, ob noch etwas zu tun sei, und entfernt sich wieder, nachdem die Dame des Hauses verneint.
Laura von Hagendorf schenkt den Wein in die Gläser, setzt sich in den einen Stuhl und Florian dicht zu ihr in den andern.
Sie hebt das Glas, stößt mit ihm an. Ein heller Klang in der lauen Sommernacht.
Nach langem Schweigen beugt sich Florian vor und faßt nach den weißen, kalten Händen der Frau.
»Laura, du hättest dir diese Stunde ersparen sollen.«
»Ich wollte diese Stunde.«
»Trotzdem hättest du wissen müssen, daß sie dir nur Enttäuschung bringt!«
»Ich habe mir nichts versprochen davon.«
»Doch, Laura. Wenn du es auch nicht zugeben willst, ich weiß es dennoch. Du glaubst, weil die eine mich enttäuscht hat, müßte ich bei dir Vergessen suchen. Ich will dir etwas sagen: Dazu bist du mir zu gut. Was hättest du von deiner Liebe, wenn ich sie nicht so er-

widern kann, wie du es verdienst? Ich habe dich schätzen gelernt, Laura. Schätzen und achten. Ich liebe dich vielleicht auch, aber nicht so, wie der Mann die Frau lieben soll, sondern wie ein Sohn seine Mutter. Das ist nun so, liebe Laura. Florian Eck, so wie du ihn kanntest, ist tot. Was da noch lebt und neben dir sitzt, ist nur noch der große Geiger gleichen Namens. Zwischen mir und der Welt ist eine Milchglasscheibe, durch die ich nicht durchsehe. Ich habe noch Sinne und Sinnlichkeit, aber wer weiß, ob ich sie jemals wieder ausleben kann?«
»Weißt du denn, ob die Frau, um deretwillen du das Leben jetzt verfluchst, es wert ist?«
»Die Gewißheit will ich mir heute morgen um neun Uhr holen. Ob sie nun durch unglückliche Umstände oder aus freiem Willen diese Ehe eingegangen ist, spielt im wesentlichen keine große Rolle. Mein Herz ist wie tot und hat am Leben keinen Anteil mehr. Du wirst es auch verstehen können, Laura, daß ich zu einer Liebe unfähig geworden bin. Ich könnte dir nur mehr einen Teil geben. Und Halbheiten würden eine Frau wie dich nur unglücklich machen. Drum laß uns über dieses Thema nicht mehr sprechen. Ich will dir lieber erzählen, was ich erlebte, in der Zeit, seit ich dich nicht mehr gesehen habe.«
Und Florian Eck erzählt.
Die Nacht verrinnt. Morgennebel steigen von der Isar herauf zur Höhe. Von allen Richtungen hört man die Glocken den Tag anläuten. Im Gutshof wird es lebendig. Man hört die Dienstmädchen mit den Melkeimern hantieren, und die Feldarbeiter machen sich auf zur Mahd. Dann zerteilen sich die Nebel, und alles Land liegt frei im Morgenglanz der Sonne, und

in der Ferne sieht man die Berge scharf und kantig in den Himmel ragen.

»Nun wird es Zeit«, sagt Florian und steht auf.

»Wir wollen erst noch Kaffee trinken, dann bring' ich dich im Wagen nach München«, antwortet Laura. Sie geht an den Rosenstrauch, bricht eine Blüte ab und sagt: »Nimm sie, als einziges Andenken an mich.« Dann gehen sie zusammen ins Haus.

Florian Eck wandert schon eine Weile unruhig auf und ab. Zehn Schritte hin zu einer Kiefer, und wieder zehn Schritte zurück zu dem Tannendickicht, das wohl ein wenig Schutz gewährt vor neugierigen Blicken.

Neun Uhr schlägt es. Der Wartende wird immer unruhiger. Ihm bangt ein wenig vor den nächsten Minuten, aber er nimmt sich vor, kein böses Wort mehr zu ihr zu sagen. Unentwegt starrt er von jetzt an zu ihrem Haus hinüber. Auf einmal läßt ihn ein Geräusch herumfahren.

Maria steht vor ihm, blaß, mit tiefliegenden Augen, und mit demselben Kleid, das sie damals am Niederwalddenkmal getragen hat.

»Ria«, sagt er beinahe streng, und er wundert sich ein wenig dabei, daß ihn das Leben dahin bringen hatte können, Maria jemals Ria zu nennen. »Warum trägst du dieses Kleid heute?«

Stumm sieht sie ihm in die Augen. »Ich liebe nur dich«, sagen ihre Augen, und sein Blick gibt dieselben Worte zurück.

»Ria, warum –«

Ihre Hand krallt sich in seinen Arm.

»Du sollst nicht Ria zu mir sagen. Ich kann es nicht

hören von dir. Wenn du es sagst, klingt es wie Verachtung. Und du sollst mich nicht verachten.«
»Warum hast du mir das angetan, Maria?«
»Ich habe dir nichts angetan. Nur mir selbst habe ich geschadet. Höre, Florian, wie alles gekommen ist.«
Und sie erzählt ihm alles, angefangen von den Briefen, die ihr die Mutter unterschlagen hat, bis zu der Stunde, wo sie ihn wiedergesehen hat. Sie schließt ihren Bericht mit den Worten: »Siehst du nun ein, wie unrecht du mir getan hast?«
»Wenn das so war, ja, dann habe ich dir unrecht getan. Du liebst mich also immer noch?«
»Ich habe noch nie aufgehört, dich zu lieben.«
»Wie kannst du dann das Leben so ertragen? Man kann doch nicht mit einem Menschen zusammenleben, den man nicht liebt.«
»Doch, das kann ich, denn in meinem Herzen und in meiner Seele bist nur du. Das habe ich dir auch anfangs gleich geschrieben, und du wirst den Brief von deiner Mutter erhalten, wenn du heimkommst.«
Er nimmt sie in die Arme, preßt sie an sich. Sie läßt es ruhig geschehen und schmiegt ihre Wange an die seine.
»Maria«, flüstert er leidenschaftlich, »wir fliehen zusammen.« Mit der ganzen Glut seines Wesens spricht er auf sie ein. »Wir gehen nach Amerika, wo dich niemand kennt. Wir wohnen in einem kleinen Häuschen, von lauter Rosen umgeben. Ich spiele nicht mehr für die fremden Menschen, sondern nur mehr für dich. Des Abends, wenn die Sonne sinkt, nehme ich meine Geige und spiele dich in den Schlaf.«
»Komm zur Vernunft«, bettelt sie gequält, »es wird keine gemeinsame Zukunft für uns geben.«

»Warum nicht, Maria? Es wird alles gut, wenn du nur den festen Willen hast.«
Sie macht sich ein wenig frei von ihm, umschließt dann mit ihren Händen sein Gesicht und blickt ihm tief in die Augen.
»Florian, ich würde es tun, wenn ich nicht – sein Kind unterm Herzen tragen würde.«
Er möchte aufschreien, doch er bleibt stumm.
»Das scheidet uns für immer!« sagt er nach einer Weile klanglos und blickt über sie hinweg zu den grünen Gipfeln auf. »Nun habe ich nichts mehr auf der Welt, als meine kleine, braune Geige. Sie ist mir als einzige treu geblieben. Leb wohl, Maria.«
»Nein, nicht so«, schluchzt sie auf. »Gib mir noch ein einziges liebes Wort.«
»Du siehst doch, ich trage immer noch deinen Ring. Und nun lebe wohl! Wir werden uns wohl nie mehr wiedersehen.« Er nimmt sie in die Arme, küßt sie auf die Stirn und wendet sich wortlos ab.
Mit dem Mittagszug reist Maria ab in die Berge, denn sie hätte an diesem Tag ihrem Mann nicht mehr entgegentreten können. Florian gibt in München noch drei Konzerte zugunsten der Wohlfahrtsfürsorge und reist dann mit Karsten weiter nach Mannheim, wo noch ein Konzert stattfindet. Am anderen Morgen fährt Florian mit Karsten in die Heimat.

XIV

Heimat! Welch zauberhaftes Wort. Es ist ein eigenartiges Gefühl, wenn man nach Jahren wieder zurückkehrt und einem aus allen Winkeln und Ecken Kindheitserinnerungen entgegentreten.

Florian hat seine Mutter stürmisch und herzlich in die Arme genommen. Er war wirklich ein wenig froh an dem Tage seiner Heimkehr. Aber am anderen Tag gab ihm die Mutter den Brief von Maria, und von diesem Tag an ist Florian still geworden und immer stiller.

Eines Mittags nach dem Essen geht Florian in den Wald. Es ist eine drückende Hitze. Oben, bei der Bank, wo er einmal mit Maria gesessen hat, bleibt er stehen. Alle Stellen sucht er auf, wo er mit ihr gewesen ist. Zuletzt ist er an jenem versteckten Weiher, wo die Forellen aufspringen und die Weiden geheimnisvoll raunen. Hier begann das Märchen vom Niederwald. Hier war der erste Kuß, und dort der letzte.

Nichts mehr ist übrig von dem ganzen Märchen als ein tiefes Leid.

Und so sitzt der Geiger, der Hunderttausenden durch sein Spiel Freude und Sonnenschein ins Leben gebracht hat, einsam in einem verschwiegenen Winkel des Waldes.

Auf einmal wird der Himmel dunkel über ihm und sonderbar still. Die Vögel verstummen – auch die Bäume stehen regungslos.

Florian Eck tritt aus dem Wald heraus. Vorne beim Niederwalddenkmal überrascht ihn der Wind wie eine eiskalte Welle. Er ist ganz naßgeschwitzt und schüttelt sich vor dem unverhofften Windstoß.
Ein Gewitter steht über ihm. Noch ist kein Regen gefallen, aber die Blitze zucken heftig aus den Wolken. Florian hastet in die Stadt ins nächste Lokal. Aber schon auf halbem Wege dorthin schlägt ihm der Regen in das erhitzte Gesicht. Er trägt nur einen dünnen, hellen Leinenanzug und ist im Nu bis auf die Haut durchnäßt.
Die freundliche Wirtsfrau macht ihn darauf aufmerksam und fragt ihn, ob er nicht trockene Kleider anziehen möchte, sie würde ihm gerne einen Anzug von ihrem Mann zur Verfügung stellen. Aber er wehrt lachend ab und sagt: »Bringen Sie mir nur einen guten Wein, der wärmt schon wieder. Es ist ja nicht so schlimm.«
Und so sitzt er in der Glasveranda, trinkt den schweren Wein und beachtet es kaum, daß es ihn immer wieder schüttelt. Immer wieder läßt er sein Glas füllen, und er trinkt sich selbst zu, weil niemand sonst im Lokal ist.
Mit einem Zuge leert er das Glas und gießt wieder ein. »Und das letzte Glas sei dir geweiht, Maria – dir, die ich nie vergessen werde, dir – die mein Glück und mein alles gewesen ...«
Zum Schluß prostet er sich selbst noch zu, indem er mit hämischer Höflichkeit sagt: »Zum Wohlsein, Florian Eck! Was sitzen Sie denn so mutterseelenallein? Wo haben Sie denn Ihre Mädels alle? Wie? Zur Liebe unfähig? Lachhaft, ein Künstler wie Sie ...«
Er lacht auch wirklich. Verzerrt klingt dieses Lachen

durch den stillen Raum, so daß die Wirtin erschrocken aus der Küche kommt.
Florian zahlt. Er hat sieben Schoppen und ist nicht betrunken. Ihm ist nicht einmal warm. Im Gegenteil, er hat eine Gänsehaut am ganzen Körper. Nur sein Kopf ist heiß zum Zerspringen.
Als er daheim ankommt, hat er hohes Fieber und schlüpft sofort ins Bett. Die Mutter kocht ihm einen Pfefferminztee und deckt ihn bis über die Ohren zu. Florian schwitzt, daß ihm das Hemd am ganzen Körper klebt. Und er, der niemals in seinem Leben krank war, empfindet dies als unerträglich. Er wirft die Decke von sich und geht ans Fenster.
Er greift in seine Jackentasche, die an der Tür hängt, nimmt das silberne Etui heraus und steckt sich eine Zigarette an. Aber es schüttelt ihn so sehr, daß er sich kaum auf den Beinen halten kann.
»Nun glaub' ich schon bald selber, daß ich Fieber habe«, meint er verdrießlich und schleudert die Zigarette in den Garten. »Na ja, dann will ich mich hinlegen und tüchtig schwitzen und morgen früh bin ich wieder fit.«
Florian Eck aber steht am nächsten Tag nicht auf.
Das ganze Haus ist still. Man schleicht über die Treppen, und der Arzt macht am dritten Tag ein ernsthaftes Gesicht.
Die Mutter und Leon Karsten warten ängstlich, bis er die Treppe herunterkommt.
»Was denken Sie, Herr Doktor?«
»Liebe Frau Eck, wir wollen ehrlich sein. Natürlich tue ich, was in meiner Macht steht. Doppelseitige Lungenentzündung hat zwar schon mancher überstanden, aber hier liegt ein besonders schwerer Fall

vor. Jedenfalls werde ich Ihnen eine zuverlässige Pflegerin herschicken.«

»Herr Doktor, ich mache die Pflegerin.« Von allen unbemerkt war Anna eingetreten und stand schon eine Weile in der Stube.

»Dann hören Sie die nötigen Instruktionen.«

Nachdem der Arzt ihr alles erklärt hat, wendet er sich wieder zu Frau Eck. »Es wäre vielleicht ratsam, wenn der Herr Pfarrer einmal nachschauen würde. Ich könnte es ihm im Vorbeigehen gleich sagen.«

In fassungslosem Schluchzen stammelt Frau Eck ein paar Worte und geht dann mit Anna in das Krankenzimmer hinauf.

Florian liegt ganz ruhig, im Halbschlummer. Aber schon nach einer Weile fängt er zu phantasieren an.

»Leon – kannst du dir das gar nicht merken? Pfui, was bist du – für ein schlechter Musikant! Hau doch nicht so stark auf die Baßsaiten ... sonst ist es ja kein Märchen mehr – und der Niederwald muß sich schämen – mit uns zwei ... Und Maria – ärgert sich – über mich. Maria – ich hatte dich so lieb – und wir fliehen – du sollst nicht mehr länger dieses Martyrium mitmachen ...«

Die Mutter erhebt sich schweigend und verläßt lautlos das Zimmer. Anna bleibt bei dem Kranken allein und hört ihn weiterreden: »Maria – küß mich doch! – Warum zögerst du noch? So mach doch schon – wir müssen fliehen, ehe Velden heimkommt. Leon, schlag die Noten auf – die neue Sonate will ich spielen – Schmerz. Fertig! Meine Geige – Herrgott – so gebt mir doch meine Geige her!« Sein lautes Schreien geht in ein schmeichelndes Flüstern über. »So – meine liebe, kleine Bergonzi-Geige. Du treue – du – allertreueste –«

Ganz still liegt er jetzt. Dann schlägt er die Augen auf, große, fieberglänzende Augen. Er sieht Anna, und ein mattes Lächeln zuckt um seinen Mund.

»Anna – du? Du kommst zu mir – Du hast mich immer noch lieb – und ich hab' dir doch so weh getan ...«

»Du sollst nicht sprechen, Florian.« Sie wischt ihm mit einem feuchten Tuch über die fieberzersprungenen Lippen und trocknet ihm die schweißtriefende Stirn.

»Gib mir Wasser, Anna.«

Sie setzt sich ans Bett und nimmt seine heißen Hände zwischen die ihren. Dann führt sie ihm ein Glas Wasser an den Mund. Erschöpft fällt er in die Kissen zurück.

»Du brauchst mich nicht zu trösten, Anna. Ich weiß schon, daß es zu Ende geht mit mir. Heute nacht ist er schon an meinem Bett gestanden, der schwarze Engel. Aber ich habe noch nicht mitgewollt. Ich denke, daß er mich nicht auslassen wird. Was bleibt mir denn anderes übrig? Wenn das Herz kaputt ist, hat man keinen Willen mehr. Und weißt Du, wer mein Herz zertreten hat? Maria, um deretwillen ich dich verlassen habe. Und doch kommst du zu mir, du Gute. Und du sollst mir auch die Augen zudrücken, mit deiner weichen Hand.«

»Sag so etwas bitte nicht«, mahnt Anna wieder.

»Laß mich nur. Weißt du, ich hätte dich nicht betrogen, aber ich hatte Maria so namenlos lieb, schon seit meiner Kindheit.«

Annas Mund wird ganz klein. Sie beißt die Zähne zusammen, um die Tränen zurückzuhalten. Sie will es ihm nicht zeigen, wie weh er ihr mit seinen Worten tut.

Aber er merkt es doch und wird ganz ruhig. Und als es etwas später an die Tür klopft, sagt er mit klarer, vernehmlicher Stimme: »Herein.«
Der Geistliche betritt das Zimmer.
Die Mutter kommt hinterdrein und ein Weilchen später auch Leon Karsten. Florian setzt sich im Bett auf und macht verwunderte Augen.
»Ach«, sagt er, »soviel hat es schon geschlagen? Aber es ist schon recht so, Hochwürden. Ich will meine Rechnung machen mit dem Himmel, sonst geht es mir ein bißchen schlecht da droben. Hab' viel vergessen, seit ich die letzten Kinderschuhe zerrissen habe.«
»Aber es ist damit noch nicht gesagt –« spricht der Geistliche.
»Nur nicht darum herumreden«, unterbricht ihn Florian. »Diese drei Buchstaben kann ich schon ertragen. Tod! Es hört sich zwar ein wenig gruselig an, besonders wenn man noch so jung ist wie ich. Aber einmal muß er ja doch kommen, genau wie hinter jedem Satz der Punkt.«
Der Geistliche winkt den anderen, daß sie das Zimmer verlassen sollen, und setzt sich dann auf den Stuhl neben dem Bett.
»Das muß ich Ihnen gleich bekennen, Hochwürden«, sagt Florian und deutet auf Anna, die als letzte das Zimmer verläßt, »die hab' ich auch auf dem Gewissen, der habe ich das Herz gebrochen.«
»Das kommt erst später dran«, sagt der Priester geduldig. »Wir wollen die Gebote alle der Reihe nach durchnehmen.«
Als Florian schließlich die heilige Kommunion und die letzte Ölung empfangen hat, liegt er ruhig und mit

einem Ausdruck kindlicher Zufriedenheit in den Kissen.

*

Frau Eck hat drei Nachtwachen hinter sich und muß die vierte Nacht notgedrungen Anna überlassen.
Anna sitzt ganz still neben dem Bett und läßt ihre Augen nicht von seinem schlafenden Gesicht. Ganz leise spricht sie zu dem Schlummernden. »Du darfst mir nicht sterben – du Schlimmer – du. Schau, Florian, sonst hat doch mein Leben keinen Sinn mehr ...«
Gegen Mitternacht schlägt Florian die Augen auf, wälzt sich unruhig hin und her und verfällt in wilde Delirien.
»Gib mir meine Geige!« schreit er plötzlich. »Du willst nicht? Gut, dann gehe ich selber.«
Er will aus dem Bett springen. Nur mit äußerster Kraft kann ihn Anna zurückhalten.
Die ganze Nacht macht Anna dem Schwerkranken kühle Essigwickel, gibt ihm hin und wieder zu trinken, wischt ihm den Schweiß von Stirn und Gesicht.
Immer wieder richtet Florian sich in seinen Fieberträumen auf und redet wirres Zeug. Manchmal ergeht er sich in Selbstanklagen über sich und sein bisheriges Leben, dann liegt er wieder stumm da und starrt zur Decke. Anna begnügt sich damit, ihm leise zuzureden, zu nicken oder nur dazusitzen und seine Hand zu halten.
»Ausgerechnet du bist noch bei mir, der ich so unendlich weh getan habe, das verstehe ich nicht«, wundert sich zum wiederholten Mal der Fiebernde.
»Es wird der Tag kommen, an dem du es verstehen

wirst, daran glaube ich ganz fest. Nun sei still und schlafe, du brauchst Ruhe – viel Ruhe.« Anna streicht ihm über die verschwitzten schwarzen Stirnlocken und nimmt ihre Stickarbeit wieder auf.
Anna kommt jeden Tag und bleibt oft bis spät in die Nacht bei ihm sitzen, manchmal nickt auch sie ein und erwacht erst im Morgengrauen.
So vergehen zehn Tage, und Anna weicht kaum von Florians Krankenbett. Die Fieberanfälle lassen nur ganz allmählich nach, der Patient schläft viel und zusehends ruhiger. Schließlich ist auch der Doktor, der es sich nicht nehmen läßt, jeden Vormittag vorbeizuschauen, mit Florians Zustand zufrieden: »Jetzt ist er endlich über dem Berg, unser Patient«, und mit einem Augenzwinkern zu Anna gewandt, meint er: »Ich glaube aber, daß meine Medikamente da den geringeren Anteil daran gehabt haben.«
Anna errötet und lächelt still.

Frau Eck und Leon Karsten sind auch in den nächsten Wochen hauptsächlich damit beschäftigt, Florian Presse, Funk und Fernsehen vom Leibe zu halten. Alle wollen private Bilder von dem genesenden Geigenvirtuosen, doch die beiden bleiben hart und haben ein ausgeklügeltes Abwimmelverfahren. Die geheime Telefonnummer wissen wirklich nur ein paar gute Bekannte. So muß sich die Presse zunächst auf die Notiz beschränken, daß der weltbekannte Geiger Florian Eck, der an einer doppelseitigen Lungenentzündung erkrankt ist, außer Lebensgefahr und auf dem Weg der Besserung ist.

Die nächsten Tage und Wochen ist Florian noch zu schwach für größere Unternehmungen. Meist verbringt er den Vormittag in seinem Zimmer und studiert Zeitungen und Partituren. An einem Samstagmorgen liest Anna folgende Notiz in der Zeitung:
»Die seit dem dreiundzwanzigsten August vermißte Rechtsanwaltsgattin Maria Velden aus München ist am Fuß der Schloßwände als Leiche geborgen worden. Es wird angenommen, daß sie sich im Nebel verirrt hat und an den Schloßwänden abstürzte.« Anna wird kreidebleich und bekommt zittrige Knie, beinahe hätte sie laut aufgeschrien. Doch sie hat sich schnell wieder unter Kontrolle und läßt die Zeitungsseite unbemerkt verschwinden. Florian sollte erst sehr viel später vom tragischen Tod Marias erfahren.

*

Anna ist jetzt täglich bei ihm, und Florian freut sich über ihre Besuche. Ihr ruhiges, unaufdringliches Wesen und ihre liebevollen Augen, die immer wieder auf ihn gerichtet sind, nimmt er erst jetzt richtig wahr. Er genießt ihre Anwesenheit, die nichts von ihm fordert. Anna ist neben seiner Mutter und Leon Karsten die einzige, die er in seinem Zustand länger ertragen kann. Manchmal nimmt er seine kleine braune Geige, hält sie in Händen und streicht über das glatte Holz.
»Anna, was meinst du, werde ich eines Tages wieder spielen können, und wenn, so wie früher?«
»Natürlich wirst du das, nicht nur so wie früher, sondern noch besser, du weißt, ich habe immer an dich geglaubt. Wenn du mit der Erinnerung leben gelernt hast und weißt, wie du dir die Zukunft vorstellen

sollst, dann wirst du in deinem Herzen auch wieder Raum für deine Musik haben. Aber dazu braucht es einen klaren Kopf und einen gesunden Körper – und ganz viel Geduld.«
Florian ist überrascht über Annas Gesprächigkeit. Sie spricht mit einer leisen, aber klaren Stimme und streicht ihm leicht über die Hand, die noch immer die Geige umklammert.
Anna und Florian sprechen viel in diesen Tagen der Genesung, nichts Tiefschürfendes – es wird auch nicht an den Wunden der Vergangenheit gerührt –, aber immerhin soviel, daß Florian doch allmählich eine gewisse Erleichterung in seiner Brust empfindet. Es ist, als ob die Krankheit wie eine Läuterung durch seinen Körper gezogen wäre. Es gibt nun schon Tage, an denen er ohne seelischen Schmerz an Maria denken kann und fast sehnsüchtig auf den täglichen Besuch von Anna wartet. Ja, er ist sogar schlechter Laune, wenn Anna an dem einen oder anderen Tag keine Zeit hat.

Eines Tages schließlich ist es soweit. Florian fühlt sich stark genug für einen kleinen Spaziergang. Er ist guten Mutes und hört nicht auf die besorgten Worte von Frau Eck, die ihren Sohn noch zurückhalten will. Schon ist er aus dem Garten und steht auf dem Fußweg, der sich durch die Weinberge schlängelt. Der Weg führt ihn wie von selbst zu dem leicht ansteigenden Fußweg, der von Assmannshausen durch den Wald zum Niederwalddenkmal führt.
Der Weg ist derselbe, und doch zeigt sich der Wald

seiner Kindheit und ersten Verliebtheit heute ganz verändert. Das Tannendickicht ist nicht dicht und verwunschen, eher entdeckt er einige abgestorbene Bäume, keine Weiden raunen geheimnisvoll am Weiher, keine Forellen springen auf – nichts von einem Märchen vom Niederwald. An der schmalen Bank am Weiher fehlt die Rückenlehne und ein überfüllter Abfalleimer erinnert daran, daß Touristengruppen hier Rast gemacht haben. Ein heller Himmel lugt durch die Bäume, die reglos dastehen. Lärm dringt vom Städtchen herauf, hin und wieder tönt eine Schiffssirene auf dem Rhein.
Am Niederwalddenkmal hält Florian inne. Ihm ist, als wäre er aus einem langen Traum, einer einzigartigen Illusion erwacht und sähe die Welt erst heute zum erstenmal. Erst jetzt bemerkt er, daß er seine kleine braune Geige in der Hand hält. Er muß sie den ganzen Weg mit sich getragen haben, ohne daß es ihm bewußt war. Ab und zu blitzen ein paar Sonnenstrahlen durch die Baumwipfel, ein leichter Wind streicht über ihn hinweg und kühlt angenehm seine Stirn.
Florian setzt mit leicht zitternder Hand die Geige an. Die ersten Töne kommen ein wenig kleinlaut und klagend, wie ein fernes Echo einer längst vergangenen Zeit. Doch bald bekommt sein Spiel einen zuversichtlicheren Rhythmus, eine zielgerichtete Bestimmtheit, und die Weise wechselt von Moll nach Dur. Der ganze Körper des schmal gewordenen Virtuosen wiegt sich im Takt der Musik. Es ist eine Melodie, die aus seinem Herzen strömt, mit klaren Konturen und einer neuen musikalischen Richtung. Das Hauptthema seines Geigenliedes ergeht sich in fröhlichen Läufen. Immer wieder wechseln die Tempi, immer neue Variationen die-

ses Themas entspringen der Geige, Florian wird nicht müde, sie ihr zu entlocken. Schließlich gelingt ihm noch ein virtuoser Abschluß. Laut und aufgeregt sagt Florian zu sich: »Wenn ich nach Hause komme, muß ich dieses Thema gleich zu Papier bringen, es soll eine Frühlingssonate werden.« Florian blickt um sich und fühlt all den unwirklichen Zauber schwinden, der auf diesem Ort gelegen hatte. Auch die Erinnerung an Maria zerfleischt seine Seele nicht mehr, ohne Groll kann er jetzt an die schönen Stunden denken. Ein großer innerer Friede kehrt in ihn ein, es ist wie ein stilles Rasten nach jahrelanger Unrast. Noch einmal legt er die Geige an und spielt das Thema des »Frühling« aus Vivaldis »Vier Jahreszeiten« an.

Als er das Spiel beendet hat, bleibt er gedankenverloren noch eine Weile auf einem Stein sitzen, bevor er den Rückweg antritt.

Auf dem Nachhauseweg macht er einen Abstecher zum Mäuseturm, wo er über die Wendeltreppe zur Aussichtsterrasse hochsteigt. Ziemlich außer Atem steht er vor einem unvergleichlichen Panorama.

Drüben auf der anderen Seite des Rheins werden die Rebenhänge von der sinkenden Sonne beleuchtet. Es ist gerade Weinlese, und viele Hände helfen bei der Traubenlese, von weitem sehen sie aus wie Ameisen. Ein paar einzelne weiße Wolken stehen über dem sanft gewellten Hunsrück, und der Rhein glitzert in der Nachmittagssonne. Viele kleine, bunte Schiffe und große weiße Dampfer bevölkern den Fluß. Florian fühlt auf einmal seine Lebensfreude erwachen und fühlt Dankbarkeit, daß er hierhergehören darf.

*

Anna hat sich ein Herz gefaßt. Mag es Zufall sein, daß sie heute beschließt, Frau Eck und Florian ihren kleinen Sohn vorzustellen!
Zu diesem Zweck nimmt sie sich den Nachmittag frei, ißt bei den Pflegeeltern zu Mittag und fährt mit dem Kleinen nach Hause. Dort ist nur die Mutter, die den kleinen Buben auch sonst oft betreut. Dem Vater will sie es auch bald sagen. Anna möchte endlich reinen Tisch machen, ihr Leben in den Griff bekommen und vor allem keine Heimlichkeiten mehr mit sich herumtragen. Sie fühlt sich stark genug für ihr zukünftiges Leben mit dem Kind.
Sie kleidet sich rasch um, packt ihr Kind in den Kinderwagen und geht zum Haus der Familie Eck. Sie atmet noch einmal tief durch, dann drückt sie die Klingel.
Frau Eck öffnet die Tür, und was sie da sieht, bedarf für sie nicht vieler Erklärungen. Sie versteht sofort und schließt die beiden in die Arme.
»Anna, mein Kind, was mußt du durchgemacht haben in den letzten Jahren. Jetzt weiß ich auch, warum du dich gar so rar gemacht hast eine ganze Zeitlang.«
Dann kann Frau Eck vor lauter Rührung nicht weitersprechen.
Anna lächelt blaß und nickt.
»Was du mir heute geschenkt hast, das wiegt alle Sorgen und manches Leid der letzten Jahre auf, egal, was kommt«, sagt Frau Eck, nachdem sie die Fassung wiedergefunden hat.
Nachdem sie den Kleinen schlafengelegt haben, setzen sich die beiden Frauen in den Garten, und Anna muß immer wieder erzählen, wie alles so gekommen ist und wie sie sich ihr geheimes Leben eingerichtet hat –

und vor allem welche Fortschritte der Kleine bis jetzt schon gemacht hat.
»Wie hast du ihn denn taufen lassen?«
»Na, wie schon – Florian Bela.«

Die Abendsonne blinzelt durch die Bäume, da tritt Florian endlich den Heimweg an. Beim Mäuseturm hat er sich doch noch ein wenig ausruhen müssen. Die Mutter wird sich Sorgen machen, denkt Florian, nimmt seine Geige und rafft seine Jacke zusammen.
Er ist von einer tiefen Ruhe und Zufriedenheit erfüllt und pfeift nun beim Hinuntergehen das Thema seiner Frühlingssonate, die er am Niederwalddenkmal komponiert hat. Seine Schritte greifen stärker aus, und bald hat er das elterliche Grundstück erreicht.
Durch die Büsche erkennt er die beiden Frauen im Garten. Ein glucksendes Kinderlachen und ein fröhliches Kreischen dringen zu ihm herüber. Er bleibt stehen und stutzt.
»Mama!« ruft der kleine Hosenmatz, nimmt Anlauf und landet zum wiederholten Mal sicher in Annas Schoß. Mutter und Großmutter nehmen den Kleinen zwischen sich und gehen dem Ankommenden entgegen.
Florian steht der Schweiß auf der Stirn, er hält sich einen Augenblick am Gartenzaun fest. Er ist völlig verwirrt, wie ein Blitz trifft ihn da eine Vermutung, nein, eine Tatsache, tausend Gedanken wirbeln ihm durch den Kopf. Eine glückselige Ahnung läßt ihn zur Salzsäule erstarren, und ein nie gekanntes Glücksgefühl überkommt ihn beim Anblick des Kindes: der

kleine Junge, den er da sieht, hat krause, schwarze Locken, eine hohe Stirn und ernste, große Augen, die ihn neugierig mustern. Vor allem seine Geige hat es ihm angetan, er läßt kein Auge mehr davon.
Florian kämpft mit den aufsteigenden Tränen, er öffnet den Mund, um etwas zu sagen. Doch Anna legt den Finger auf die Lippen und schüttelt leicht den Kopf, sie lächelt dabei und sieht ihm tief in die Augen. Die beiden Frauen sehen sich über das Kind hinweg verschwörerisch an und bedeuten ihm, doch endlich einzutreten.
Florian öffnet die Gartentür – und ist endlich zu Hause.